MW00903219

TITUS FLAMINIUS
La Fontaine aux vestales

Jean-François Nahmias

TITUS FLAMINIUS

La Fontaine aux vestales

CARTE DE ROME
À LA FIN DE LA
RÉPUBLIQUE

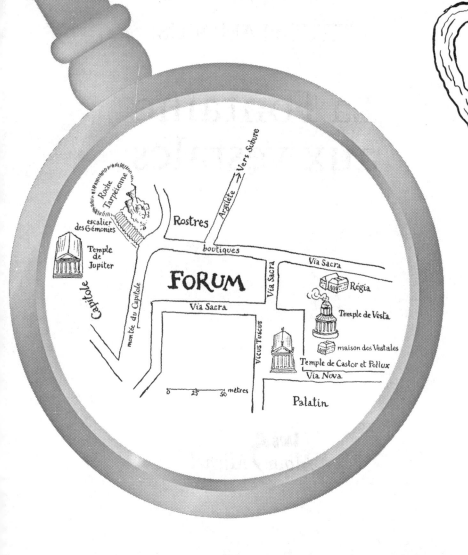

le T

Roche Tarpéienne

escalier des Gémonies

Temple de Jupiter

Capitole

montée du Capitole

Rostres

Argilète → Vers Subure

boutiques

FORUM

Via Sacra

Via Sacra

Via Sacra

Via Sacra

Régia

Temple de Vesta

maison des Vestales

Temple de Castor et Pollux

Via Nova

Vicus Tuscus

0   25   50 mètres

Palatin

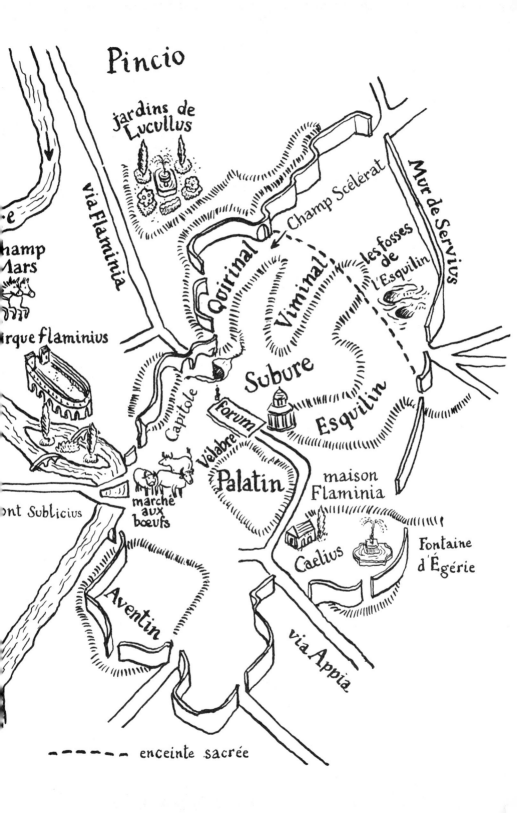

AVANT-PROPOS :
LES ROMAINS ET NOUS

Évoquer Rome à la fin de la République, vers la moitié du
Ier siècle avant Jésus-Christ, c'est aller à la rencontre d'un
monde mort et, en même temps, terriblement actuel.
Ce sont surtout les mentalités d'alors qui sont loin de nous.
cette religion compliquée, aux dieux innombrables auxquels
personne ne croit vraiment et dont la pratique se rapproche
plutôt de la superstition, cette incroyable profusion de jours
fériés, où se déroulent des spectacles déconcertants et sauvages, dont les combats de gladiateurs et les exécutions de
condamnés livrés aux bêtes sont les plus connus.
Mais c'est aussi un monde étonnamment proche, d'abord
par sa capitale, Rome. La ville atteint un million d'habitants
(dont la moitié d'affranchis et d'esclaves), un niveau d'urbani-
sation qui ne se retrouvera pas avant la fin du XIXe siècle. Tout
comme nos villes modernes, Rome possède le tout-à-l'égout et
l'eau courante, du moins pour les privilégiés, qui résident
dans les riches demeures du Palatin et du Caelius. Les classes
populaires, quant à elles, habitent des masures ou des
immeubles atteignant parfois sept étages, dans les quartiers
misérables de Subure et de l'Esquilin. Comme aujourd'hui, le

9

Romain se plaint des embouteillages, du bruit, de la pollution, de la délinquance, de l'insécurité et, comme aujourd'hui, tous ceux qui en ont les moyens possèdent une résidence secondaire à la campagne ou dans des stations de luxe, comme Pompéi, où ils vont se reposer régulièrement.

Rome, aux temples innombrables qui sont sa fierté, est aussi une ville de loisirs. Si le Colisée et les luxueux thermes impériaux n'existent pas encore, elle possède la plus grande enceinte sportive de tous les temps, le Circus Maximus, où se déroulent les courses de chars et qui peut accueillir 250 000 personnes. Les théâtres sont pour l'instant des constructions provisoires en bois, qui durent le temps d'une série de représentations, mais leur capacité laisse rêveur : plusieurs milliers voire plusieurs dizaines de milliers de places.

Oui, Rome est unique, irremplaçable ! S'il en fallait une preuve, quand les contemporains parlent d'elle, le plus souvent, ils ne prennent pas la peine de prononcer son nom, ils se contentent de dire « la Ville ». Et s'il fallait une autre preuve, Rome, vers laquelle convergent toutes les routes, sert à la fois à désigner le pays et sa capitale, exactement comme si la France s'appelait Paris. Et pourtant, elle est loin, la petite cité de Romulus ! Rome regroupe quasiment tout le pourtour de la Méditerranée : l'Italie, l'Espagne, la Gaule transalpine (le sud de la France actuelle), la Grèce, la partie occidentale de l'actuelle Turquie, la Syrie et une bonne part des côtes africaines. Il manque la Gaule, l'Angleterre, qu'on appelle alors Bretagne, et l'Égypte, mais un certain Jules César, qui n'est encore qu'un homme politique parmi les autres, ne va pas tarder à donner toute sa mesure...

Rome est aussi proche de nous par ses institutions. À la différence de l'Empire qu'elle va bientôt devenir et à la ressemblance de ce qui se passe chez nous, c'est une république et
même une république démocratique. Tout comme aujour-
d'hui, il y a une gauche et une droite, dont les programmes
n'ont rien qui puisse nous étonner. Le parti populaire réclame
le partage des terres et des distributions de blé aux indigents,
le parti sénatorial souhaite le statu quo et le maintien des
privilèges.

Démocratique, la république romaine l'est même trop. Les
magistrats suprêmes, les consuls, ne sont élus que pour un an
et ils sont deux, souvent appartenant chacun à un parti différent : non seulement leur pouvoir est éphémère, mais ils se
neutralisent. Les élections se font au suffrage universel direct,
mais tous les abus sont permis : les riches achètent les votes
des électeurs pauvres, la plèbe fait régner la terreur avec ses
bandes au moment des scrutins.

Contrairement à ce qui se passera sous l'Empire où s'est installé un ordre de fer, la plus grande effervescence règne à
Rome, en ces journées fiévreuses. Le sort du pays et du monde
se joue quotidiennement sur le Forum, dans des affronte-
ments qui peuvent être oratoires, lorsque se fait entendre
l'éloquence d'un Cicéron, mais qui sont bien souvent physiques. C'est dans la violence et le sang que se tranchent les
problèmes, que se prennent les décisions.

Les temps sont brillants pourtant, les lettres et les arts jouis-
sent d'un éclat sans égal, Cicéron, Catulle et Lucrèce sont à
leur apogée ; bientôt, ce sera au tour d'Horace et de Virgile,
mais il n'empêche que la république agonise. Rome est agitée

de terribles secousses : outre les guerres de conquête inces-
santes, elle vient de connaître la terrifiante révolte de Spartacus et de ses esclaves, qui a failli tout emporter. Mais le plus
grave est la guerre civile qui menace. Elle ne tardera d'ailleurs
pas à éclater et entraînera les institutions avec elle. Lorsque la
paix reviendra, ce sera l'Empire.

Nous n'en sommes pas encore là, mais tous les acteurs de la
tragédie, ambitieux qui méditent la fin des libertés et l'établissement de leur pouvoir personnel, sont déjà en place :
César, Crassus, Pompée, Marc Antoine ont entamé leur carrière politique, le jeune Octave, futur Auguste, est encore un
enfant.

Alors, face à un avenir que chacun pressent effrayant, c'est
dans les distractions que les Romains se réfugient... Nous
sommes en 59 avant Jésus-Christ, Jules César est consul et
l'une de ces fêtes étonnantes et sauvages dont nous parlions
plus haut est en train de se dérouler.

Le public a pris place sur les gradins, installons-nous à notre
tour. Le consul en toge d'apparat a levé la main, les trompettes
se sont mises à sonner. Le spectacle peut commencer.

1

LE CHEVAL D'OCTOBRE

– Allez, Fulgor !

Le fouet de l'aurige claqua sèchement et Fulgor, puissant mâle espagnol de cinq ans, s'élança en avant plus vivement encore. Au sortir du virage, le char fit un véritable bond, abordant la ligne droite largement devant ses adversaires. La clameur du public, déjà assourdissante, devint indescriptible : c'était le dernier tour et les verts, ses favoris, étaient en tête !

En ces ides d'octobre du consulat de César et de Bibulus*, bien peu de Romains auraient voulu manquer l'événement qui était en train de se dérouler : la course du Cheval d'octobre. Elle réunissait quatre biges, attelages à deux bêtes, aux couleurs traditionnelles des écuries : bleu, vert, rouge et blanc. Contrairement aux habitudes, elle n'avait pas lieu dans l'immense Circus Maximus, mais dans le Circus Flaminius, plus petit et situé sur le champ de Mars. La raison en était religieuse : le Cheval d'octobre, fête en l'honneur de Mars, devait avoir lieu dans l'espace qui lui était consacré. Mais, de toute manière, il ne s'agissait pas d'une course comme les autres...

---

* *15 octobre 59 av. J.-C.*

Fulgor gardait la tête. En tant que cheval de droite, celui qui galopait à l'extérieur, il avait la tâche la plus dure et, au cœur de l'effort, il n'avait jamais été aussi beau. Ses pattes puissantes faisaient voler la poussière, ses flancs couleur fauve étincelaient de sueur, ses naseaux lançaient de longs jets de vapeur, lui donnant l'aspect d'un animal mythique. Malgré l'intensité de la course, il n'avait pas perdu les ornements dont on l'avait paré au départ : sa crinière était entrelacée de perles et surmontée d'une aigrette verte, son poitrail était couvert de plaques de cuivre étincelantes.

Son cocher, lui aussi casqué de vert, avait cessé de le stimuler : les autres étaient trop loin pour revenir. Il se contentait de lui adresser des encouragements que nul ne pouvait entendre dans le vacarme du stade :

– Va, Fulgor ! Va, mon beau ! Ta récompense t'attend...

Dans une dernière gerbe de poussière, le char vert s'immobilisa. Il avait franchi la ligne, il avait gagné !

Plusieurs personnages quittèrent la tribune officielle, tandis que retentissaient les trompettes. En tête, allait Jules César, qui ajoutait à sa charge de consul celle de grand pontife, c'est-à-dire responsable de la religion romaine. Il s'arrêta devant le bige vainqueur et fit un geste pour rétablir le calme. Il fut obéi presque instantanément, tant chacun était impatient de voir la suite...

À quarante ans, César était déjà pratiquement chauve, ce qui ne l'empêchait pas d'avoir quelque chose d'attirant et même de fascinant. Son visage aigu aux lèvres minces, au front haut, dénotait une intelligence supérieure et une inflexible volonté. Mais il prenait soin d'adoucir ce qu'il pouvait y avoir de sévère dans ses traits par un sourire des plus charmeurs : ce grand politique était aussi un séducteur, dont les aventures féminines ne se comptaient plus.

César alla couronner de lauriers l'aurige vainqueur, tandis que deux hommes de sa suite détachaient les chevaux de l'attelage. Fulgor fut amené vers lui et il le couronna à son tour, pas de lauriers, mais d'un étrange diadème fait de petits pains liés les uns aux autres par des fils d'or. Un soldat s'approcha alors. Après les hurlements de la course, le silence était devenu si absolu qu'on pouvait entendre le bruit de ses pas depuis les gradins.

La suite se passa avec une rapidité foudroyante. Le soldat, un colosse qui portait l'armement réglementaire du légionnaire à l'exception du bouclier, leva son javelot et le projeta de toutes ses forces sur le flanc gauche de l'animal. Le coup, porté avec une force et une précision extraordinaires, fit jaillir un flot de sang. Sous l'effet de la surprise et de la douleur, Fulgor bondit en avant. Mais il n'alla pas loin. Touché à mort, il tenta de se cabrer, n'y parvint pas et tomba pesamment sur l'arène de la piste où il se mit à haleter faiblement.

Sans perdre un instant, le soldat se précipita sur lui, tenant cette fois son glaive en main. Il l'abattit avec la même violence sur le cou de la bête, mais, malgré toute sa vigueur, il ne put avoir raison des puissants muscles jugulaires ; il dut s'y prendre à plusieurs reprises pour que la décapitation soit complète. Il eut plus de succès avec la queue, à laquelle il s'attaqua ensuite : elle se détacha du premier coup. Alors, s'emparant de celle-ci et de la tête, il les brandit, les bras au ciel, tandis qu'éclataient de nouveau les hurlements populaires. Puis il se

15

mit à courir avec ses deux trophées et quitta le stade par les loges des concurrents, où Fulgor et ses compagnons avaient fait peu avant leur entrée...

Tel était le rite du Cheval d'octobre. Toute la course ne servait qu'à une chose : désigner celui des chevaux qui allait être sacrifié à Mars. Et, comme il fallait au dieu le meilleur d'entre eux, la victime devait être le cheval de droite de l'attelage vainqueur.

Sur l'origine de cette cérémonie sauvage, qui remontait à la nuit des temps, on se perdait en conjectures. Pour beaucoup, il s'agissait d'une revanche contre les Grecs. Les Romains, qui se disaient les descendants des Troyens, se vengeaient ainsi du cheval de Troie. Mais, dans le fond, qu'importait ? Le Cheval d'octobre mettait chaque année la ville en ébullition. Commencé par la course dans le stade, il allait se poursuivre plus loin. Car le rituel n'était pas terminé avec la mise à mort et la mutilation de l'animal. On peut même dire que le plus extraordinaire était à venir.

Les ides d'octobre avaient mal commencé pour Titus Flaminius : au moment précis où il sortait de chez lui, un corbeau avait croassé à trois reprises sur sa gauche. Normalement, après un signe aussi funeste, il aurait dû rebrousser chemin, mais il avait fait une promesse à Brutus et il avait continué sa route. Il avait tout de même pris soin de conjurer le présage. Il s'était baissé et avait déchiré le bas de sa toge en s'écriant : « Quel malheur ! » La prédiction de l'oiseau de mauvais augure s'était ainsi accomplie à peu de frais : il fallait espérer que les dieux s'en contenteraient...

16

Titus Flaminius marchait sans se presser. Pour aller du bois des Muses, où il habitait, au champ de Mars, où il se rendait, il fallait traverser une bonne partie de Rome, ce dont il ne se plaignait pas : c'était une magnifique journée d'automne et, en raison du Cheval d'octobre, il régnait dans la ville un calme tout à fait inhabituel. Successivement, il emprunta la rue aux Jougs, la via Sacra et déboucha sur le Forum. Il n'était plus très loin de la via Flaminia, qui le mènerait à destination.

Flaminius avait évidemment un faible pour cette route qui portait son nom et qui s'en allait très loin, jusqu'à Ariminium, sur la côte adriatique. Elle était l'œuvre d'un de ses ancêtres, tout comme le Circus Flaminius, juste à côté, et elle lui rappelait qu'il portait un des plus grands noms de Rome. Sans doute était-ce un peu de vanité de sa part, mais à vingt-six ans, il est encore permis d'avoir ce genre de faiblesse.

La vie s'annonçait bien pour lui. Il n'avait pas connu d'épreuve, à part la mort de son père, douze ans plus tôt, dans la terrible révolte de Spartacus. Depuis, sa mère, Flaminia. l'avait élevé seule. Il avait suivi ses études avec facilité, étant naturellement doué, mais sans ardeur particulière. Depuis peu avocat, il exerçait sa profession en dilettante. Il ne lui était pas nécessaire de travailler pour vivre et il n'avait pas, comme Cicéron, le goût de la politique et de l'éloquence.

En fait, à bien y réfléchir, Titus Flaminius n'avait qu'une seule passion : les femmes. C'était un séducteur, un collectionneur, un bourreau des cœurs, car, jusqu'à présent – et il priait Vénus qu'il en soit toujours ainsi –, il ne s'était jamais attaché. Qui serait la suivante ? L'idée qu'elle était

17

peut-être là, tout près, qu'il allait la rencontrer en chemin, le fit sourire...

Un évenement curieux et tout récent lui revint à ce moment-là à l'esprit. Sa mère avait retrouvé la perle qu'on avait dérobée à Servilia, ou, plus exactement, elle avait découvert son voleur et elle avait chargé Titus d'annoncer la nouvelle à Brutus. Servilia était la meilleure amie de Flaminia, la mère de Brutus et la maîtresse de César. C'était lui qui lui avait offert ce joyau fabuleux, qui valait, disait-on, deux fois la maison de Crassus, de loin la plus belle de Rome.

Flaminius plissa le front. Sa mère ne lui en avait pas dit davantage. Qui était donc ce voleur et où l'avait-elle démasqué ? Flaminia, d'une activité débordante, s'intéressait à tout, se mêlait de tout. Elle fréquentait les milieux littéraires, protégeait et subventionnait les artistes, écrivait elle-même des pièces de théâtre. Bien sûr, il était rempli d'admiration devant sa personnalité et ses dons, mais il n'aimait pas cette manie qu'elle avait d'aller partout dans Rome, de côtoyer toutes sortes de gens. La générosité était sa qualité dominante, pas la prudence... Flaminius sursauta. Perdu dans ses pensées, il n'avait pas vu le soldat portant la tête et la queue du Cheval d'octobre déboucher sur le Forum. Lorsqu'il comprit, il tenta de s'écarter. Trop tard !

Le sacrificateur de Fulgor n'était pas seul : il était suivi d'une foule hurlante et gesticulante et, bien qu'il soit un véritable athlète à la course, elle le talonnait à quelques pas. Flaminius eut beau faire, il fut irrémédiablement pris dans la cohue. Il était vigoureux, il essaya de se dégager, donna des bourrades et des coups de poing, mais il renonça vite.

18

Il commençait à recevoir d'autres coups en réplique et il comprit que, s'il insistait, il risquait de se faire écharper. Il savait qui étaient ces gens, il savait pourquoi ils étaient là et qu'ils n'auraient pas hésité à tuer celui qui aurait voulu leur faire obstacle. Contraint et forcé, il se mit donc à courir avec les autres...

Le légionnaire touchait presque à son but. Il lui fallait faire vite, car il devait être arrivé avant que le sang de la bête coagule, ce qui se produisait rapidement. Il parvint à l'extrémité est du Forum, dominée par l'élégante silhouette ronde du temple de Vesta, mais ce n'était pas sa destination, pas plus que la luxueuse Maison des vestales construite dans son prolongement. Il obliqua vers la Regia, un bâtiment tout proche, lui aussi de grandes dimensions, mais d'un aspect plus sévère. Il s'agissait de la demeure du grand pontife, Jules César. Le soldat s'arrêta brutalement et, instantanément, ses poursuivants l'imitèrent.

Le hasard des mouvements de foule avait propulsé Titus Flaminius au premier rang. Il put donc voir cette scène qu'il connaissait pour l'avoir entendu raconter, mais dont il n'avait jamais été témoin. S'emparant de la queue du cheval, le légionnaire aspergea de son sang la porte de la Regia. Puis il la posa à terre et resta immobile avec la tête coupée dans les mains... Ce fut alors que Flaminius découvrit les autres.

2

LA PORTE DE LA REGIA

Ils étaient là, en une troupe compacte, de l'autre côté de la Regia, à égale distance de part et d'autre du sacrificateur. Flaminius avait en face de lui les habitants de Subure, le quartier le plus populeux et le plus malfamé de Rome. Ils étaient venus en nombre ; ils avaient quitté massivement leurs bouges, leurs lupanars et leurs coupe-gorge pour cet événement qu'ils attendaient toute l'année.

C'était en effet ainsi que s'achevait la fête du Cheval d'octobre : traditionnellement, les habitants du quartier de la via Sacra et ceux de Subure se disputaient la tête de l'animal sacrifié. Si c'étaient ceux de la via Sacra qui l'emportaient, ils la clouaient à la porte de la Regia, si c'étaient les gens de Subure, ils l'accrochaient chez eux, au sommet de la tour Mamilia...

Titus Flaminius s'était trouvé pris dans la foule de la via Sacra. Il connaissait ces gens : des commerçants, des petits artisans, des Romains de la classe moyenne ; il passait par chez eux chaque fois qu'il se rendait au Forum. Mais pour rien au monde il n'aurait mis les pieds à Subure. Si certains jeunes patriciens, amateurs de sensations fortes, avaient l'habitude d'aller s'y encanailler en bandes, il avait toujours rejeté ces plaisirs malsains. La décence voulait que chacun reste chez soi.

À présent, il les avait sous les yeux, ces Romains d'un autre monde que le sien. En prévision de la compétition qui allait s'engager, ils avaient mis les plus impressionnants en avant : des géants, des lutteurs de foire, d'anciens gladiateurs ou de simples brigands couverts de bleus et de balafres. Tous étaient dans de méchantes tuniques d'étoffe non teinte, maculées et rapiécées, quand il ne s'agissait pas de haillons ; certains n'avaient même qu'un pagne... Ce fut à ce moment-là que le légionnaire jeta la tête sur le sol. Une double vocifération simultanée : « Via Sacra ! » et « Subure ! » éclata. L'affrontement était commencé.

Flaminius se retrouva au cœur de la mêlée et, d'un seul coup, il décida d'y prendre part. Le hasard l'avait conduit au milieu de ceux de la via Sacra et il était de cœur avec eux. Ce n'étaient tout de même pas les pouilleux de Subure qui allaient l'emporter ! Sa mère était proche du peuple, elle professait des idées avancées et fréquentait les chefs du parti populaire, César en tête. Il respectait ses idées, mais ne les partageait pas. Il tenait de son père, patricien rigide, il était fier de sa lignée et de ses ancêtres. On allait voir comment un Flaminius se comportait face à ces gueux !...

Les règles du jeu étaient simples : les gens de la via Sacra devaient toucher la porte de la Regia avec la tête du cheval et, si c'était le cas, le combat s'arrêtait aussitôt. Les gens de Subure devaient les en empêcher et l'emporter chez eux. Pour cela, tous les coups étaient permis et, chaque année, il y avait des morts.

22

Au début, sa lourde toge gêna Flaminius dans sa progression et ses mouvements, mais, en quelques instants, elle se trouva tellement déchirée de toutes parts qu'elle ne fut plus un obstacle. Il eut un sourire en pensant à l'accroc qu'il avait fait volontairement pour justifier le présage du corbeau. Ce n'était pourtant pas le moment de s'attarder à ces souvenirs. Un esclave en fuite récidiviste, reconnaissable à ses sourcils rasés, l'avait agrippé par les épaules et le secouait comme un prunier. Il lança son poing en avant et frappa si fort que, malgré le tumulte, il put entendre les dents craquer.

Autour de la tête du cheval, la mêlée était indescriptible. Un malheureux habitant de la via Sacra, qui avait fait un faux pas, fut irrémédiablement piétiné à mort par les siens : il resta par terre, les yeux ouverts, avec le sang qui lui sortait par le nez, les oreilles et la bouche... Flaminius recevait autant de coups qu'il en donnait, heureusement sans dommage pour lui jusqu'à présent. Malgré la bagarre, il gardait toute sa lucidité et il se rendait compte que la situation était bloquée.

Si les gens de la via Sacra avaient la tête du cheval, ceux de Subure, faisant preuve d'un sens tactique digne des meilleurs généraux, avaient séparé leur troupe en deux moitiés, l'une qui tentait d'arracher le trophée, l'autre qui s'était massée devant la porte de la Regia et qui interdisait toute approche... Ce fut alors que Flaminius vit un gamin de la via Sacra, qui était parvenu on ne sait comment à se faufiler, grimper sur une colonne de la façade et arriver au-dessus de la porte, d'où il se mit à faire des signes frénétiques.

Titus Flaminius n'hésita pas. Il se porta à la hauteur du possesseur de la tête et, sans chercher à discuter, le bouscula violemment. Celui-ci, ne s'attendant pas à cette attaque venant de l'un des siens, lâcha son fardeau. Dès qu'il l'eut en main, Flaminius le lança au gamin, par-dessus les défenseurs de Subure. Celui-ci l'attrapa prestement par une oreille et lui fit toucher la porte. Le cri de rage des perdants éclata en même temps que le cri de joie des vainqueurs. Cette fois, la fête du Cheval d'octobre était terminée. Titus Flaminius échappa rapidement aux congratulations de ses équipiers d'un jour, qui voulaient le porter en triomphe. Il reprit sa route en direction du champ de Mars.

En approchant de sa destination, il jeta un regard à sa toge en lambeaux et se sentit soudain terriblement gêné. Si Brutus avait été seul, la situation n'aurait pas été embarrassante, bien au contraire. Flaminius lui aurait raconté son exploit et il se serait gentiment moqué, comme il en avait l'habitude, de sa manie de ne pas quitter les bibliothèques et de mépriser les exercices physiques.

Seulement, voilà, Brutus n'était pas seul. Il était en compagnie du plus grand philosophe du temps, le vieux maître Posidonius, qui, à la demande de ses nombreux correspondants et admirateurs, s'était enfin décidé à quitter Rhodes pour Rome. Brutus avait obtenu d'être le premier à s'entretenir avec lui et il avait voulu partager cet honneur avec Flaminius. À la différence de Brutus, stoïcien convaincu, Flaminius n'avait qu'un goût modéré pour la philosophie, mais il avait été sensible à cette manifestation d'amitié et il n'avait pas refusé.

Amitié était du reste un mot faible pour désigner le lien qui les unissait. Ils étaient inséparables, presque des frères. D'ailleurs, ils étaient frères de lait, ils étaient nés à quelques

24

jours de distance et on leur avait donné la même nourrice. Ce n'était pas le seul point qui les rapprochait. Tous deux avaient perdu leur père dans les guerres qui ensanglantaient constamment le pays et avaient été élevés par leurs mères. Ces dernières aussi se ressemblaient. Flaminia et Servilia étaient deux femmes d'exception, aussi cultivées qu'énergiques et ambitieuses ; toutes deux avaient la tête politique et s'étaient résolument engagées dans le parti populaire, en dépit de leur haute naissance.

La famille Brutus était tout aussi illustre que la famille Flaminius, elle était même plus que cela : légendaire. C'était l'un des siens qui, en assassinant le dernier roi de Rome, le tyran Tarquin le Superbe, avait fondé la république. Il avait été le premier de ses consuls et il resterait à jamais le symbole de la démocratie. Cela, son lointain descendant en était parfaitement conscient. Il se sentait investi d'une responsabilité : être le défenseur intransigeant des libertés et, si un nouveau tyran se manifestait un jour, l'éliminer, quel qu'il soit.

C'était ce qui expliquait sans doute le côté terriblement sérieux de son caractère. Sur ce point, Flaminius et lui ne se ressemblaient pas. Autant le premier était volage, abordait la vie avec insouciance, autant le second se posait mille questions, auxquelles il tentait de trouver des réponses dans la réflexion et dans l'étude. Il en résultait que, bien qu'ils aient exactement le même âge, Brutus semblait largement l'aîné de Flaminius. Mais c'était bien ainsi. Ils se complétaient. L'un apportait sa force et son allant ; l'autre, son calme et sa prudence...

Titus Flaminius allait à présent à contre-courant des spectateurs qui quittaient le cirque. Il apercevait à travers la foule

l'endroit où Brutus lui avait donné rendez-vous, la via Fornicata, la « rue aux Arcades ». Ce long passage voûté en bordure
du champ de Mars présentait la particularité d'être le lieu de
prédilection des stoïciens et des prostituées. Les premiers,
parce qu'ils avaient l'habitude de philosopher sous les por-
tiques d'où ils tiraient leur nom, les secondes, parce qu'elles
étaient attirées par les nombreux flâneurs qui profitaient de
l'ombre en été et de l'abri à la mauvaise saison.

Flaminius aperçut immédiatement Brutus et Posidonius.
On ne pouvait les confondre avec les autres, c'étaient les seuls
à être barbus. Brutus était jeune et portait la barbe en collier,
Posidonius était un vieillard à la longue et broussailleuse
barbe blanche, mais l'un comme l'autre se désignaient ainsi
d'eux-mêmes comme philosophes. À Rome, seuls les philosophes n'étaient pas glabres. Tous les autres avaient à cœur de
se raser quotidiennement, même les plus démunis, même les
esclaves, même les mendiants...

En arrivant, Flaminius bredouilla sans conviction quelques
mots au sujet d'une attaque de brigands. Le vieux stoïcien ne
fit aucun commentaire. Brutus non plus, mais il lui lança un
regard qui, malgré lui, le remplit de honte. Il se contenta de
déclarer :

– Posidonius était en train d'expliquer comment le sage doit
dominer ses passions...

Sans plus attendre, le maître se remit en marche et reprit
son exposé, suivi de ses deux jeunes interlocuteurs. À leur passage, les femmes très fardées qui déambulaient entre les
colonnes s'écartaient, sachant qu'elles n'avaient rien à espérer
de ces philosophes... La voix du stoïcien s'éleva de nouveau :

26

– Parmi les choses, il y en a qui dépendent de nous et d'autres qui n'en dépendent pas. Dépendent de nous le jugement, la volonté, le désir. Ne dépend pas de nous ce que nous considérons généralement comme des biens ou des maux et qui est, en réalité, indifférent : la vie, la mort, la nôtre et celle de nos proches, la santé, la maladie, la pauvreté, la richesse. Si nous nous attachons à ces choses, nous perdons notre temps...

Posidonius parla longuement ainsi, en arpentant la via Fornicata. À la différence de Brutus, à qui ce langage était familier et qui se lança dans une discussion sur le fait de savoir si renverser un tyran dépendait de nous ou non, Flaminius entendait pratiquement ces propos pour la première fois et, contrairement à son attente, il ne les trouvait pas inintéressants. Serait-il possible d'être à ce point détaché de tous les aléas de l'existence ? Il concevait quelle force cela pouvait donner et c'était un peu de cette manière que se comportait Brutus. Flaminius avait pu constater à plusieurs reprises avec quel calme il accueillait des événements imprévus qui, lui, l'auraient bouleversé.

Mais, en même temps, il sentait en lui trop de vitalité, de bouillonnement, pour parvenir à un tel renoncement... Il contempla les cheveux blancs de Posidonius. Tenir un tel discours était facile à son âge, quand les assauts du temps ont eu raison des passions, quand les événements de toute une vie ont émoussé la sensibilité. Le stoïcisme était une philosophie respectable, mais elle était bonne pour les vieillards. Oui, c'était cela ! Titus Flaminius décida qu'il se ferait stoïcien lorsqu'il serait aussi vieux que Posidonius, si les dieux lui accordaient une telle longévité. D'ici là, il continuerait à prendre la

27

vie comme il l'avait fait jusque-là : avec passion, avec fougue, de tout son être !

– Maître !...

Flaminius sursauta. Palinure, l'esclave messager de la maison, celui qui était chargé de porter les courriers aux uns et aux autres dans tout Rome, arrivait en courant vers lui. Il avait une expression tellement tragique que Posidonius et Brutus s'arrêtèrent subitement dans leur discussion.

– Maître, un grand malheur est arrivé... Ta mère... Elle est... morte !

– Morte ?

Palinure détourna les yeux. Ce qu'il avait à ajouter était pire encore.

– On l'a... Elle a été... assassinée !

Titus Flaminius sentit la main de Brutus, qui lui serrait vivement le bras. Curieusement, sa première pensée alla au corbeau qui avait croassé trois fois quand il était sorti de chez lui... Comment avait-il pu croire qu'un présage aussi terrible aurait pu être conjuré par une simple déchirure à sa toge ? Il s'était imaginé plus fort que les dieux, il les avait méprisés, il s'était comporté comme un impie et il venait de le payer !

Ensuite, il vit Brutus et Posidonius qui le regardaient en silence... Oui, il le fallait ! Il devait être digne de ce qu'ils attendaient de lui, il devait se comporter comme le stoïcien qu'il n'était pas. Il se tourna vers Palinure et lui dit sans faiblir :

– Je te suis.

Il repartit en courant avec lui. Brutus le suivit, laissant Posidonius seul sur la via Fornicata. Et, en cet instant, Titus Flaminius eut la certitude que sa vie venait de basculer.

3

LE JOUR DES MASQUES

Flaminius refit à toute allure avec Brutus le trajet qu'il avait accompli en flânant peu de temps auparavant. Ils repassèrent sur le Forum, où les habitants de la via Sacra fêtaient bruyamment leur victoire. Ils dévalèrent la rue aux Jougs et ce fut hors d'haleine qu'ils arrivèrent à la maison Flaminia, de l'autre côté de Rome.

Bien qu'ils n'aient ni l'un ni l'autre le cœur à l'apprécier, l'endroit était tout à fait charmant : à quelques jets de pierre du Forum, on se serait cru en pleine campagne. La villa était située dans le bois des Muses, qu'on appelait parfois bois des Camènes, selon leur antique appellation latine. Elle était accrochée aux pentes douces du Caelius, une des sept collines de Rome, qui se dressait à l'extrémité sud-est de la ville et s'arrêtait au pied des remparts. C'était une belle bâtisse à un étage, construite en béton recouvert de marbre, selon la technique la plus récente et la plus coûteuse. La maison Flaminia était, d'ailleurs, une merveille. Les marbres les plus précieux et les plus rares avaient été employés tant sur la façade qu'à l'intérieur. Ce n'était pas un hasard : la famille possédait une exploitation de marbre dans le centre de l'Italie, d'où lui venaient ses revenus depuis des générations.

Flaminius et Brutus traversèrent en trombe l'atrium, pièce à ciel ouvert autour d'un bassin, qui servait d'entrée dans les maisons romaines. Traditionnellement, dans ce lieu de réception et d'apparat, les propriétaires plaçaient des éléments de décoration reflétant leurs penchants et leurs goûts, et Flaminia n'y avait pas manqué. L'atrium abritait neuf statues aux effigies des muses, les deux premières, qui accueillaient le visiteur juste à son arrivée, étant Thalie et Melpomène, celles de la comédie et de la tragédie, qui rappelaient la grande passion de sa vie.

L'atrium était vide, mais des cris et des pleurs se faisaient entendre à l'arrière de la maison : les deux jeunes gens s'y précipitèrent. On y accédait en traversant le tablinum, une petite pièce qui servait à la fois de bibliothèque et de galerie des ancêtres. À droite et à gauche, le tablinum donnait sur deux salles à manger ; au fond, il débouchait sur le jardin et les chambres à coucher.

Comme le reste de la demeure, le jardin, dont Flaminia avait conçu elle-même l'ordonnancement, était une merveille de goût. De petites dimensions, clos sur trois côtés par le tablinum et les chambres, il était ouvert sur le quatrième en direction du bois des Muses. Des arbustes artistiquement taillés et des fleurs, peu nombreuses en cette fin de saison, en composaient le décor, que la nature prolongeait avec son art à elle. Titus Flaminius eut un violent sursaut : l'attroupement des serviteurs se situait dans sa propre chambre. Il s'y rua et se figea.

La pièce était toute simple : un lit de bois doré, deux fauteuils, un coffre, le tout sur un joli carrelage de marbre blanc et vert pâle. Au mur, une fresque représentait Vénus entourée d'amours et de nymphes. À son arrivée, les cris et les pleurs s'étaient arrêtés, tout le monde le regardait, immobile... Flaminia, elle aussi, était immobile. On l'avait installée hâtivement sur le lit. Elle avait les yeux clos, elle semblait dormir, mais elle ne dormait pas : elle avait tout le haut du crâne défoncé. Sur le sol, traînait encore une pelle servant à l'entretien du jardin : l'arme du crime.

La mort avait laissé Flaminia telle qu'elle était de son vivant : très belle, dans sa cinquantaine épanouie, de haute taille pour une femme, avec un visage volontaire à la bouffante chevelure brune. Plus que de la douleur, c'était de la stupeur que ressentait Flaminius en cet instant. Sa mère emplissait toute la maison de sa présence, elle avait de grands gestes, de grandes exclamations, son rire était éclatant et ses plaintes l'étaient tout autant. À la moindre contrariété, elle prenait à témoin tous les dieux de l'Olympe, elle les invectivait ou, au contraire, les suppliait, leur promettait des offrandes et des sacrifices. Flaminia jouait en permanence la comédie ou la tragédie et, quelquefois, elle déclamait réellement les répliques ou les tirades de la pièce qu'elle était en train d'écrire.

Et voilà que, d'un seul coup, tout cela était terminé à jamais. Sa voix s'était tue. Elle ne s'affairerait plus dans la maison, elle n'irait plus accueillir les visiteurs dans l'atrium, elle ne s'occuperait plus de son jardin. Titus Flaminius secoua la tête et s'entendit prononcer :

31

– Ce n'est pas possible !

Comme tout à l'heure sur la via Fornicata, Brutus posa sa main sur son bras et le regarda en silence. Malgré la douleur qui était en train de monter en lui et qui lui coupait le souffle, Flaminius décida qu'il ne se laisserait pas aller, qu'il ne pleurerait pas. C'était sa manière de dire son amitié à Brutus, de le remercier d'être présent au moment le plus tragique de son existence, d'être le frère que la nature ne lui avait pas donné.

Un remue-ménage se produisit à la porte de la chambre et un nouvel arrivant fit son entrée. D'un port altier, grisonnant, l'homme avait fière allure. Il s'agissait, d'ailleurs, d'un personnage très en vue dans Rome. Demetrius, originaire d'Alexandrie, était le médecin de la meilleure société, celui de César et des Flaminius. Sans un regard pour personne, il se précipita vers la femme allongée, lui palpa le corps et le visage, examina la plaie et se redressa. Il s'adressa à Flaminius, l'air grave :

– Il n'y a plus rien à faire. Il te faut du courage. Mais je vois que tu n'en manques pas.

Flaminius prit la parole avec un calme qui le surprit lui-même :

– Qu'est-il arrivé, selon toi ?

– D'après la blessure, elle a été frappée de dos. Elle est certainement morte instantanément. Aie au moins cette consolation dans ton malheur : elle n'a pas souffert...

– Mais qui a pu faire cela ?

– Je vais te dire tout ce que je sais...

C'était Malicia, la femme de chambre de Flaminia, qui venait d'intervenir. Alors qu'avant l'arrivée de Flaminius, tous les serviteurs manifestaient bruyamment leur douleur, les hommes se frappant la poitrine, les femmes se défaisant les cheveux et se griffant la peau de leurs ongles, un certain calme était revenu. Ils avaient à cœur de se comporter dignement devant le fils de la disparue. Malicia remit de l'ordre dans sa chevelure.

– C'était peu après ton départ. Ta mère voulait saluer les vestales ; elle m'avait demandé de la prévenir lorsqu'elles seraient à la fontaine d'Égérie. Comme elles arrivaient, je suis rentrée dans la maison. J'ai entendu un cri qui venait de ta chambre. J'ai couru et je l'ai trouvée inanimée...

– Pourquoi était-elle dans ma chambre ?

– Je ne sais pas.

– Et tu n'as vu personne entrer ou sortir ?

– Non...

Un silence se fit dans la pièce.

– Laissez passer le préteur urbain !

De nouveau, un remue-ménage s'était fait à la porte de la chambre, mais il s'accompagnait, cette fois, d'une véritable bousculade. Le nouvel arrivant n'était autre, en effet, que le responsable de toute la police et de toute la justice de Rome, accompagné d'une escouade de ses hommes. Récemment élu à ce poste, le plus important de la république après celui de consul, Clodius était une figure dans la vie politique romaine. Issu d'une des plus anciennes et des plus nobles familles, il avait choisi de faire carrière du côté du peuple. Pour cela, il n'avait pas hésité à se faire adopter par un plébéien, ce qui lui avait valu une extraordinaire popularité. Il était le plus ardent partisan de Jules César, auquel il fournissait l'aide de ses agitateurs armés, qui parcouraient la ville.

Son physique concordait parfaitement avec ses ambitions. Très brun, ce qui lui donnait des joues bleuies, même lorsqu'il était impeccablement rasé, Clodius arborait presque en permanence un sourire à la fois conquérant et carnassier. Il avait les dents très blanches, il savait que c'était un des atouts les plus marquants de son physique et il ne se privait pas de l'exploiter. En outre, il était du genre athlétique, avec des bras et un torse puissants. Il avait tout pour plaire. Et il plaisait.

Flaminius et Clodius n'étaient pas des étrangers l'un pour l'autre. Ils étaient cousins, mais ce lien du sang ne les rapprochait pas. Bien au contraire, ils se détestaient depuis toujours. Flaminius ne pouvait pas supporter Clodius, son aîné de huit ans, qu'il considérait comme un ambitieux sans scrupules, capable de tout pour arriver. Clodius, de son côté, le lui rendait bien et, comme ils étaient aussi bouillants et bien bâtis l'un que l'autre, il leur était arrivé à plusieurs reprises d'en venir aux mains.

Clodius s'était arrêté au milieu de la chambre. En cet instant, il n'avait pas du tout l'air avantageux et sûr de lui qui était le sien pratiquement en toutes circonstances. Il restait immobile, l'air stupide, les yeux écarquillés, la bouche ouverte, devant le corps de sa tante.

– Mais qu'est-ce que cela signifie ?

Même le deuil et la douleur n'avaient pas désarmé l'hostilité de Flaminius. Il répliqua sèchement :

– Ma mère est morte. On l'a assassinée : voilà ce que cela signifie !

– Mais ce n'est pas ce qu'on m'avait dit !

Clodius avait l'air totalement bouleversé. Du coup, Flaminius changea de ton :

– Qu'est-ce qu'on t'avait dit ?

– En tout début de journée, on m'a apporté un message. Je devais me rendre d'urgence chez toi, dans ta chambre, pour faire une découverte de la première importance. Mais c'était tout. Il n'était pas question de... ce drame !

Ce fut au tour de Flaminius de rester interdit.

– C'est insensé. Quelle heure était-il ?

– Le soleil venait de se lever. Je n'ai pas pu venir à cause du Cheval d'octobre. En tant que préteur, j'avais l'obligation d'y assister. Je suis venu juste après.

« Le soleil venait de se lever »... Titus Flaminius se vit quittant la villa pour rejoindre Brutus sur la via Fornicata, lorsque le corbeau fatal avait croassé. À ce moment-là, le jour était déjà bien avancé et Flaminia était vivante : il était allé la saluer avant de partir. Mais alors, qu'est-ce que tout cela voulait dire ? Cela n'avait absolument aucun sens !

– Et qui t'a porté ce message ?

– Une ombre, une silhouette. Je n'ai pas fait attention. Depuis que je suis préteur, je reçois toutes sortes de communications de ce genre, des dénonciations, des racontars. Lorsque je l'ai lu, il n'y avait plus personne depuis longtemps...

Flaminius n'ajouta rien. Il y avait beaucoup à dire sur cet incident extrêmement troublant, qui avait peut-être un lien direct avec l'assassinat de sa mère, mais sa mère, justement, était là, c'était son corps qu'il avait sous les yeux et il devait se taire. Clodius se tut aussi. Il aimait beaucoup sa tante, cette disparition brutale l'affectait vivement. Il se recueillit à son tour et les deux cousins, pour une fois unis dans un même sentiment, gardèrent longuement le silence...

Peu de temps après, alors que les servantes s'occupaient de la toilette funèbre de la défunte, Flaminius et Brutus s'entretinrent pour la première fois depuis le drame. Pour fuir cette atmosphère de mort, Flaminius avait préféré quitter la maison. Ils se trouvaient tous deux dans le bois des Muses. Un assemblage de tréteaux s'y dressait : la scène sur laquelle des comédiens répétaient une des pièces de Flaminia. Plusieurs d'entre eux erraient aux alentours, désœuvrés, ne sachant que faire, après avoir été plongés dans une tragédie qui n'était pas celle pour laquelle on les avait fait venir. Titus Flaminius eut un sourire triste.

– La mort de ma mère ne dépendait pas de moi. Je l'ai donc acceptée ou, du moins, j'essaie. Que pense de moi le stoïcien ?

Flaminius s'attendait à ce que son compagnon le félicite tout en lui exprimant son émotion, mais sa réponse fut tout autre :

– D'une certaine manière, au contraire, elle dépend beaucoup de toi, Titus !

Ce dernier le regarda, interloqué.

– Explique-toi...

– Si Flaminia était morte d'une fièvre ou de la chute d'une tuile, tu n'aurais, effectivement, qu'à te soumettre au destin, mais elle a été tuée et il dépend de toi que celui qui a fait cela soit retrouvé et puni.

– Tu veux dire que le stoïcisme veut que je recherche son assassin ?

– Il ne te l'interdit pas, en tout cas. Ce n'est pas le hasard ou la fatalité qui a tué Flaminia, c'est un être de chair et d'os, et cet être-là, je t'engage à lui donner la chasse !

– Tu ne crois pas que c'est un peu trop tôt pour y penser ?

– Sans doute, mais il faut que tu le saches et que tu t'y prépares...

Un grand silence se fit dans le bois des Muses, troublé seulement par le babillement de la fontaine d'Égérie, un peu plus bas. Brutus poursuivit :

– Face à la douleur, c'est l'action qui est le meilleur remède. Tu es jeune, tu es avocat, tu connais les lois et les procédures, tu as tous les atouts. Fais-le, Titus. Tu sais bien que personne ne le fera à ta place !

Titus Flaminius resta songeur. Ce que disait Brutus était parfaitement exact. À Rome, la justice était d'abord une affaire individuelle. Il n'existait ni ministère public ni police d'investigation. Si quelqu'un était victime d'un homicide, c'était à sa famille de rechercher le coupable par ses propres moyens et, une fois qu'elle pensait l'avoir trouvé, de le traduire en justice. Les deux parties prenaient un avocat et les magistrats tranchaient.

Flaminius savait, en particulier, qu'il n'avait rien à attendre de Clodius, pourtant préteur urbain, responsable de la police et de la justice de la ville. Bien qu'il ait vu de ses yeux que Flaminia avait été assassinée, il ne ferait rien, parce que ce n'était pas son rôle. Et, d'ailleurs, il n'en avait pas les moyens. Les policiers dont il disposait n'étaient que des forces de maintien de l'ordre, pour disperser les attroupements ou patrouiller la nuit, en aucun cas des auxiliaires de justice...

Mais Titus Flaminius n'alla pas plus loin dans cette conversation. Les servantes avaient dû achever la dernière toilette de sa mère. Il était temps de se rendre auprès d'elle.

Deux jours avaient passé et tout ce que Rome comptait de personnalités ou presque s'était donné rendez-vous pour les funérailles de Flaminia. La défunte reposait devant sa villa, sur un amoncellement de bois de chêne. Elle était couronnée de rameaux verdoyants cueillis dans le bois des Muses, qui masquaient sa blessure et rappelaient ces divinités qui lui avaient été chères toute sa vie.

Devant le bûcher funèbre, se tenait Jules César, à qui revenait, en tant que grand pontife et consul, la charge de présider la cérémonie. Son collègue, Bibulus, l'autre consul, n'était pas là. Il était en perpétuel désaccord avec lui et, trop insignifiant pour lui faire obstacle, il avait choisi de s'enfermer définitivement chez lui.

César était entouré de celles qui venaient juste après lui en dignité, les vestales. Elles étaient habillées de leur vêtement traditionnel, si élégant : une tunique blanche artistiquement drapée et un voile de la même couleur posé sur la tête. Pour honorer celle qu'elles voyaient souvent en se rendant à la fontaine, elles étaient venues en nombre ; pas moins d'une dizaine, ce qui était considérable.

Les vestales étaient dix-huit en tout, six prêtresses en exercice, six novices et six anciennes. Elles commençaient leur sacerdoce entre six et dix ans. Les candidates étaient choisies parmi les familles patriciennes et tirées au sort par le grand pontife. Pendant les dix premières années, elles recevaient leur instruction des aînées ; pendant les dix années suivantes, elles exerçaient leur ministère proprement dit et, pendant les dix dernières, elles s'occupaient des novices.

Les vestales étaient vénérées de tous les Romains. Gardiennes du feu sacré, qui brûlait nuit et jour dans le temple de Vesta, déesse du foyer, elles étaient astreintes à la virginité et à une pureté de mœurs absolue, sous peine du plus terrible des supplices. Si l'une d'elles était convaincue de relations coupables, elle était condamnée à la chambre souterraine, où elle était enterrée vivante avec de l'eau, des provisions et une lampe à huile, tandis que l'amant était battu de verges jusqu'à la mort. Mais cela arrivait très rarement et, une fois passés les trente ans de leur sacerdoce, les vestales étaient libres de faire ce qu'elles voulaient, y compris de se marier...

Quelques pas en retrait de César et des vestales, se tenait le reste de l'assistance... Personnage imposant au propre comme au figuré, Crassus inaugurait cette galerie des grands hommes. De forte stature et de teint coloré, cet ancien consul était l'homme le plus riche du pays et il avait mis son immense fortune au service de ses ambitions politiques. On murmurait qu'il était lié avec César et Pompée par un traité secret pour abattre la république, le triumvirat, qu'on avait surnommé « le monstre à trois têtes ». Si la chose était vraie, un seul des trois complices manquait ce jour-là, Pompée, qui, absent d'Italie, n'avait pu venir.

Aux côtés de Crassus, se tenait un autre césarien convaincu, Marc Antoine, un colosse, l'homme de main de César, tout comme Clodius. Car l'habile consul veillait à paraître irréprochable en toutes circonstances, parfaitement respectueux des usages et des lois, mais faisait terroriser en sous-main ses opposants par ses exécuteurs des hautes et basses œuvres.

Contrairement à Marc Antoine, pour qui cette cérémonie était une obligation protocolaire et qui avait l'air de s'ennuyer ferme, Clodius affichait une mine grave. Ces funérailles étaient pour lui un vrai deuil, l'adieu à un être qui lui était cher. Et puis, il ne s'était pas encore remis de l'incident du message. Il n'avait cessé d'y penser et il comprenait de moins en moins. Tout laissait supposer que l'assassin l'avait prévenu avant de commettre son meurtre, ce qui était proprement inimaginable !

Clodius n'était pas seul. Il se trouvait en compagnie de son épouse Fulvia... La légèreté de mœurs du préteur urbain était célèbre et il fallait croire que le proverbe « Qui se ressemble s'assemble » était vrai, car Fulvia passait pour la pire dévergondée de Rome. Des cheveux très bruns coupés court, un nez retroussé, un air hardi, des yeux qui détaillaient sans vergogne les hommes aussi bien que les femmes, en disaient long sur le comportement qui pouvait être le sien.

Elle n'était pas la seule femme de réputation sulfureuse à être présente. Clodia, sœur de Clodius, partageait fréquemment ses débauches. Âgée de trente-cinq ans, elle présentait la particularité rare pour une Romaine d'être blonde. Son abondante chevelure la faisait remarquer où qu'elle soit et lui donnait quelque chose de flamboyant, qui cadrait parfaitement avec sa personnalité. S'il ne s'entendait pas avec Clodius, Titus Flaminius avait pas mal d'affinités avec elle, sans qu'il y ait rien d'autre entre eux que de l'amitié. Il était célibataire, elle était divorcée, ils avaient autant d'aventures l'un que l'autre et il leur arrivait fréquemment de s'en faire la confidence.

Des sanglots bruyants éclatèrent dans l'assistance. Servilia, amante de César et meilleure amie de la disparue, s'était mise à pousser des cris déchirants... On aurait eu bien du mal, en cet instant, à reconnaître en elle l'une des femmes les plus splendides de Rome. La très jeune mère de Brutus, qui avait eu son fils à quinze ans, était plus que belle, elle avait un visage à la fois fin et énergique, des yeux profonds, un corps superbe. Toujours admirablement parée, aimant le luxe et les bijoux, elle tenait toujours la vedette, où qu'elle aille. Et c'étaient justement ses bijoux la cause de ses pleurs ou, plus précisément, la perle que César lui avait offerte. Elle avait appris que Flaminia avait retrouvé son voleur et elle était certaine qu'elle l'avait payé de sa vie. Le voleur et l'assassin ne faisaient qu'un et ce dernier l'avait supprimée. Elle répétait avec des intonations tragiques :

– Flaminia est morte à cause de moi ! C'est moi la coupable, moi seule !

Son mari Silanus, déjà âgé, homme politique médiocre et cocu complaisant vis-à-vis du consul, voulut la prendre dans ses bras pour la consoler, mais elle le repoussa violemment et il n'insista pas.

Son fils lui adressa alors un regard de tendre reproche et elle se calma enfin... Brutus avait peu quitté Titus Flaminius depuis le drame. Il avait aidé son ami à faire face aux obligations causées par la disparition de sa mère et l'avait réconforté de son mieux par sa présence. Il n'était pas venu seul aux funérailles. Sa maîtresse du moment, Cytheris, l'accompagnait.

41

Il s'agissait d'une créature de rêve, une prostituée de luxe d'origine grecque, la plus demandée et la plus chère de Rome, dont il était l'amant de cœur. Tout stoïcien qu'il était, Brutus ne dédaignait pas ce genre de plaisir, qui n'avait rien de contraire à la doctrine, pourvu qu'on ne s'y attache pas.

Le dernier grand personnage présent passait pratiquement inaperçu. Pourtant, c'était certainement le plus imposant par la stature : il était énorme, pour ne pas dire obèse. Ancien homme politique et général de talent, Lucullus avait décidé, à la suite de plusieurs échecs, de se retirer des affaires pour se consacrer à la gastronomie. Il ne passait plus sa vie qu'en banquets et tout le monde le considérait un peu comme un fou. Le plus souvent, on l'évitait, ce qui était encore le cas cette fois : il était à l'écart, ce dont il n'avait pas l'air de se soucier...

Il n'y avait pas que des dévergondées ou des femmes légères aux funérailles de Flaminia. À côté de Fulvia, Clodia, Servilia ou Cytheris, deux femmes de l'assistance incarnaient la vertu légendaire des matrones romaines. La première, Julia, fille de César, venait d'épouser Pompée. C'était l'image même de la vertu. Elle avait les traits purs et altiers d'une statue et il ne serait pas venu, même au pire débauché, l'idée de la séduire. La seconde, Calpurnia, n'était pas la fille, mais la fiancée de César. Car le consul, qui s'affichait ouvertement avec Servilia, allait bientôt se remarier et la malheureuse Calpurnia, qui était vivement éprise de son futur époux, endurait outrage sur outrage avec une patience héroïque.

Des personnages de moindre importance complétaient l'assistance, parmi lesquels Demetrius, médecin des Flaminius. Il était venu en compagnie de son amant, avec lequel il n'avait aucune honte à se montrer, le jeune Corydon, un esclave grec qu'il avait acheté récemment.

Enfin, on pouvait voir une partie de la troupe qui aurait dû jouer la pièce de Flaminia, avec, en particulier, son régisseur Gorgo et, bien sûr, tous les esclaves de la maisonnée. Esclaves, d'ailleurs, ils ne l'étaient plus, la généreuse Flaminia les ayant tous affranchis dans son testament...

Si une partie seulement des comédiens se trouvait dans l'assistance, c'est que les autres avaient un rôle à tenir dans la cérémonie, un rôle essentiel et typiquement romain : les masques des ancêtres et l'archimime.

Les familles patriciennes, comme les Flaminius, disposaient d'un privilège auquel elles étaient très attachées, le « droit d'images ». À l'enterrement d'un des leurs, elles sortaient les masques mortuaires des ancêtres, pris à la cire après leur mort, et les faisaient porter par des acteurs. Ces masques étaient pieusement conservés à l'intérieur du tablinum, dans une boîte en forme de temple accrochée au mur de la pièce. Sur chacun d'eux était inscrit le nom du disparu et ils étaient reliés entre eux par des bandes de tissu.

Titus Flaminius était allé les chercher au petit matin, avec beaucoup d'émotion, surtout lorsqu'il avait pris celui de son père, car, malgré les circonstances dramatiques de sa mort, il avait été possible de prendre une empreinte de son visage... Il y avait huit masques en tout, représentant les trois générations précédentes des Flaminius.

Ce fut en compagnie de ces huit spectres que Flaminius rejoignit la cérémonie. Avançant d'un pas lent, il prit place avec eux face au bûcher, de l'autre côté de César et des vestales. Il éprouvait plus que de l'émotion. À la souffrance d'avoir perdu sa mère, s'ajoutait l'impression de se voir en compagnie de son père. L'effet était terriblement impressionnant, mais ce n'était rien en comparaison de ce qu'allait lui réserver l'archimime.

Contrairement aux autres acteurs, qui restaient muets et immobiles pendant toute la cérémonie, l'archimime parlait et se déplaçait. Il portait un masque à l'effigie de la personne qu'on enterrait et il était chargé de la faire revivre.

Flaminius frémit... L'archimime venait de faire son apparition ; il aurait mieux valu dire « Flaminia venait de faire son apparition », tant la ressemblance était criante. C'était pourtant un homme : il n'y avait pas de femme dans les troupes, tous les rôles, masculins ou féminins, étaient joués par des hommes... Or non seulement l'arrivant était habillé d'une de ses robes, qui lui allait parfaitement tant il lui était semblable de mensurations, mais il avait le même port et la même démarche. Une perruque complétait l'illusion en lui donnant la bouffante chevelure brune, qui la faisait reconnaître de loin par tous ses familiers.

Oui, c'était Flaminia ! Elle avait cette façon qui n'appartenait qu'à elle de se déplacer, d'une manière fiévreuse, ardente, avec des gestes qu'elle esquissait et qu'elle ne terminait pas. Et puis, elle parla et ce fut prodigieux. Elle alla vers César et l'apostropha :

– César, mon petit César, il faut que je te dise quelque chose...

C'était exactement sa voix, chaude et autoritaire à la fois, et surtout c'étaient ses mots. Jules César en fut tellement surpris qu'il sursauta. De toutes les personnes qu'il connaissait, Flaminia était la seule à se permettre de l'appeler « mon petit », avec un mélange d'affection et de vénération. Il faillit lui répondre, tant l'illusion de se trouver en face d'elle était grande. Il ne se reprit qu'au dernier instant...

À présent, l'archimime déambulait parmi les assistants, invectivant les dieux de manière théâtrale et lançant jusqu'aux cieux la formule favorite de la disparue :

– Junon, Junon, pourquoi m'as-tu faite femme ?

Flaminius eut un instant l'illusion que sa mère était encore en vie, mais son regard tomba sur le bûcher où reposait le corps immobile et, pour la première fois depuis le tragique événement, il ne put résister à l'émotion. Il éclata en sanglots et pleura sans chercher à se retenir. Tous les stoïcismes, toutes les sagesses, tous les raisonnements du monde ne pouvaient rien contre cette évidence : il souffrait et seules les larmes pouvaient le soulager un peu.

Dans l'assistance, personne ne semblait lui reprocher ce moment de faiblesse. Au contraire, Flaminia était très aimée ; l'émotion, déjà sensible, gagna tout le monde et d'autres lamentations se firent entendre, dont celles de Servilia, qui les couvraient toutes.

Mais Titus Flaminius se reprit. Il cessa ses pleurs et s'éclaircit la voix. Il fallait qu'il ait retrouvé la maîtrise de soi pour la tâche qui l'attendait à présent et qui constituait le moment le plus important de la cérémonie : l'éloge funèbre de sa mère.

Flaminius était avocat. Parler lui était facile, mais il eut bien du mal, au début, à trouver ses mots. La morte était là, juste devant lui ; l'émotion paralysait son esprit et sa langue.

Il chercha ses phrases, bégaya et puis, progressivement, son élocution s'affermit.

Comme dans tous les éloges funèbres, il évoqua les qualités de la disparue, ce qui n'était pas difficile, étant donné sa personnalité. Il vanta ses dons intellectuels et artistiques, la mère admirable qu'elle avait été pour lui, consacrant toutes ses forces, depuis la mort de son mari, à son éducation, et il rappela la qualité qui était par-dessus tout la sienne : la générosité.

Il se tut alors et laissa s'installer un silence. Ce qu'il allait dire à présent, il le devait à Brutus. Il n'avait cessé de penser à la conversation qu'ils avaient eue et sa décision était prise. Il continua son discours d'une voix différente. Alors qu'il s'était exprimé jusque-là d'un ton ému, il parla d'une manière plus ferme :

– Ce n'est pas la fatalité qui a tué Flaminia, ce n'est ni une fièvre ni la chute d'une tuile, c'est un être de chair et de sang, et cela me donne un devoir : celui de retrouver l'assassin et de le châtier !

La voix de Flaminius devint plus vive encore, presque violente :

– Ma mère a été tuée ici même, dans cette villa, à quelques pas du bûcher où elle repose. Il n'est pas impossible que le meurtre ait été le fait d'un de ses familiers. Il est même possible qu'il soit ici et qu'il m'entende. Si c'est le cas, je le lui dis en face : je jure que je n'aurai pas de repos jusqu'à ce que je l'aie démasqué et puni !

Cette dernière phrase, Titus Flaminius n'avait pas prévu de la dire, elle lui était venue spontanément, dans une sorte d'intuition. Personne ne s'attendait non plus à ce qu'il la

46

prononce et il sentit un frisson parcourir l'assistance... Mais cela ne dura que quelques instants. L'éloge funèbre était fini, le moment suprême était arrivé. César s'approcha du bûcher, une torche à la main. Le bois de chêne avait été préalablement enduit de résine et une grande flamme s'éleva immédiatement, tandis que l'assistance prononçait à l'unisson les trois mots de l'adieu aux morts, qui figuraient aussi sur les tombeaux :

– *Salve, vale, have* !

Pendant la combustion du corps, Flaminius avait fermé les yeux pour ne pas voir le spectacle de sa mère qui s'en allait en fumée. Il ne les rouvrit que lorsque le bûcher ne fut qu'un tas de cendres et ce fut pour être le témoin d'une scène animée.

Servilia fut prise d'une nouvelle crise de sanglots. Mais, cette fois, rien ne semblait pouvoir l'apaiser. Elle était secouée de hoquets convulsifs, elle tremblait comme une feuille. Au bout d'un moment, César n'y tint plus. Il quitta sa place devant le bûcher et vint la prendre dans ses bras. Silanus s'écarta pour lui laisser la place et César l'enlaça, lui caressant longuement les cheveux.

Flaminius put voir, à quelques pas de là, Calpurnia, qui regardait, figée, le couple formé par son fiancé et sa maîtresse. Elle ne disait rien, mais elle lançait à Servilia un regard de haine indicible.

Quelque temps plus tard, alors que la cérémonie des funérailles était terminée, que les participants étaient partis et qu'il ne restait plus, autour du bûcher, que les vestales qui prononçaient des prières et les domestiques qui s'affairaient à recueillir les cendres, Flaminius revint à la villa pour chercher l'urne qui allait les recueillir.

Il longeait l'un des murs, la tête baissée, perdu dans ses pensées et son chagrin, lorsqu'un cri éclata derrière lui :

– Attention !

En même temps, il se sentit violemment bousculé et se retrouva étendu au sol de tout son long. Il se redressa... C'était l'archimime qui venait de le jeter à terre et, juste à côté de lui, gisait un lourd candélabre en bronze. Il leva les yeux. Le candélabre était tombé d'une des fenêtres du premier étage. Ou plutôt, non, on l'avait jeté. Il eut le temps de voir une forme qui disparaissait en haut. L'archimime poussa un soupir de soulagement :

– Il était temps !

Flaminius éprouvait les émotions les plus violentes. Il comprenait qu'il venait d'échapper de justesse à la mort, pire, à une tentative d'assassinat, car il ne pouvait pas s'agir d'un accident ou d'une maladresse. Pourtant, ce qui l'impressionnait le plus, c'était que l'archimime n'avait pas retiré son masque. Il se tenait juste devant lui, si semblable à sa mère qu'il avait l'impression que c'était elle qui venait de lui sauver la vie, que le jour même de ses funérailles, elle était revenue du royaume des morts pour l'empêcher de la rejoindre.

Il parvint tout de même à reprendre ses esprits... Il ne savait pas à qui il devait la vie. Ce n'était pas lui qui s'était occupé de l'organisation des funérailles, il avait laissé ce soin à son régisseur, dont il connaissait la compétence.

– Sans toi, j'y restais ! Qui es-tu ?

– Je m'appelle Florus. Je suis un des comédiens de la troupe.

48

– Demande-moi ce que tu veux. Je te dois tout !

– Tu ne me dois rien. Tu aurais fait la même chose à ma place...

Titus Flaminius le contempla. Sa ressemblance avec Flaminia était toujours aussi criante, même de près, mais il parlait à présent avec sa voix véritable : celle d'un jeune plébéien, avec l'accent des quartiers populaires de Rome.

– Comment as-tu fait pour imiter ma mère de cette manière ?

– Cela fait une semaine que je suis ici avec la troupe pour répéter la pièce. J'ai eu tout loisir de l'observer.

– Quel observateur tu fais !

– C'est une chance pour toi. J'ai remarqué à temps ce qui se passait à la fenêtre. J'ai compris qu'on en voulait à ta vie.

– Tu as vu qui c'était ?

– Malheureusement, non. Tout s'est passé trop vite...

Flaminius pensa un moment à rentrer dans la villa et à courir après son agresseur, mais il renonça à cette idée, il devait être parti depuis longtemps. Il poursuivit son chemin pour chercher l'urne funéraire. Florus, l'archimime l'accompagna. Il eut un hochement de sa tête masquée.

– Cela n'a pas traîné !

– Quoi donc ?

– La réaction du meurtrier. Ton discours était très clair : tu lui as déclaré la guerre et il a pris les devants.

– Je ne peux pas y croire !

– Tu vois une autre possibilité ?...

Titus Flaminius se sentit pris de vertige. Le jeune comédien avait parfaitement raison, mais il n'arrivait pas à admettre une chose pareille. Le meurtrier de sa mère, et celui qui avait tenté de le tuer, ferait donc partie de leurs amis, de leurs intimes ? C'était inimaginable ! Ou alors, l'un des esclaves de la maison, un de ceux qui devaient leur liberté à Flaminia : c'était à peine plus croyable. Restaient les acteurs, mais pourquoi ?...

Flaminius alla prendre l'urne, qui avait été déposée dans la chambre de sa mère, et repartit lentement en direction du bûcher, toujours en compagnie du jeune homme déguisé en Flaminia... Les masques... Ce jour était le jour des masques, celui de sa mère, celui de son père, ceux de ses ancêtres, mais aussi ce masque invisible que portait l'une des personnes de l'assistance, et qui dissimulait le crime sous l'apparence de l'amitié et de l'innocence... Florus l'interrogea :

– Tu as toujours l'intention de mener ton enquête ?

– Oui, mais j'avoue que je ne sais pas trop par où commencer...

Flaminius fut pris d'une soudaine inspiration :

– Voudrais-tu m'aider ?

– Moi ?

– Jamais je n'ai vu une telle vivacité, une telle débrouillardise. Tu es fait pour cela.

Florus resta un moment silencieux. Puis il répondit d'un ton subitement ému :

– Ce que tu me demandes me touche. À cause d'une raison personnelle.

– Comment cela ?

– Il y a quelques années, j'ai perdu mes parents de la même manière : ils ont été assassinés tous les deux. Mais je n'ai pas

50

pu me mettre à la recherche du meurtrier. Je n'en avais ni le temps ni les moyens. Il fallait vivre...

Flaminius se sentit affreusement gêné.

– Je suis désolé. Je ne voulais pas...

– Ne le sois pas. J'accepte ta proposition et je t'en remercie. Grâce à toi, je vais pouvoir prendre une revanche. En t'aidant à trouver le meurtrier de ta mère, je vengerai un peu la mienne...

Flaminius fut tenté de prendre le jeune homme dans ses bras pour lui donner l'accolade, mais le masque de la disparue l'en empêcha. Il aurait eu l'impression d'embrasser un fantôme. Il se contenta de prendre ses deux mains dans les siennes et de les serrer.

Ils étaient revenus devant le bûcher. Les vestales venaient de partir. Leur groupe faisait au loin une tache blanche dans les frondaisons du bois des Muses. Seuls les serviteurs étaient encore présents à côté des cendres. Flaminius demanda à son compagnon ·

– Ne pourrais-tu enlever ton masque ? J'avoue que te voir ainsi m'est pénible.

– J'allais le faire...

Florus s'exécuta et Flaminius découvrit un jeune homme à peu près de son âge. Il avait les cheveux coupés court et noirs comme les plumes d'un corbeau, des yeux marron et pétillants, des dents très blanches et, dans toute sa physionomie, on ne sait quoi d'impertinent... Flaminius le regarda longuement. Il voulut en savoir un peu plus sur son compagnon :

– Tu es romain, Florus ?

51

– Autant que toi, même s'il ne s'agit pas tout à fait de la même Rome.

– Que veux-tu dire ?

Florus eut un léger sourire en répondant :

– Je suis de Subure.

4

LE DÉBUT DU LABYRINTHE

Après les émotions qu'il venait de vivre, Titus Flaminius reprenait peu à peu ses esprits et il n'en revenait pas... Qui lui aurait dit qu'un jour son destin croiserait celui d'un acteur ? De toutes les catégories professionnelles de Rome, à part les proxénètes et les prostituées, c'était sans doute la plus méprisée. Et, à la différence de sa mère, qui se plaisait en leur compagnie, il n'éprouvait pour eux qu'une aversion mêlée d'un peu de crainte. En particulier, chaque fois qu'une troupe était venue dans la villa pour interpréter une pièce, ce qui s'était déjà produit plusieurs fois, il avait soigneusement évité de se mêler à elle. Et voilà que, brutalement, son sort se trouvait lié à l'un de ces êtres qu'il considérait comme des vauriens, des débauchés, et qui était de Subure, par-dessus le marché !

– Sais-tu quelle pièce de ta mère nous étions en train de monter ?

Cela non plus, Flaminius ne s'en était pas préoccupé. Il fit un geste d'ignorance.

– *Dédale...* Viens, je vais te montrer quelque chose !

Flaminius suivit le jeune homme. Oui, c'était bien un acteur ! Même quand il ne parlait pas, on s'en rendait compte rien qu'à son allure. Sur scène, il devait s'exprimer autant avec son corps qu'avec sa voix. Il en jouait parfaitement, il avait une démarche aisée, légère, des gestes sûrs... Ils étaient arrivés dans le bois des Muses. Florus déplia une longue et lourde toile, qui avait été laissée là, près des tréteaux abandonnés.

– C'est le rideau de la scène où nous devions jouer.

Sur l'étoffe, un labyrinthe peint apparut. Il était de forme ronde, avec quatre entrées. Devant chacune d'elles, quatre personnages, deux jeunes gens et deux jeunes filles, semblaient hésiter, craignant de s'y aventurer.

– Voilà ce qui nous attend, nous aussi : un labyrinthe. Ferons-nous comme eux ou commencerons-nous l'enquête sans attendre ?

– Le temps presse à ce point ?

– Plus que tu ne penses !

Titus Flaminius avait encore en main l'urne funèbre.

– Mais le deuil, ma mère...

– C'est justement de venger ta mère qu'il s'agit. La piste est encore chaude, il y a peut-être encore des indices qui vont disparaître d'un moment à l'autre. Quant à l'assassin, nous savons qu'il était là il y a quelques instants. N'attendons pas qu'il ait pris le large.

Flaminius approuva de la tête. Florus avait parfaitement raison et il décida de se mettre à l'ouvrage. Il fit une première déduction, il franchit l'entrée du labyrinthe :

– Il a fallu une grande force pour jeter ce candélabre. Je pense que nous pouvons exclure les femmes.

– Pas toutes. Il y en a de bien bâties et de très vigoureuses. Tiens, regarde...

Revenant vers la maison, les deux jeunes gens se trouvaient devant les restes du bûcher où les serviteurs s'affairaient. Parmi eux, Florus lui désignait Habra, une Nubienne noire comme l'ébène et musclée comme un lutteur. C'était elle qui était chargée des travaux de force. Curieusement, dans la villa Flaminia, cette tâche était dévolue à une femme. Flaminius reconnut qu'effectivement elle en aurait été capable... Mais il devait poursuivre ses réflexions. Les lamentations de Servilia sur ces lieux mêmes, pendant la cérémonie funèbre, lui revinrent à l'esprit.

– Une chose est certaine : le voleur de la perle et l'assassin de ma mère sont la même personne.

– Je le pense aussi. Ta mère l'a démasqué, mais elle a eu le tort de garder cette découverte pour elle. Le voleur l'a su et il a décidé d'agir.

– Et après, il a essayé de me tuer.

– Il semble logique qu'il s'agisse toujours de lui.

– Il y a pourtant un élément qui ne cadre pas avec le reste...

Et Flaminius mit Florus au courant du message à Clodius. Celui-ci écouta avec la plus grande attention et garda le silence. Flaminius l'interrogea :

– Tu comprends ?

– Franchement, non. Pourquoi le voleur de la perle aurait-il attiré l'attention du préteur urbain sur lui et sur le crime qu'il allait commettre ? C'est effectivement incompréhensible, mais cela ne doit pas nous décourager. Au contraire, cela nous donne une piste.

Titus Flaminius se félicita encore d'avoir demandé à Florus de l'aider dans sa tâche. En cet instant, il ressemblait à un chien de chasse : il avait l'air tendu, le regard aux aguets. S'il possédait toutes les qualités d'un acteur, il avait aussi celles d'un limier.

– De quelle piste parles-tu ?

– De ta chambre. L'anonyme n'a pas parlé de la villa Flaminia en général, mais bien de ta chambre : c'est là qu'il a demandé à Clodius de se rendre pour découvrir quelque chose et c'est là aussi que ta mère a été assassinée... Titus, je pense que la clé du mystère se situe dans ta chambre ! Tu n'as rien remarqué ?

– Non. Je n'y suis pas retourné depuis le meurtre et je n'y retournerai jamais. Elle est maudite.

– Et les domestiques n'ont rien trouvé en faisant le ménage ?

– Ils ne l'ont pas fait. J'ai interdit qu'on y touche tant que durerait le deuil.

– Alors, c'est miraculeux ! Il y a peut-être encore une chance.

– Qu'espères-tu trouver ?

– Je ne sais pas, mais j'y vais tout de suite...

Flaminius, qui se disposait à le suivre, se ravisa. Florus se débrouillerait très bien sans lui. En revanche, comme il l'avait dit, le temps pressait et il était urgent d'interroger le personnel. Cela, c'était à lui de s'en charger. Il fit part de sa décision à son compagnon, qui approuva entièrement : ils allaient mener leurs investigations chacun de leur côté et ils se retrouveraient pour se faire part des résultats...

La maison Flaminia comptait une vingtaine de domestiques. Peu de temps après, ils étaient tous réunis devant leur maître dans l'atrium. En les interrogeant, Titus Flaminius espérait moins découvrir le coupable parmi eux que recueillir de leur bouche des informations intéressantes. Il les connaissait tous et il jugeait aussi impossible qu'ils aient pu tuer Flaminia, qu'ils aient essayé de le tuer lui-même.

Il leur fit subir l'un après l'autre un interrogatoire serré. À tous, il demanda s'ils avaient des soupçons sur un individu quelconque et si sa mère leur avait dit quelque chose à propos du voleur de la perle : dans tous les cas, la réponse aux deux questions fut négative. Il s'entretint plus longuement avec Palinure, le messager, Malicia, la femme de chambre, et Honorius, le régisseur, qui étaient les trois plus proches de sa mère. Mais Palinure n'avait rien de particulier à dire. Sa maîtresse l'avait envoyé porter un message au poète Catulle. Elle voulait lui demander son avis sur un point de mise en scène et elle le priait de passer à la villa. Quand il était rentré, sa mission accomplie, Flaminia était déjà morte et il était reparti aussitôt en direction de la via Fornicata.

Malicia, ainsi qu'elle l'avait déjà dit le jour du meurtre, avait été envoyée à la fontaine d'Égérie guetter les vestales. Elle venait d'entrer dans la villa pour annoncer leur arrivée, lorsqu'elle avait entendu Flaminia pousser un cri. Elle s'était précipitée, mais elle l'avait trouvée morte dans la chambre de Titus... Ce dernier la regarda dans les yeux.

– C'est donc toi qui l'as découverte la première ?

Malicia se mit à trembler, mais il la rassura :

– J'ai confiance en toi. Seulement, ton témoignage est capital. Alors, je te demande de faire très attention en me répondant. Ma mère n'a rien pu te dire, elle n'a pas prononcé une syllabe, fait un simple geste ?

– Rien, maître. Elle était morte, morte !...

– Tu n'as vu personne s'enfuir ? Réfléchis bien. Même pas une ombre, une silhouette ?

– Rien du tout.

– Tu venais de l'atrium ou du jardin ?

– De l'atrium. J'étais dans le tablinum lorsque j'ai entendu le cri...

Flaminius n'insista pas. L'assassin était parti tout simplement par le jardin et, de là, il s'était évanoui dans la nature...

Dès qu'il se trouva devant lui, le régisseur Honorius partit dans une violente diatribe contre les comédiens. Il partageait les préjugés de tous les Romains à leur égard :

– C'est eux, j'en suis sûr ! J'avais déjà dit à ta mère qu'à force d'avoir ces gens-là chez elle, il lui arriverait malheur. Mais les dieux n'ont pas voulu qu'elle m'entende.

– Est-ce que tu en soupçonnes un en particulier ?

– Penses-tu ! Ils se valent. C'est de la racaille. Si cela se trouve, ils sont tous complices.

– Et Flaminia ne t'a pas semblé suspecter l'un d'eux ?

– Pas du tout. Elle leur parlait comme à de vieux amis. Elle était la confiance même, tu le sais bien...

Flaminius soupira. Il le savait bien, effectivement, et ses mises en garde n'avaient pas eu plus de succès que celles du régisseur... Il changea de sujet. Il avait toute confiance en Habra comme dans les autres serviteurs. Malgré tout, la remarque de Florus le troublait. Il voulut en avoir le cœur net :

– Tout à l'heure, lorsque vous avez déblayé les restes du bûcher, est-ce qu'Habra vous a quittés ?

– Non. C'était même elle qui faisait le plus gros du travail.

– Pas un seul instant ? Tu en es certain ?

Le régisseur Honorius, le plus âgé des domestiques de la maisonnée, hocha sa tête blanchissante.

– Certain, maître.

Le jour était bien avancé lorsque Titus Flaminius, ayant terminé ses interrogatoires, revint trouver Florus. Celui-ci était toujours dans la chambre et semblait tout excité. Il attendit que Flaminius lui ait fait part du résultat négatif de ses recherches pour s'exprimer à son tour :

– Je vais te surprendre : moi, j'ai fait une découverte, mais elle ne nous avance pas, bien au contraire !

C'était effectivement très intrigant et Flaminius mobilisa toute son attention. Florus lui montra un objet brunâtre, qu'il avait dans la main.

– Tu sais ce que c'est ?

Flaminius fit signe que oui. Il s'agissait d'un morceau de ces tablettes d'argile sur lesquelles on écrivait à l'aide d'un stylet. Elles servaient à prendre des notes personnelles ou à envoyer de courts messages. Chez les Flaminius, c'était Palinure qui était chargé de les porter aux uns et aux autres dans tout Rome.

– Tu l'as trouvée dans la chambre ?

– Juste devant, dans le jardin. Mais, dans la chambre, il en reste encore un peu sous forme de poudre. Regarde !

Il désigna un endroit du dallage, non loin du lit, où s'étalait une traînée de même couleur.

– Effectivement. Qu'en conclus-tu ?

– Qu'on a écrasé la tablette et qu'on a jeté dehors le morceau qui restait... Maintenant, est-ce ta mère qui a fait cela ?

Pour le savoir, il fallait retrouver les chaussures qu'elle avait ce jour-là. Si elles avaient brûlé sur le bûcher avec elle, cela aurait été perdu, mais nous avons de la chance.

Florus tendit à Flaminius une sandale de femme et la retourna. Sur la semelle, une tache d'argile était nettement visible.

– Je me suis permis d'aller fouiller dans ses affaires et je l'ai trouvée tout de suite.

Titus Flaminius prit en main, avec beaucoup d'émotion, la sandale de sa mère. Oui, tout cela se tenait, mais qu'est-ce que cela signifiait ? Que s'était-il passé exactement dans sa chambre ?... La voix de Florus le tira de ses pensées :

– Maintenant, voici le plus important.

Florus lui remit le morceau de tablette. Il contenait un texte, ou plutôt un fragment, quatre lettres majuscules : « LICI ».

– Est-ce que cela te dit quelque chose ?

Flaminius réfléchit de son mieux, mais rien ne lui vint. D'ailleurs, les éléments étaient trop minces : cela pouvait être le début, le milieu ou la fin d'un mot, un nom propre comme un nom commun. Il secoua la tête.

– Je ne vois pas. Je regrette.

En même temps, il se sentait tomber dans un abîme de perplexité. Qu'était-il inscrit sur cette tablette qui avait justifié que Flaminia la détruise ? Était-ce ce geste qu'elle avait payé de sa vie ? Et puis, quel rapport avec le vol de la perle ? Florus avait raison : le résultat de ses investigations était de première importance, il confirmait ses dons d'observation et de chasseur d'indices, mais il était plus troublant qu'éclairant. Les ténèbres s'épaississaient... Il se ressaisit pourtant. Il fallait aller de l'avant, laisser ce mystère supplémentaire de côté et retourner sur un terrain stable.

– Nous verrons cela après. Revenons-en au vol de la perle.

– Je suis parfaitement d'accord avec toi.

Flaminius était un peu gêné, mais il fallait qu'il exprime sa pensée :

– Honorius, mon régisseur, pense que le coupable fait partie des acteurs et je ne peux pas lui donner tort. Nous sommes d'accord que celui qui a tenté de me tuer assistait aux funérailles, alors, tu conviendras qu'il est plus probable que ce soit un des comédiens, que César ou une vestale.

– Je ne te dis pas le contraire...

– Lequel a pu faire le coup, selon toi ?

Florus eut une moue de contrariété.

– Je ne peux pas te répondre, car, contrairement à ce que tu penses, je ne les connais presque pas. J'étais dans une autre troupe avant. J'ai été engagé au dernier moment pour venir chez toi. Leur spécialiste des rôles de femme était tombé malade.

– C'est effectivement malheureux. Et, durant cette semaine passée ici, tu n'as rien remarqué chez eux ?

– Comme dans toutes les troupes, il y a de tout : des vrais professionnels, des pauvres bougres, peut-être des vauriens.

– Alors, il faut que tu y retournes et que tu enquêtes.

– Chaque chose en son temps. Nous avons dit : d'abord, le vol de la perle. Nous ne savons pas dans quelles circonstances elle a été volée, et moi, je ne sais même pas à quoi elle ressemble. Tu le sais, toi ?

Flaminius secoua la tête.

– Pas du tout. César venait de l'offrir à Servilia. Il n'y a que ma mère qui l'avait vue. Qu'est-ce que tu proposes ?

– D'aller interroger Servilia. C'est par elle qu'il faut commencer. Ensuite, nous aviserons...

Une fois encore, Titus Flaminius approuva. Grâce à Florus, les choses avaient démarré à la vitesse d'une course de chars. La tragique journée du Cheval d'octobre n'était pas si loin et il lui semblait que Florus et lui étaient les deux coursiers d'un bige avec, au bout du parcours, la victoire, la mort, ou les deux à la fois.

La maison de Servilia se trouvait sur le Palatin, la colline de l'aristocratie romaine, tout comme l'Aventin, juste en face, était la colline de la plèbe.

Flaminius connaissait la villa par cœur. Il s'y était rendu des milliers de fois depuis sa plus tendre enfance pour voir Brutus. Elle ressemblait à sa propre villa en plus petit. Ici, le terrain était plus cher, l'espace plus parcimonieusement compté. On était vraiment dans la ville

Il avait fait prévenir de sa venue par Palinure, précisant qu'il serait accompagné de Florus, qui l'aidait dans son enquête. Ce ne fut pas Servilia qui les accueillit dans l'atrium, mais Brutus. Sa mère, leur dit-il, avait besoin de repos et il était là pour écarter les visiteurs indésirables. Flaminius lui présenta Florus et lui apprit dans quelles conditions dramatiques ils avaient fait connaissance. Malgré tout son stoïcisme, Brutus ne put s'empêcher d'avoir une vive réaction d'émotion, ce qui toucha profondément Flaminius. Mais son ami se reprit vite et salua le jeune comédien d'une manière plutôt froide. Flaminius y devina une pointe de jalousie : Brutus supportait mal d'être ainsi provisoirement supplanté comme alter ego et cela aussi le toucha beaucoup.

Leur hôte fit un geste en direction du fond de l'atrium et du tablinum.

– Servilia est au jardin. Elle vous attend.

– Tu ne viens pas avec nous ?

– Non, je reste ici. Je vais veiller à ce qu'il n'arrive personne. Et puis, je pense qu'elle parlera plus librement si je ne suis pas là.

Flaminius n'insista pas. Il allait être question de la perle de César et, effectivement, Servilia aurait pu être gênée par la présence de son fils. Brutus ne désapprouvait pas sa liaison avec le consul, mais il observait à ce sujet une grande discrétion...

Un lit avait été dressé dans le jardin. Servilia, qui y reposait, se leva à leur arrivée. Elle alla vers Flaminius et prit longuement ses mains dans les siennes.

– Sois le bienvenu, mon enfant. Comme je t'admire ! Tu as tant de courage !

Malgré son visible chagrin, ses yeux cernés, ses traits creusés, Servilia n'avait rien perdu de sa beauté. Son teint très pâle lui donnait plus de noblesse encore, son sourire triste ajoutait à sa distinction naturelle, sa voix, chargée d'émotion, était encore plus chaude et prenante. Flaminius la remercia. C'était un des êtres qu'il aimait le plus, il l'avait vue depuis toujours en compagnie de sa mère, elle était pour lui comme une tante... Il lui présenta Florus, mais il omit de raconter l'attentat dont il avait été l'objet. Elle était suffisamment ébranlée, il fallait l'épargner.

Des serviteurs apportèrent des bancs où ils s'assirent. Il y eut un moment de silence, que Flaminius prit plaisir à faire durer. Dans ce cadre, il retrouvait pour la première fois un peu de calme depuis la mort de sa mère. Il adorait ce lieu où ils avaient tant joué enfants, Brutus et lui, et, plus tard, devenus adolescents, passionnément discuté. Le jardin était différent de celui des Flaminius, quoique aussi beau : des ifs, des lauriers-sauce et des lauriers-roses impeccablement taillés, des allées de sable. L'ensemble était plus soigné, plus urbain, moins sauvage. Au loin, on apercevait le Capitole, la plus haute colline de Rome, qui n'était pas habitée par les hommes, mais par les dieux. Dans le soleil, le temple de Jupiter étincelait, avec son toit de tuiles dorées surmonté d'un quadrige en bronze.

– Que veux-tu savoir, Titus ?

Ce dernier revint à la réalité... Il s'exprima d'une voix très douce :

– Décris-moi la perle. Comment était-elle ?

– Oh, une merveille ! À vrai dire, c'était plutôt un collier. La perle elle-même était noire et blanche, et montée sur un collier fait d'étoiles d'or contenant chacune une perle plus petite.

Flaminius hocha la tête. Il comprenait mieux, à présent, le prix fabuleux qu'on attribuait au joyau.

– Maintenant, parle-moi du vol. C'est ici que cela s'est passé ?

– Est-ce vraiment indispensable que tu le saches ?

– Je t'en prie, parle pour Flaminia. Je cherche son meurtrier.

Une ombre passa dans le beau regard de Servilia. Elle soupira.

– Tu as raison... Non, cela ne s'est pas passé ici, mais à la Regia. J'étais avec César. Nous étions... dans sa chambre, nous passions la nuit ensemble.

– Et tu n'as rien vu ?

– Je dormais. J'avais posé le collier près de moi, sur un tabouret. Et, au matin, il n'était plus là. Mais c'est inexplicable, totalement inexplicable !

– Pourquoi cela ?

– Personne n'a pu entrer dans la chambre. Il y a des barreaux aux fenêtres et deux sentinelles à la porte.

– Il n'y a pas d'autre issue ?

– Non, aucune.

– Les barreaux n'ont pas été touchés ?

– Ils sont intacts. On a vérifié.

– Les gardes ont pu s'endormir...

– Une patrouille passe quatre fois par heure pour s'assurer qu'ils ne dorment pas.

– Alors, ils peuvent être eux-mêmes les voleurs. S'ils étaient complices, c'est possible.

– César y a pensé. Ils ont été interrogés et sans ménagement, tu peux me croire. Cela n'a rien donné.

Pour la première fois, Florus prit la parole :

– Est-ce qu'il est possible d'examiner les lieux ?

La question fit sursauter Servilia.

– Tu n'y penses pas ! C'est peut-être l'endroit le plus interdit de Rome. Ce n'est pas seulement la chambre de César, c'est là où il garde une partie de ses documents secrets, dont je n'ai, moi-même, jamais rien voulu savoir...

65

Flaminius changea de sujet :

– As-tu des soupçons ?

– Je n'en ai que trop ! Ce peut être un simple voleur, un de mes ennemis ou un ennemi de César : Calpurnia, ma rivale, Bibulus, Lucullus, Cicéron, ses adversaires politiques. Bien sûr, ceux-là n'auraient pas agi eux-mêmes, ils auraient employé un homme de main. Mais comment a-t-il fait ? C'est incompréhensible !

– Flaminia avait pourtant compris...

Au nom de Flaminia, Servilia se retrouva au bord des larmes. Flaminius poursuivit quand même :

– Tu n'as pas idée de la manière dont elle a pu faire cette découverte ?

– Non, non ! Je ne pense qu'à cela depuis le drame et je ne vois pas. Je ne sais qu'une chose : elle est morte par ma faute. Tout est de ma faute !...

Et, comme aux funérailles, Servilia éclata en sanglots incoercibles. Flaminius n'insista pas. Après l'avoir saluée, il se retira, suivi de Florus.

5

LA BONA DEA

Sur le chemin du retour, les deux jeunes gens échangèrent leurs avis. Ils étaient concordants. Il fallait éclaircir les conditions dans lesquelles la perle avait été volée et, pour cela, il n'y avait qu'une seule manière : fouiller la chambre de César. Il s'y trouvait peut-être un passage secret, un renfoncement caché ou quelque chose de ce genre. Seulement, comment faire ? D'après ce que venait de leur dire Servilia, la chose était impossible... Ce fut alors que Florus eut une idée :

– Si nous attendions la Bona Dea ? Ce n'est pas si loin. Ce jour-là, il n'y aura que des femmes à la Regia. Plus de gardes et même plus de César : la voie sera libre !...

La fête de la Bona Dea avait lieu, en effet, tous les ans à la Regia, la demeure du grand pontife. Ce jour-là, les femmes y honoraient une déesse, dont le nom devait rester inconnu des hommes et qu'on appelait seulement Bona Dea, « la Bonne Déesse ». Seules les Romaines mariées ou divorcées avaient le droit de participer à la cérémonie, qui était présidée par les vestales. Aucun homme, y compris le grand pontife lui-même, ne pouvait y assister sous peine du plus affreux sacrilège... Effectivement, ce jour-là serait le seul où il n'y aurait dans le bâtiment ni César ni ses soldats. Seulement, si l'idée était ingénieuse, elle posait un problème de taille, que Flaminius souleva tout de suite :

– Ce que tu dis est parfait à condition d'être une femme. Tu as une idée de celle qui pourrait y aller ?

– Elle est devant toi !

– Tu es fou ?

– Très sérieux, au contraire ! Me déguiser en femme ne me pose aucun problème. C'est même mon métier.

– Mais tu sais ce qui est arrivé à Clodius ?

– Il s'en est sorti, non ?

– Avec son argent et ses appuis politiques. Pour toi, les juges n'auront pas la même indulgence..

L'événement auquel Titus Flaminius faisait allusion avait eu lieu trois ans plus tôt. Clodius s'était effectivement introduit à la Regia déguisé en femme le jour de la Bona Dea. Bien qu'on ne l'eût pas établi avec certitude, il avait sans doute un rendez-vous secret avec Pompeia, celle qui était alors la femme de César. Mais il avait été vite reconnu et arrêté. Jugé pour sacri-lège, il avait effectivement été acquitté en corrompant le tri-bunal et grâce à l'appui du parti populaire, y compris celui de César lui-même... Florus sourit.

– Avec moi, les juges n'auront pas à faire preuve d'indul-gence, pour la bonne raison qu'ils ne me verront pas ! Je ne me ferai pas prendre, tout simplement.

– Tu es trop sûr de toi.

– Je sais ce dont je suis capable, c'est tout. Sur scène, je joue les jeunes filles. Cela fait des années et je ne fais que cela. Ton cousin a l'air mal rasé en sortant de chez le barbier : il n'avait

68

aucune chance. Moi, la nature m'a fait le cadeau d'être imberbe. Laisse-moi y aller, Flaminius...

– Je ne voudrais pas qu'il t'arrive malheur. Il n'y a pas que les hommes, il y a les dieux.

– Que veux-tu dire ?

– On prétend que l'homme qui voit la statue de la Bona Dea et entend son nom devient aveugle et sourd. Ne commets pas ce sacrilège.

– Ne t'inquiète pas pour moi. Il ne m'arrivera rien.

– Tu ne crains donc pas les dieux ?

– Les dieux m'ont fait naître à Subure et ils ont permis que mes parents soient assassinés. Je n'ai pas de raison d'user de trop de ménagements avec eux.

Flaminius regarda son compagnon avec un étonnement mêlé d'admiration. Il affichait un sourire tranquille et même un rien impertinent. Comment pouvait-il avoir cette insouciance ? Peut-être parce qu'il était de la plèbe, peut-être n'apprenait-on pas la piété aux jeunes gens du peuple... Lui, en tout cas, était fidèle aux leçons de son père, qui lui avait enseigné à respecter en toutes circonstances les dieux, les prières et les rites. Il secoua la tête.

– Je ne sais pas comment tu peux avoir ce courage. Moi, j'en serais incapable.

Le sourire de Florus s'accentua.

– C'est bien pour cela que c'est moi qui irai et pas toi !

Le jour de la Bona Dea était arrivé... Titus Flaminius était resté chez lui et il attendait l'arrivée de Florus. La journée était bien avancée, son compagnon tardait et, plus le temps passait, plus son inquiétude augmentait. Ils étaient convenus que Florus ne s'attarderait pas dans la Regia : en arrivant dans la place, il s'arrangerait pour aller dans la chambre de César et, dès qu'il aurait fait ses investigations, il s'en irait, sans assister à la cérémonie proprement dite. Or il n'était toujours pas là... Flaminius s'en voulait affreusement. Il craignait le pire et se faisait d'amers reproches : jamais il n'aurait dû permettre au jeune homme de se lancer dans cette entreprise !

Pour tromper son anxiété, il était allé l'attendre devant la fontaine aux vestales, qui était sur le chemin, quand on se rendait à la villa en venant du Forum, et le spectacle l'avait un peu apaisé... Tous les matins, les vestales allaient, depuis leur temple, y prendre l'eau lustrale nécessaire à leur sacerdoce et si elles accomplissaient ce long trajet à travers la ville, c'est que la fontaine d'Égérie n'était pas comme les autres...

Son origine remontait au deuxième roi de Rome, Numa Pompilius, successeur de Romulus. Ce pieux souverain, fondateur de l'institution des vestales, avait pour l'aider dans son gouvernement une aide aussi efficace que discrète. Chaque jour, il rejoignait en cachette la nymphe Égérie dans le bois des Muses où elle habitait et celle-ci, inspirée des dieux, lui donnait les conseils les plus avisés, ce qui fit de lui le plus sage des rois de Rome.

Numa Pompilius mourut fort vieux et la nymphe Égérie, qui était amoureuse de lui sans avoir osé le lui dire, en resta inconsolable. Nuit et jour, elle pleurait. Elle pleurait même tant que Diane, qui avait pour habitude de se rendre dans le bois des Muses et qui ne supportait plus de l'entendre, la transforma en une fontaine dont les eaux ne pourraient jamais tarir. Ainsi naquit la fontaine d'Égérie et, tout naturellement, les vestales s'approvisionnaient depuis aux larmes de celle qui avait aimé leur fondateur...

La fontaine était vraiment charmante. L'eau jaillissait et descendait en cascade sur des rochers moussus au pied d'une statue de Diane, représentée en jupe courte et plissée, avec un arc et un carquois en bandoulière. Flaminius avait toujours adoré cette statue, qui, depuis l'enfance, avait incarné pour lui la femme. Plus tard, lorsque ses sens s'étaient éveillés, ce qui était arrivé précocement, il avait juré devant cette chasseresse que ce serait lui le chasseur. Il allait se mettre en campagne et il mettrait le plus de femmes possible au tableau de ses conquêtes. Il avait parfaitement tenu parole.

Flaminius soupira... Tout cela était terminé, du moins provisoirement. Depuis la mort de Flaminia, il n'avait plus le cœur à ce genre d'aventures. Plus d'une fois, il lui était arrivé de croiser une ravissante créature, sans que cela suscite de réaction chez lui. Comme, par exemple, celle qui arrivait. Il détourna le regard et se perdit dans la contemplation des gouttelettes sur les rochers...

– Titus !

Titus Flaminius fit un bond et se retourna. Cette beauté avait la voix de Florus !

– Toi ?

– Tu vois que je ne t'avais pas menti...

Flaminius restait bouche bée. C'était prodigieux : rien ne distinguait Florus d'une jeune fille. L'illusion était parfaite, mais elle n'était pas due à un masque, comme lors des funérailles : c'était sa vraie peau, son vrai visage, artistiquement maquillé, même s'il portait des faux cils et une perruque, qu'il était en train de retirer. Celle-ci était différente de sa couleur naturelle de cheveux, châtain clair : Florus avait poussé la coquetterie jusqu'à non seulement se travestir, mais se déguiser aussi. Il ne ressemblait même pas, ou si peu, à ce qu'il était garçon. Jamais Flaminius n'aurait cru une pareille chose possible ! Florus en fille était charmant, il était presque désirable... Il eut un instant de trouble, mais cela ne dura pas, car il découvrit que l'expression de son compagnon était terriblement grave.

– Il s'est passé quelque chose ?

– C'est le moins qu'on puisse dire !

– Quoi donc ?

– Un meurtre...

Et, devant Flaminius anxieux, Florus commença son récit...

Il était arrivé à la Regia en début de matinée, en compagnie des premières matrones qui se rendaient à la cérémonie. La Regia, ancien palais du roi Numa Pompilius, comportait deux parties, une religieuse, celle qu'on découvrait en entrant, et la partie d'habitation, dans laquelle on débouchait ensuite.

Florus ne s'était pas attardé dans la première, où il n'avait rien à faire et qui n'était, de plus, guère engageante. On y trouvait, pendus au plafond, les douze boucliers de Mars, d'aspect curieux, en forme de 8. Selon la légende, un premier bouclier de ce genre était tombé du ciel devant le roi Numa. Un oracle lui ayant dit que le pouvoir sur le monde se trouverait là où serait le bouclier, Numa en avait fait faire onze copies pour tromper les voleurs. C'étaient ces boucliers sacrés que les prêtres sortaient le 1er mars, début de la saison guerrière, en les agitant et en les brandissant à travers les rues de Rome... À côté d'eux, se trouvait l'autel d'une autre divinité passablement inquiétante : Ops Consiva, qui était, disait-on, le talisman secret de Rome. Il fallait la prier assis, car elle habitait sous terre.

Ayant franchi ces lieux, Florus avait été accueilli par Aurelia, la mère de César, entourée des vestales presque au complet ; seules une ancienne et une novice étaient restées dans le temple pour veiller à ce que le feu ne s'éteigne pas. Bien que totalement confiant dans son déguisement, Florus avait quand même eu un léger pincement au cœur quand Aurelia était venue à sa rencontre. Mais tout s'était bien passé. Cette grande dame lui avait aimablement souhaité la bienvenue et n'avait pas eu le moindre soupçon.

Conformément à ce qui était prévu, Florus avait voulu se rendre immédiatement dans la chambre de César, mais il n'avait pas pu. Il se serait fait remarquer. Il avait donc attendu dans le vestibule, tandis que, les unes après les autres, arrivaient les matrones romaines...

À ce moment de son récit, Flaminius l'interrompit :

– Il y en a que tu as reconnu ?

– Oui, pour les avoir vues aux funérailles : Clodia, ta cousine, et Fulvia, la femme de Clodius. Servilia était également là et aussi cette fille qui était avec Brutus.

– Cytheris ? Mais elle n'est pas mariée !

– Elle était venue comme joueuse de flûte. Il y avait un important orchestre. Je suppose que les musiciennes ont le droit d'être célibataires... C'est peu de temps après que la cérémonie a commencé. J'ai été obligé de suivre les autres dans la salle à manger où elle avait lieu et j'ai assisté au début.

73

– Tu as vu la statue de la Bona Dea ?

– Comme je te vois, et tu peux constater que je ne suis pas aveugle. J'ai appris aussi son nom, qu'aucun homme ne doit connaître. Mais, rassure-toi, je ne te le dirai pas. J'affronterai les dieux et la malédiction tout seul !

Florus ponctua cette déclaration d'un léger sourire et poursuivit :

– Comme on ne faisait plus attention à moi, je suis parti discrètement, et c'est alors que la catastrophe a failli se produire.

– On a découvert que tu n'étais pas une femme ?

– Non, ce serait plutôt l'inverse !

L'inverse, en effet... Le travestissement de Florus était parfait, mais il l'était malheureusement trop. En lui donnant l'apparence d'une jeune beauté, il eut pour résultat d'exciter les convoitises. Car il s'en passe de belles à la Bona Dea ! Un bon nombre de ces dames, en l'absence de leur mari et sûres de l'impunité, se livrent à une véritable orgie lesbienne. Alors que le jeune homme se dirigeait vers les chambres, une des participantes à la cérémonie lui avait barré le passage.

« Où vas-tu comme cela, ma jolie ? »

C'était Fulvia, souriant de toutes ses dents, les yeux brillants. Il avait tenté de passer mais elle s'était littéralement jetée sur lui, l'agrippant et l'enlaçant.

« Laisse-moi voir... Ah, tu n'as presque pas de poitrine ! J'aime les femmes sans poitrine ! »

Florus s'était défendu comme il pouvait, la maintenant à distance sans se montrer trop vigoureux pour ne pas se trahir, poussant des cris effarouchés :

« Qu'est-ce que tu fais ? Je suis mariée !

– Moi aussi, je suis mariée, et au préteur, par-dessus le marché ! Viens donc m'arrêter, mon petit Clodius ! Viens à la Bona Dea, tu en as l'habitude.

– Je ne veux pas ! Je n'aime pas les femmes !

– C'est parce que tu n'as jamais essayé. Je vais te les faire aimer... »

Fulvia s'accrochait à ses vêtements, tentant des caresses. Cette fois, Florus n'avait plus le choix : il devait employer les grands moyens, sinon sa virilité allait être découverte. Il abattit son poing sur la nuque de l'assaillante, qui vacilla et tomba à terre, étourdie. Il en profita pour s'enfuir sans demander son reste et, quelques instants plus tard, il se retrouvait dans la chambre de César, où il s'enferma...

Le récit était inattendu et Flaminius s'en serait sans nul doute diverti, s'il n'y avait eu le préambule de son compagnon. Il s'abstint donc de tout commentaire et écouta attentivement la suite.

La chambre, très vaste, et qui, dans la journée, servait aussi de bureau au consul, donnait d'une part sur la rue, par une fenêtre effectivement garnie de barreaux, et d'autre part sur un couloir débouchant sur un patio. Elle était, bien entendu, vide de tout document : César les avait emportés avec lui... Florus commença par examiner les barreaux. Il les soumit à un examen impitoyable. La fenêtre était au premier étage et il n'y avait pas de possibilité d'escalade sur la façade. Le grillage vertical laissait libres des espaces à peine plus larges que la main, le fer était épais et de la meilleure facture, tous les scellements étaient sans défaut. Il n'y avait visiblement aucune possibilité d'accès par ce côté.

Il prit ensuite tout son temps pour examiner le reste de la pièce. Il sonda le sol en tapant du pied, cogna de la main le long des murs, mais il ne rencontra aucun endroit sonnant creux. Il fallait se rendre à l'évidence : il n'y avait pas le moindre passage, la moindre cachette... Voilà : c'était malheureusement tout. La mission de Florus s'achevait sur un constat d'échec. Ce dernier conclut :

– Je ne vois pas comment on a pu commettre le vol. C'est incompréhensible. À condition, bien sûr, de croire Servilia

Flaminius prit très mal la chose :

– Tais-toi ! Elle ne peut pas mentir. Il s'agit de la mort de ma mère...

Mais il se souvint que Florus n'avait pas encore dit le plus important et il l'invita à continuer. Le visage de son compagnon s'assombrit.

– C'est à ce moment-là que j'ai entendu un cri, puis d'autres, un véritable concert de cris féminins. J'ai quitté la chambre. Cela venait de la salle à manger où avait lieu la cérémonie. Je me suis précipité et j'ai découvert le drame !

– Qui a été tué ?

– Une vestale.

– Tu l'avais vue aux funérailles ?

– Non. Mais il y en avait une autre allongée à côté d'elle, qui n'a pas tardé à se relever. Elle n'était qu'évanouie et, celle-là, je l'avais vue ici.

– Qu'est-ce qui s'était passé ?

– Je n'en sais rien, je te le dis : je suis arrivé après. Mais j'ai profité de la confusion générale pour m'approcher de la morte et l'examiner. Et c'est là que je me suis aperçu que ce n'était

pas une mort naturelle ou un accident : elle avait une fléchette plantée dans le cou, sans aucun doute empoisonnée.

– De qui s'agissait-il ? Tu l'as appris ?

– Oui. Elle s'appelait Opimia. Elle faisait partie des six
anciennes vestales. Elle devait avoir aux alentours de quarante ans...

– Et après, qu'est-ce qui s'est passé ?

– La cérémonie a été arrêtée. Il paraît qu'on la recommen-
cera un autre jour. Moi, évidemment, je suis parti immédiatement et je suis venu ici...

Un court silence suivit ce récit. Les deux jeunes se posaient
évidemment la même question et ce fut Flaminius qui la for-
mula le premier :

– Est-ce que ce meurtre a un rapport avec celui de ma mère
et l'agression contre moi ?

Son compagnon n'avait pas plus que lui la réponse.

– J'aurais tendance à dire que non, mais comment savoir ?

– C'est pourtant là qu'on a volé la perle. Elle y est peut-être
encore. Suppose que cette Opimia l'ait découverte.

– Peut-être, mais qui l'a tuée ?...

Ils parlèrent ainsi longtemps, mais ils durent reconnaître
qu'ils tournaient en rond. Depuis le début de l'enquête,
chaque élément nouveau ne faisait que renforcer le mystère.

À la fin, Flaminius décida de revenir sur un terrain plus
concret :

– J'ai envie d'interroger les vestales, avec toute la réserve qui
convient, bien sûr, notamment celle qui s'est évanouie, si elle
veut bien parler. Je reviendrai demain matin ici, à la fontaine.

– Et moi, je retourne à Rome. Je vais me faire réengager dans la troupe et commencer mon enquête chez les comédiens.

Flaminius approuva, mais il eut soin de prendre une précaution :

– Où pourrai-je te rejoindre si j'apprends quelque chose d'important ? Dis-moi où tu habites.

– C'est trop compliqué, tu ne trouverais jamais. Va à l'auberge *L'Âne Rouge*, c'est là que je mange tous les jours. Une fois à Subure, tu n'auras qu'à demander, tout le monde connaît.

Cette fois, les deux jeunes gens se séparèrent.

– Une chose est certaine, en tout cas, c'est qu'à la Bona Dea, le meurtrier était une femme, conclut Flaminius.

Florus le détrompa :

– Pourquoi ? J'y étais bien, moi.

Et il poursuivit d'une voix différente, un peu lointaine, troublée :

– D'ailleurs, c'est curieux, j'ai l'impression que je n'étais pas le seul homme à la Bona Dea.

– Qu'est-ce que tu veux dire ?

– Je ne sais pas. Je ne peux pas l'expliquer, c'est une impression, c'est tout...

6

LICINIA

Comme la plupart des Romains, Titus Flaminius avait la hantise des commencements. Il était persuadé que le sort de toute entreprise se jouait à son début. Si tout, à ce moment-là, ne se déroulait pas absolument parfaitement, il valait mieux renoncer. Il en était ainsi chaque fois qu'il quittait sa maison pour la première fois de la journée. Il veillait à ne pas trébucher, à ne pas tousser, à ne pas éternuer, à ne pas faire le premier pas du pied gauche. Le pire, bien sûr, était de rencontrer alors un oiseau de mauvais augure. Une seule fois, il n'en avait pas tenu compte, lors des fatales ides d'octobre, et il ne se le pardonnait pas, il ne se le pardonnerait jamais !

Il avait passé une nuit fort courte et agitée, après le récit de Florus. Les événements devenaient de plus en plus dramatiques. Il y avait déjà eu deux meurtres et une tentative d'assassinat, qu'allait-il se passer maintenant ? Ils devenaient de plus en plus mystérieux aussi : il avait beau réfléchir, il avait l'impression d'avancer dans le brouillard. En tout cas, il était indispensable, ainsi qu'il se l'était promis, d'interroger les vestales sur les événements de la veille.

Mais, avant, il avait décidé de se rendre sur le tombeau de sa mère. Il ne l'avait pas fait depuis qu'il était allé y déposer l'urne contenant ses cendres et il était grand temps qu'il aille lui rendre ses devoirs funèbres. Il traversa l'atrium, il avança le pied droit pour franchir le seuil, eut la tentation de fermer les yeux et de se boucher les oreilles, comme il le faisait parfois pour éviter tout mauvais présage, mais il se retint et il s'en félicita aussitôt.

Comme il accomplissait le premier pas, une colombe roucoula sur sa droite et s'envola très haut dans le ciel... Il eut un cri de joie ! La colombe, oiseau de Vénus, était le plus bénéfique de tous, avec l'aigle de Jupiter et la chouette de Minerve. Un jour placé sous de tels auspices ne pouvait qu'être favorable. Les oiseaux, qui habitent le ciel avec les dieux, savent tout de leurs volontés et sont leurs fidèles interprètes. Les oiseaux ne mentent jamais, il en savait, hélas, quelque chose !...

En quittant la villa, on se trouvait pour ainsi dire dans un cimetière. La via Appia qui la longeait était, en effet, bordée de tombeaux. C'était là, à l'ombre des pins parasols et des cyprès, que reposait la bonne société romaine, c'était là que la famille Flaminius avait son mausolée. L'endroit était loin d'être déplaisant et si, en cet instant, Flaminius était tout à son chagrin, il avait toujours aimé se promener dans ces lieux qu'il trouvait charmants. Les tombes, qu'elles soient imposantes comme celles des grandes familles, ou plus modestes, étaient toutes construites avec goût et composaient une douce harmonie dans ce décor agreste à quelques pas de la ville.

Il ne tarda pas à arriver en vue du monument Flaminius. Élégant tout en restant discret, il était dominé par une construction située à ses côtés : une tour de forme ronde, le columbarium des serviteurs de la famille, esclaves et affranchis. Le monument lui-même affectait la forme d'un temple, avec une façade à colonnade et une porte étroite donnant sur un réduit contenant les urnes. On n'y entrait pas, on déposait ses offrandes sur un petit autel juste devant.

Flaminius s'approchait, avec dans les bras des fleurs sauvages du bois des Muses, lorsqu'il eut la surprise de voir qu'une femme se tenait devant le monument. Elle affichait, par sa tenue et son attitude, la plus grande affliction, avec de la cendre dans les cheveux et la tête profondément inclinée vers le sol. Un instant, il crut qu'il s'agissait de Servilia, mais elle se retourna et il découvrit une inconnue.

Elle devait avoir une trentaine d'années, elle était fort belle et très maquillée malgré son deuil. En le voyant, elle se mit à sangloter.

– Mon pauvre mari ! Pourquoi es-tu parti en me laissant si faible et démunie ?

En d'autres circonstances, Flaminius aurait souri : il s'agissait d'une de ces femmes, mi-prostituées, mi-aventurières, qui vont dans les cimetières et jouent les veuves éplorées, dans l'espoir d'attirer un riche client. Il se contenta de lui déclarer sèchement :

– Le dernier homme qui a été porté dans ce tombeau est mon père, il y a douze ans. Laisse-moi pleurer ma mère !

La femme s'en alla sans demander son reste et il se recueillit longuement, après avoir déposé son offrande. Il était tendu. Il n'était pas question d'adresser à la disparue de douces paroles. Flaminia souffrait, il le savait. Les mânes des assassinés ne retrouvent la paix que lorsque les coupables ont expié leur crime. Il dit d'un ton grave :

– Je réussirai, mère, je le jure !

Et il la quitta d'un pas résolu pour rejoindre les vestales.

Il arriva presque en même temps qu'elles. Il quittait la via Appia, lorsqu'il les vit venir depuis l'autre direction, par la rue aux Jougs. Leur groupe était nombreux : non seulement il y avait les six prêtresses en exercice, plus une partie des anciennes, mais chacune d'elles était en compagnie d'un licteur, ces gardes officiels qui escortent les hauts personnages. Ces derniers, vêtus de la toge, portaient sur l'épaule gauche un faisceau de verges réunies par une courroie, avec une hache placée à l'extérieur. Ils signifiaient par leur présence que quiconque s'en prenait à ceux qu'ils accompagnaient était passible de châtiments corporels ou même de la mort. Une troupe importante d'esclaves suivait aussi les jeunes filles, mais leur rôle consistait en une simple protection, car tous avaient les mains vides. C'étaient les vestales qui portaient leurs jarres elles-mêmes.

Bien qu'ayant la possibilité de les rencontrer chaque jour, Flaminius s'était toujours tenu à distance des prêtresses de Vesta. Il éprouvait trop de respect pour elles et même une sorte de crainte sacrée. Dans son esprit, c'étaient des êtres à part, qu'il valait mieux ne pas approcher. Mais, après ce qui venait de se passer, il ne pouvait plus reculer. Il n'était d'ailleurs pas interdit de leur parler, pourvu qu'on conserve un comportement et des propos décents.

Il alla donc les attendre auprès de la fontaine. Il préparait ses mots pour les aborder, quand il eut la surprise de voir l'une d'elles se détacher de ses compagnes et venir vers lui. Un licteur la suivit et s'immobilisa à distance respectueuse.

– Je suis heureuse de te rencontrer, Titus Flaminius. Pardonne mon audace, mais j'aimerais te parler. J'ai... besoin de ton aide.

– Mon aide ?

– Oui. Et si je m'adresse à toi, c'est que j'ai admiré ton courage à l'enterrement de ta mère. Tu as fait preuve d'une telle détermination pour retrouver son assassin...

Flaminius remercia intérieurement les dieux qui arrangeaient si miraculeusement les choses. Peut-être même s'agissait-il précisément de celle qu'il voulait interroger, celle qui s'était évanouie lors de l'attentat... Elle se tenait devant lui, sa jarre dans les mains. Il s'adressa à elle d'une manière prévenante, s'abstenant pourtant de lui sourire, de peur d'être inconvenant :

– Je t'écoute. Mais laisse-moi te débarrasser de ton fardeau.

La jeune femme lui tendit la jarre sans se faire prier.

– Je veux bien. Nous ne sommes tenues de les porter que sur le trajet de l'aller et du retour. Mais, surtout, garde-la ainsi. Elle ne doit pas entrer en contact avec la terre.

– N'aie crainte...

Pour la première fois, Flaminius posa le regard sur celle qu'il avait devant lui. Il n'avait jamais vu une vestale de près et il les imaginait aussi froides et sévères que des statues : c'est dire la surprise qui fut la sienne. La prêtresse, tout de blanc vêtue, devait être un peu plus âgée que lui, aux alentours de trente-cinq ans. Ses cheveux très bruns, coiffés en bandeau, faisaient une tache brillante sous son voile. Ses yeux marron foncé étaient étonnamment expressifs ; elle avait des pommettes

83

charmantes, le nez un peu retroussé, la bouche bien dessinée. Il l'aurait volontiers dite ravissante, si elle n'avait gardé l'air réservé qui convenait à sa fonction, et ce mélange de sensualité et de pudeur était aussi saisissant que troublant. Pour l'instant, elle semblait surtout en proie à la plus vive émotion.

– Il faut que je te dise ce qui s'est passé hier...

Et elle raconta à Flaminius ce qu'il savait déjà en partie. À la Bona Dea, une vestale avait été tuée. Il s'agissait d'Opimia, l'une des six anciennes comme elle et sa meilleure amie. Mais, le plus terrible, c'est qu'à l'instant précis du meurtre, elle s'approchait d'elle pour lui dire quelque chose. Elle-même, à ce moment-là, s'était évanouie. On avait découvert, par la suite, qu'Opimia avait reçu dans le cou une fléchette empoisonnée... Flaminius demanda :

– As-tu vu quoi que ce soit concernant l'assassin ?

– Il y avait trop de monde. La salle où avait lieu la cérémonie n'était pas si grande et on se bousculait. Je ne peux rien dire, hélas !

– Pourquoi sembles-tu avoir si peur ?

– Parce que je sens que c'est à moi qu'on en voulait ! Opimia est morte à cause de ce qu'elle voulait me dire. On l'a tuée pour la faire taire...

L'angoisse était nettement visible dans ses yeux, ses lèvres tremblaient légèrement.

– Cela fait longtemps que je sens le danger autour de moi. Quelqu'un veut ma perte, j'en suis sûre !

– Tu as déjà été victime d'un attentat de ce genre ?

– Non, mais il y a trois ans, on m'a fait un procès parce que j'avais des entretiens trop fréquents avec mon oncle Crassus.

84

J'ai pu me disculper, pourtant je suis certaine qu'il s'agissait d'un complot. On a voulu m'envoyer... (Sa voix devint un souffle) à la chambre souterraine !

Flaminius fut parcouru d'un frisson. Un silence s'installa... Il reprit enfin la parole :

– Tu ne m'as pas dit ton nom. Mais peut-être n'as-tu pas le droit de le faire.

– Si, bien sûr. Je suis impardonnable. Je m'appelle Licinia...

Sur le coup, Titus Flaminius ne ressentit qu'un malaise inexplicable. Quelque chose lui déplaisait dans ce nom et il ne savait pas quoi, d'autant qu'il était charmant et qu'il lui allait parfaitement. Et soudain, la révélation se fit !... Les quatre lettres « LICI » sur la tablette d'argile. Celle qu'il avait devant lui aurait donc un rapport avec la mort de sa mère ? Quelle était cette nouvelle et terrible énigme ? Il sentit l'angoisse l'envahir, le souffle lui manqua, comme s'il était tombé par mégarde dans un trou ou s'il avait raté plusieurs marches d'un escalier... La vestale remarqua l'altération de sa physionomie. Elle s'agita plus encore.

– Qu'y a-t-il ? Quelque chose ne va pas ?

– Je ne sais pas. Écoute...

Et il la mit au courant de la découverte que Florus avait faite dans sa propre chambre et des déductions de son compagnon, qui avaient abouti à la certitude que Flaminia avait détruit la tablette juste avant sa mort... À mesure qu'il parlait, il pouvait voir Licinia pâlir de plus en plus. Elle était devenue presque aussi blanche que sa robe... Quand il se fut tu, elle ne parvint qu'à balbutier :

– C'est inimaginable !... Pourquoi ?...

– Tu n'as jamais rien écrit de tel ?

– Jamais, au grand jamais !

– Le message t'était peut-être destiné...

– Mais c'est impossible ! Je ne reçois pas de messages ! De personne...

Tous les deux se regardaient, aussi décontenancés l'un que l'autre. Flaminius reprit ses esprits le premier :

– Je ne comprends pas plus que toi, mais il faut tenter de trouver une piste. Aurais-tu surpris quelque chose au sujet du vol de la perle ?

– Rien. J'en ai entendu parler à l'enterrement de ta mère, c'est tout.

– Nous savons maintenant que le vol a eu lieu à la Regia...

– Je n'ai rien vu, ni à la Regia ni ailleurs. Je ne sais rien !

– Opimia savait peut-être quelque chose...

– Peut-être, mais elle ne m'a rien dit...

Les autres vestales avaient fini de puiser leur eau. À présent, elles les regardaient, de même que les licteurs et les esclaves. Ils devaient se séparer, une vestale et un jeune homme ne pouvaient pas rester ensemble plus longtemps. Flaminius lui tendit sa jarre.

– Tu m'as demandé mon aide et je te la donne. Je résoudrai ce mystère, je te le jure, comme j'ai juré à ma mère de la venger !

Il se produisit alors un incident infime : dans son trouble, Licinia assura mal sa prise en s'emparant de l'objet ; Flaminius eut le réflexe de le retenir, mais, ce faisant, il attrapa en même temps les doigts de la jeune fille et, l'espace d'un instant, leurs deux mains se trouvèrent réunies. Il s'écarta aussitôt, mais ce contact fugitif avait eu lieu malgré lui.

Il regarda Licinia remplir le récipient à la fontaine d'Égérie. Elle était si nerveuse qu'elle renversait de l'eau sur le sol et sur sa robe. Elle se releva enfin, un peu chancelante, tenant sa jarre serrée contre elle. Il était temps qu'il prenne congé. Il voulut lui adresser des paroles d'adieu, mais elle partit précipitamment, lui lançant seulement :

– Merci, Titus !

Il la regarda s'éloigner avec ses compagnes et il se retrouva seul devant la fontaine d'Égérie... Il résolut de ne pas s'attarder lui non plus. Ce qu'il venait d'apprendre était trop important pour qu'il ne le rapporte pas immédiatement à Florus. Il devait se rendre sans plus tarder à *L'Âne Rouge*, l'auberge de Subure.

7

LE CHEMIN DE SUBURE

De se retrouver dans Rome lui apporta un peu de sérénité. Il avait toujours adoré les rues de la Ville. Tous les spectacles de la terre n'auraient jamais sa diversité ni son attrait. C'était un tourbillon incessant de couleurs, de cris, de musiques, d'odeurs. Il y avait les toges blanches des patriciens et des magistrats, les tuniques brunes du peuple, les vêtements multicolores des prostituées et des étrangers, les chanteurs des rues, les montreurs d'animaux, les colporteurs de toutes sortes, les mendiants, les écoliers à qui on faisait la classe en pleine rue, les barbiers qui rasaient, tondaient, coiffaient et peignaient, eux aussi au milieu du chemin, sans oublier les diseuses de bonne aventure qui s'agrippaient à vos mains pour en lire les lignes, les ivrognes qui vous barraient le passage, les faux philosophes qui vous abreuvaient d'inepties, jusqu'à ce que vous leur donniez une piécette pour avoir la paix...

En chemin, Flaminius décida de faire un détour. Il était dit, dans les innombrables légendes et traditions qui se rattachaient à la religion romaine, qu'Hercule avait le pouvoir de ramener les trésors perdus à leurs propriétaires. Dès qu'il fut en route, Flaminius, qui était respectueux de tous les rites, jugea que c'était la conduite la plus appropriée à tenir : puisque le fil conducteur de cette enquête était la perle de Servilia, il allait offrir un sacrifice à Hercule pour la retrouver. Le principal temple de ce dernier se situait sur le forum aux Bœufs, il prit donc cette direction et fut sur les lieux sans tarder.

Le forum aux Bœufs, de plus petites dimensions que le Forum proprement dit, était situé à la périphérie de la ville, le long du Tibre. Il n'avait pas la diversité de l'autre, c'était purement et simplement un marché aux bestiaux avec quelques temples, dont celui d'Hercule vainqueur, qui présentait la particularité d'être le seul de forme ronde, avec celui de Vesta. Mais, pour l'instant, Titus Flaminius ne se dirigea pas vers lui. Il alla du côté des marchands de bovins, dont les stands étaient surmontés d'un gigantesque bœuf de bronze. Il trouva sans tarder ce qu'il cherchait : un taurillon de un an à la belle robe sans tache. Il serait idéal pour être offert en sacrifice à Hercule, car cette divinité virile ne pouvait se satisfaire que d'animaux entiers.

Il le conduisit à l'autel et paya largement le prêtre et ses assistants pour que tout ait lieu selon les règles de l'art. La bête fut parée de bandelettes rituelles et l'officiant, la tête voilée par un pan de sa toge, répandit sur son front la farine sacrée, tandis que jouaient les flûtistes. La chose faite, il abandonna le taurillon aux victimaires, qui le mirent à mort.

Ce n'était pas terminé. Deux haruspices, devins qui lisent l'avenir dans les entrailles, ouvrirent le ventre de la bête. Ils en sortirent les viscères encore fumants, puis se penchèrent longuement sur eux, principalement le foie. Enfin, ils se relevèrent et énoncèrent la réponse à la question que Flaminius avait posée avant le début du sacrifice :

– Hercule te donnera ton trésor.

Ce fut donc rempli de confiance que Titus Flaminius prit le chemin de Subure. Cela aussi, il allait l'annoncer à Florus, même s'il avait pu constater que ce dernier, tout comme d'ailleurs Brutus, manifestait un certain scepticisme vis-à-vis des dieux.

Empruntant toujours la rue aux Jougs, Flaminius arriva sur le Forum, qui s'ouvrait de ce côté par le temple de Saturne et le sanctuaire de Vulcain. À partir de là, il devait l'emprunter en partie et prendre la rue de l'Argilète, qui traversait le quartier du même nom et débouchait dans Subure.

Il passa tout près des Gémonies et détourna la tête de ce sinistre spectacle, ainsi qu'il le faisait chaque fois qu'il se trouvait à proximité. Sur cet escalier proche de la prison, étaient exposés nus les corps des suppliciés pour qu'ils soient voués aux insultes de la foule, avant d'être jetés dans le Tibre, tirés par des crocs par les bourreaux.

Mais il tomba alors sur un autre genre de désagrément : les fâcheux. C'était au Forum que toute la société romaine se retrouvait et il y était connu de dizaines de gens. Naguère, il était assailli de solliciteurs et de pique-assiette de toutes sortes. Depuis la mort de Flaminia, il était accablé de condoléances, ce qui n'était, dans le fond, pas plus agréable. Bien qu'il eût pris soin d'avancer dans la foule la tête baissée, dissimulant en partie son visage, il fut hélé de toutes parts. C'étaient des « Titus ! » par-ci et des « Flaminius ! » par-là...

Échappant comme il pouvait aux uns et aux autres, il arriva devant les Rostres, la tribune aux harangues. C'était Cicéron qui parlait, mais il était impossible d'entendre ce qu'il disait, tant l'atmosphère était houleuse. Les vociférations de la plèbe éclataient de toutes parts, couvrant sa voix. Malgré tout, l'orateur faisait face stoïquement, quand, soudain, les choses dégénérèrent.

Comme des gens du parti populaire tentaient de prendre possession des Rostres pour le déloger, des nervis du parti adverse contre-attaquèrent violemment. Une échauffourée éclata, qui devint bientôt mêlée générale, car un bon nombre de passants se joignirent aux belligérants. Des pierres et des objets divers volèrent et Flaminius s'enfuit pour ne pas prendre un mauvais coup.

Contrairement à ce qu'il avait fait au Cheval d'octobre, il n'avait aucune intention de s'engager dans la mêlée. Ses préférences allaient bien aux sénatoriaux et il avait déjà fait le coup de poing en leur faveur, mais il y avait plus important, pour l'instant, que de se bagarrer pour de la politique, et puis, il était en deuil de Flaminia, qui avait eu des idées opposées et, par respect pour sa mémoire, il devait s'abstenir...

Le pugilat prenait de l'ampleur. Les hurlements des adversaires étaient assourdissants. Le nom de César était braillé par les deux camps, comme cri de ralliement pour les uns, accompagné des pires injures pour les autres, et un début d'incendie avait éclaté, envoyant sur lui des traînées de fumée âcre... Dans sa fuite, Flaminius avait gagné l'autre extrémité du Forum, que dominait le temple de Castor et Pollux. Malgré les violences qui étaient en train de se produire, il esquissa un sourire. Au moins, les rixes entre factions rivales lui auraient apporté une chose, la disparition des importuns : aux premiers horions, ils s'étaient égaillés comme une volée de moineaux.

Sans s'en rendre compte, il était arrivé en face du temple de Vesta et ce fut alors qu'il la vit... C'était elle, Licinia ! Elle était là, sur les marches, entre les colonnes. Elle s'était arrêtée, les yeux fixés sur lui, comme si elle ne pouvait les détacher. Flaminius, lui aussi, la regarda. Elle avait l'air tout aussi effrayée qu'à la fontaine, mais s'agissait-il de la même frayeur ? Il était en train de se le demander, lorsqu'elle fit soudain demi-tour et s'enfuit dans le temple où elle disparut... Il resta un moment immobile et pensif. Il se vantait de connaître les femmes, mais les vestales n'avaient rien à voir avec les autres. Quels sentiments pouvaient-elles éprouver ?... Il cessa de s'interroger. L'heure n'était pas à se poser ces questions, il se mit en marche vers sa destination : l'Argilète, Subure...

Les combats s'étaient déplacés un peu plus loin sur le Forum et il traversa un champ de bataille désert. Le sol était jonché d'objets hétéroclites, allant des marchandises des commerçants qu'on avait pillés à des lambeaux de toges et de tuniques, en passant par des ombrelles et des sandales. D'innombrables flaques de sang s'étalaient, avec parfois des fragments de cervelle. Çà et là, des corps gisaient, morts ou simplement étourdis ; la fumée de l'incendie était suffocante. Ce spectacle affligeant signifiait peut-être la fin prochaine de la république, mais, pour l'instant, Flaminius était surtout préoccupé par son chemin.

Il arrivait dans l'Argilète où il ne s'était pas rendu souvent et il devait prêter la plus grande attention à sa route. Il n'y avait rien de plus difficile que se diriger dans Rome. La grande ville semblait avoir été bâtie n'importe comment. À la différence d'Alexandrie, aux rues larges et de tracé rectiligne, il n'y avait ni grandes artères, ni places, ni plan d'ensemble. C'était un invraisemblable fouillis. Les Romains attribuaient ce désordre à la destruction de la ville par les Gaulois, lorsqu'ils l'avaient prise des siècles auparavant. Pour reconstruire leurs maisons, les habitants avaient eu l'autorisation de prendre la pierre là où elle se trouvait, à condition qu'ils aient fini au bout d'un an. Voilà pourquoi tout s'était effectué à la va-vite, sans le moindre plan concerté.

Pour se tirer de ce guêpier, il fallait s'en tenir aux rues principales. Chaque quartier était traversé par une artère centrale, qui, le plus souvent, portait le même nom que lui. La voie n'était pourtant pas bien large : avec les étals des marchands, deux charrettes avaient, par endroits, du mal à se croiser, mais, de part et d'autre, il n'y avait tout bonnement plus de rues du tout. C'était un entassement anarchique de constructions aussi disparates que possible, allant du cabanon à l'immeuble de sept étages. Dans cette incroyable mosaïque, personne ne pouvait s'orienter, à part les habitants eux-mêmes. S'y risquer, c'était au mieux se perdre, au pire, se faire assassiner. Les rues principales de Rome étaient l'unique chance de salut, elles ressemblaient à des digues au milieu de la mer, à des chemins surélevés traversant un marais...

La rue et le quartier de l'Argilète se distinguaient par leur odeur. C'était le domaine des métiers du cuir et il y régnait une puanteur insupportable. Certains riches citoyens n'hésitaient pourtant pas à s'y rendre, car on y trouvait des articles d'une qualité incomparable et, pour pallier ce désagrément, ils tenaient à la main une boule d'ambre, qu'ils frottaient de temps en temps pour que s'en dégage son parfum.

Flaminius peina pour sortir de l'Argilète. Les embouteillages, les attroupements devant les bateleurs et les marchands le retardèrent plus d'une fois. Enfin, il aperçut la statue du dieu Terme, le Terminus, qui délimitait les quartiers. Il s'agissait d'une borne de pierre cylindrique à sa base et qui se poursuivait par l'effigie d'un vieillard barbu. Au pied de celle-ci, de modestes offrandes, des gâteaux, des fleurs des champs, avaient été déposées. C'était fait, il n'était plus dans l'Argilète, il était à Subure.

La rue principale de Subure ne portait pas le nom du quartier. Elle s'appelait le Submemmium, mais tout le monde, dans Rome, disait la « rue aux putains ». Titus Flaminius s'attendait donc à voir déambuler des femmes très fardées, semblables à celles qui opéraient sur la via Fornicata, mais, à sa grande surprise, il n'y en avait aucune. L'environnement était le même qu'à l'Argilète, l'odeur de tannerie en moins. Ce fut alors qu'il remarqua de place en place de petites cabanes fermées par un rideau. Il eut la curiosité de soulever l'un d'eux et il recula de saisissement.

Derrière, une fille attendait, toute nue. Elle était jeune, encore adolescente. Elle était effroyablement maigre, un vrai squelette, avec les jambes et les bras déformés par on ne sait quelle maladie. Elle était couverte de crasse et inondée d'un mauvais parfum à l'odeur écœurante. Le prenant pour un client, elle se dirigea vers lui, esquissant un sourire qui découvrit une bouche aux dents gâtées. Il s'enfuit, horrifié... De nouveau dans la rue, il tomba quelques pas plus loin sur un réduit du même genre. Le rideau déchiré laissait voir, cette fois, un jeune garçon. Lui aussi était nu et attendait.

Flaminius décida de ne pas s'attarder davantage : cette rue lui causait un malaise grandissant et, puisqu'il savait qu'il était à Subure, il allait demander le chemin de l'auberge. Il avisa un marchand de poteries, qui passait là avec son chargement.

– Connais-tu *L'Âne Rouge* ?

L'homme était gros, suant et de teint coloré.

– Bien sûr, je suis un vrai césarien !

Flaminius ne voyait pas le rapport, mais il s'abstint de tout commentaire et le laissa poursuivre :

– D'ici, c'est simple, tu ne peux pas te tromper... Vois-tu le marchand de saucisses là-bas ? Tu tournes à gauche. Tu continues jusqu'à ce que tu rencontres un escalier sur ta droite, tu le descends et tu arrives dans un portique un peu bas. Tu le prends jusqu'au bout. Là, tu apercevras un peuplier. *L'Âne Rouge* est juste à côté.

Flaminius suivit fidèlement les instructions et, à partir de là, commença son calvaire. Il ne trouva pas tout de suite l'escalier, car il était masqué par l'étal d'un marchand ambulant. Il y avait d'ailleurs beaucoup de marchands un peu partout, qui vendaient toutes sortes d'articles entassés dans le plus grand désordre : légumes, fruits, poisson, viande, vêtements, vases, mobilier. Il n'était pas difficile de deviner que toutes ces marchandises avaient été volées dans des villas ou sur d'autres marchés. Ici, la loi n'avait plus cours, on était dans un domaine interlope où tout était permis.

Lorsque le marchand qui barrait l'escalier eut dégagé le passage, Flaminius put découvrir ce que son guide avait nommé « un portique un peu bas ». Il s'agissait d'un tunnel tout noir aux rares ouvertures, suintant d'humidité, où il fallait avancer

96

plié en deux. Quand il se termina enfin, Flaminius se redressa et leva la tête pour apercevoir le peuplier, mais il n'y avait pas le moindre arbre. Il était dans une sorte de cour, où une tribu de Phéniciens avait élu domicile. Il y avait des hommes, des femmes, des vieillards et surtout des enfants, énormément d'enfants, toute une marmaille qui criait et gesticulait. Il demanda où était *L'Âne Rouge* et pourquoi il ne voyait pas de peuplier. On lui répondit, dans un latin approximatif, qu'on ne savait pas où était *L'Âne Rouge* et que, pour le peuplier, on ne savait pas non plus.

– Pour un quart d'as, tu veux bien ?...

Flaminius tourna les yeux en direction de la voix et son cœur se serra. C'était une autre prostituée de Subure, plus jeune encore que la première, plus famélique, plus contrefaite. Elle n'avait pas douze ans, elle en avait peut-être onze, peut-être moins. Et ce petit être se vendait pour la plus infime des piécettes, celle qui faisait faire la moue aux mendiants. Il lui sourit.

– Je te donne un sesterce si tu me dis où est *L'Âne Rouge*.

– Un sesterce ?

– Si tu ne sais pas où c'est, je te le donnerai quand même.

– Je le sais. Viens.

Elle lui tendit la main et il la prit. Elle avait la fièvre. Elle s'adressa à lui de manière volubile :

– Pour le peuplier, ils ne pouvaient pas savoir : quelqu'un l'a coupé pour bâtir sa maison et ils sont arrivés après.

Et elle expliqua que c'était ainsi dans le quartier : les gens n'arrêtaient pas de construire ou de détruire et tout changeait tout le temps. Il suffisait de s'absenter un peu et, en revenant, on ne reconnaissait plus rien. Il l'interrompit :

97

– Comment t'appelles-tu ?

– Ligeia.

– Tu es romaine, Ligeia ?

– Bien sûr, et de naissance libre, pas une affranchie ou une esclave.

Il n'ajouta rien, tant il avait la gorge nouée. Que voulait dire être romaine dans une Rome comme celle-là et que valait une telle liberté ? Mais il avait tort de se poser cette question, elle lui avait donné elle-même la réponse : un quart d'as... Il découvrait un monde dont il ignorait l'existence, des gens qu'il n'avait jamais côtoyés jusqu'ici, et il se rendait compte qu'il ne pourrait jamais oublier ce qu'il était en train de vivre...

– Voilà. C'est là.

C'était là, en effet. Il était devant *L'Âne Rouge*.

Elle lui sourit.

– Tu veux que nous prenions une chambre ?

Il déposa le sesterce dans la petite main brûlante et tremblante.

– Non, Ligeia. Pars, rentre chez toi !...

L'auberge était une construction modeste, une baraque en bois et en briques à un étage. Au-dessus de la porte, figurait un âne rouge en mosaïque. À la devanture, derrière un comptoir, étaient alignées des amphores et des clients consommaient debout, au gobelet, servis par un gros homme à la chevelure brune, longue et frisée. Le prix des consommations était indiqué sur une pancarte à côté : « Pour un as, tu as du vin, pour 2 as, tu en boiras du meilleur, pour 4 as, tu boiras du falerne. » Mais ce qui se remarquait le plus, c'était un grand portrait de César peint sur un panneau de bois, qu'on avait placé à côté de la porte. Il était d'assez bonne facture et plutôt ressemblant.

L'homme qui servait aperçut Flaminius et quitta son comptoir.

– Que puis-je faire pour toi ?

– Je cherche Florus. Le connais-tu ?

– Je pense bien. C'est un de mes habitués. Prends place, il ne va pas tarder...

Flaminius pénétra dans l'établissement. La pièce était basse, enfumée et imprégnée d'une épouvantable odeur de graillon. Au mur, une fresque, en partie recouverte de suie, représentait des joueurs de dés. Le patron lui désigna une table vide.

– Tu prendras bien quelque chose en attendant...

– Apporte-moi une cruche de falerne.

L'aubergiste s'inclina respectueusement et revint avec la commande. Flaminius mit la main à son gobelet, mais l'autre l'arrêta.

– Attends. Tu dois boire à César ! Tu es chez lui. C'est son quartier général à Subure. Ici, tout le monde est pour lui !

Un grognement se fit entendre du côté des autres consommateurs, qui suivaient tous la conversation. C'étaient de petites gens, des dockers, des portefaix, des ouvriers artisans. Il y avait même un esclave en cavale ; sa fuite devait être toute récente, car il n'avait pas encore eu le temps d'enlever le collier de cuivre que certains maîtres mettaient à leurs domestiques comme à des chiens.

Le patron dévisageait Flaminius avec méfiance. Sans doute trouvait-il suspecte sa mise trop soignée. Il poursuivit l'éloge de son héros :

– Sais-tu que ce grand homme a habité notre quartier, tout près d'ici, même ?

Flaminius hocha la tête. Effectivement, Jules César, bien qu'appartenant à la plus ancienne famille de Rome, qui prétendait descendre de Vénus, n'avait pas hésité à passer une partie de sa jeunesse à Subure. C'était par calcul, bien sûr, pour préparer sa carrière politique, tout comme Clodius s'était fait adopter par un plébéien, même si on ne pouvait pas comparer Clodius à César...

Il leva son verre. Et ce n'était pas par lâcheté. Même s'il ne partageait pas ses idées, il admirait cet homme qu'il avait vu tant de fois chez lui. Il possédait sans nul doute des qualités supérieures, peut-être du génie...

– Je bois à César et de tout cœur !

Un hurlement de satisfaction lui répondit, tandis que le nom du consul était repris par toute l'assistance. Florus arriva à ce moment précis. Il partit d'un petit rire.

– L'air de Subure te réussit, on dirait ! Bientôt, tu vas devenir le plus chaud partisan des populaires...

Flaminius ne répondit rien. Il regardait son compagnon lui sourire et il était rempli de stupeur. Comment pouvait-il garder cet optimisme et même cette joie de vivre, si visible chez lui, en habitant dans un univers pareil ? L'admiration qu'il lui avait portée spontanément dès leur première rencontre s'en trouva accrue... Ce dernier prit place à table, tandis que le patron leur apportait, sans qu'ils aient rien commandé, un plat rougeâtre d'où s'échappait une odeur acide. Florus commenta :

– Des boudins au serpolet. C'est ce que je préfère.

Flaminius tendit la main, en goûta un et se retint de faire la grimace. C'était affreusement gras et le poivre lui emportait la bouche. Florus poursuivit :

– Je mange tous les jours ici. On n'a pas le droit de faire du feu dans mon immeuble. À cause des incendies, tu comprends...

Il haussa la voix, car une dispute avait éclaté entre deux joueurs de dés :

– Mais tu n'es pas venu ici uniquement pour partager mon ordinaire. Je suppose qu'il y a du nouveau.

– Il y a du nouveau...

Flaminius le mit au courant de sa conversation avec Licinia. Florus écoutait avec la plus extrême attention et, de temps en temps, ponctuait d'un hochement de tête. Il conclut :

– Cela valait effectivement la peine que tu te déplaces !

– Qu'est-ce que tu en penses ?

Florus plissa le front. Il mit un moment avant de répondre :

– Ce n'est pour l'instant qu'une intuition, mais j'ai l'impression que nous sommes face à deux affaires différentes. Il y a d'une part tout ce qui concerne les vestales, le nom de Licinia sur la tablette, le meurtre à la Bona Dea, et d'autre part le vol de la perle.

– Ce serait une coïncidence, alors ?

– Exactement. Et le meilleur moyen de le savoir, c'est de poursuivre la piste de la perle. Si nous retrouvons le voleur, nous aurons déblayé le terrain et nous pourrons nous attaquer à l'énigme Licinia.

Flaminius ne put s'empêcher d'admirer l'ingéniosité de son compagnon. Si son hypothèse était la bonne, le mystère demeurait, mais les choses cessaient d'être incompréhensibles. Florus n'en avait pourtant pas fini. Il reprit la parole :

– J'ai peut-être du nouveau aussi de mon côté. Gorgo a quitté la troupe. Il paraît qu'il va jouer demain soir chez Bibulus. Je trouve cela intéressant.

Effectivement, c'était intéressant. Bibulus, que Servilia avait cité parmi les suspects possibles, était le second consul et il haïssait son collègue César. Du bord opposé, il avait tenté de lui faire obstacle, mais en vain, et il avait totalement cessé de gouverner, ce qui était devenu un sujet de plaisanterie à Rome. Chaque année portait le nom des deux consuls et, pour désigner celle en cours, on disait « le consulat de Jules et de César ». Il y avait pourtant quelque chose que Flaminius ne comprenait pas.

– Explique-moi : comment peut-il jouer s'il n'a plus sa troupe ?

– Il en aurait une seconde. Elle se trouverait sur l'Esquilin. C'est tout ce que j'ai pu savoir. Je n'ai pas voulu les interroger davantage, ils commençaient à trouver mes questions suspectes. Si tu es d'accord, j'aimerais aller du côté de l'Esquilin.

– J'allais te le proposer...

À cet instant précis, une cruche de vin arriva sur leur table, où elle se brisa, répandant son contenu sur eux. Une bagarre venait d'éclater et elle devint vite générale. Les deux jeunes gens, après un moment de surprise, tentèrent de gagner la porte, mais la mêlée les en empêcha. Ils durent donner des coups pour se dégager et ils furent à leur tour pris à partie. Flaminius, plus vigoureux que Florus, parvint quand même à leur ouvrir le passage. Restait l'esclave en fuite, qui leur barra le chemin. C'était un véritable colosse, mais Flaminius savait se battre. Un coup au plexus le plia en deux et un second au menton le mit hors de combat. Il s'écroula sur lui, inanimé, et Flaminius put même lire l'inscription sur son collier de bronze : « J'appartiens à Armodius, sur le Palatin. Attrape-moi, car je me suis enfui, et ramène-moi... »

Ils se retrouvèrent non pas dans la rue, puisqu'il n'y avait pas de rue, mais dans le fouillis de maisons, de cabanes, d'oratoires aux dieux les plus divers qui formait l'environnement de *L'Âne Rouge*. Flaminius put constater que la lumière avait bien baissé. En cette période de l'automne, les jours raccourcissaient rapidement. Florus se fit sans doute la même remarque, car il lui déclara :

– Cela me semble trop tard pour aller sur l'Esquilin, et rentrer chez toi ne serait pas très prudent à cette heure. Si tu veux, je t'offre l'hospitalité.

Flaminius accepta et il se laissa guider par son compagnon, refaisant avec lui un nouveau et invraisemblable jeu de piste. Ensemble, ils montèrent et descendirent des escaliers, écartèrent des branches d'arbres qui poussaient n'importe où, traversèrent des cours et même, une fois, une maison. De temps à autre, ils voyaient, dans le ciel, dominant cette misère, le quadrige en bronze du temple de Jupiter, au sommet du Capitole.

Ils ne tardèrent pas à arriver à destination. L'immeuble où habitait Florus comptait sept étages. C'était la première fois que Flaminius en voyait un de près : on ne les trouvait que dans les quartiers les plus populaires où il n'avait jamais mis les pieds... Son allure n'avait rien d'engageant. C'était un édifice en torchis et clayonnage de bois, terne, gris et triste, à part les pots de fleurs qui décoraient les fenêtres. On se demandait comment il pouvait tenir debout, vu sa hauteur et la fragilité de ses parois. D'ailleurs, Florus désigna un énorme tas de gravats à proximité.

– Il y en avait un autre ici. Il s'est effondré la semaine dernière.

Flaminius le suivit en silence... Sans savoir pourquoi, il s'attendait à ce qu'il le conduise vers l'un des étages élevés, mais Florus se mit au contraire à défaire des panneaux de bois sur la façade au rez-de-chaussée. Il s'agissait visiblement d'une ancienne boutique transformée en logement. Il eut un sourire d'excuse.

– Cela va te changer de la villa Flaminia.

C'était, en effet, minuscule ! La pièce abritait, sur un sol en terre battue, une table, un coffre, un tabouret et quelques ustensiles. Pour augmenter la place, on avait construit une loggia sommaire en planches, sur laquelle était juché le lit. Florus le lui désigna.

– Prends le lit. Moi, je dormirai sur le coffre. Cela ne me gêne pas.

Flaminius accepta... Le lit était plus confortable que le coffre, mais l'espace était terriblement exigu. On ne pouvait se tenir assis sans se cogner au plafond et on avait un peu l'impression d'être dans un tombeau. Il trouva pourtant immédiatement le sommeil. Toutes les émotions qu'il avait éprouvées pendant cette journée l'avaient brisé.

8

LES FOSSES DE L'ESQUILIN

Pour aller de Subure à l'Esquilin, il suffisait de poursuivre le Submemmium dans la même direction et les deux jeunes gens se mirent en route dès le matin. Ne sachant quelle tournure allait prendre les événements, chacun d'eux s'était muni d'un poignard. Flaminius les avait achetés à l'un des innombrables marchands qui proposaient les objets les plus divers, probablement volés à des étals de fortune... Le Submemmium était moins animé que la veille, mais, à intervalles réguliers, se dressait une petite cabane fermée par un rideau, derrière lequel une fille ou un garçon attendait. La « rue aux putains » méritait son nom de bout en bout.

Comme Flaminius l'avait constaté avec admiration, Florus ne semblait nullement affecté de vivre dans un tel environnement. Il affichait une mine sereine, enjouée parfois, lorsqu'il s'arrêtait pour saluer une connaissance et échanger quelques mots... Flaminius, de son côté, était songeur. Il repensait aux événements de la veille et il était maintenant persuadé que son compagnon avait raison. Gorgo et Licinia, les comédiens et les vestales : c'étaient deux univers qui n'avaient rien de commun. Il y avait bel et bien deux affaires distinctes, que le hasard avait fait se produire en même temps...

Il ne connaissait pas plus l'Esquilin que Subure ; il pensait qu'il s'agissait aussi d'un quartier misérable et sinistre. Mais l'un et l'autre n'avaient rien de comparable... Le passage se faisait lorsqu'on franchissait les remparts, à la porte Esquiline. À la différence de Subure, la colline de l'Esquilin se trouvait en partie au-delà de l'enceinte sacré de Rome et ce n'était pas un détail, cela changeait tout.

À l'intérieur de l'enceinte, nul ne pouvait être enterré, car les corps étaient considérés comme impurs. Une seule exception était faite pour les vestales, qui étaient réputées, même par-delà la mort, attirer la faveur des dieux. C'est pourquoi, dès qu'on quittait la ville, on arrivait dans un cimetière. Au sud, le long de la via Appia, reposait la bonne société, au nord, au-delà de Subure, c'étaient les autres...

L'Esquilin vous accueillait d'abord par son odeur, un épouvantable relent de charnier, à côté duquel les tanneries de l'Argilète embaumaient. C'était plus qu'une puanteur, c'était quelque chose qui entrait en vous et qui ne vous quittait pas, on respirait matériellement la mort. Les seconds à vous souhaiter la bienvenue étaient les oiseaux. Corbeaux, vautours et autres charognards tournoyaient, dans un concert de cris aigus.

En les voyant, Titus Flaminius frissonna des pieds à la tête. Le spectacle le terrorisait, tant à cause de sa crainte instinctive des mauvais augures que du souvenir des ides d'octobre. Un instant, il s'arrêta, incapable de marcher plus avant, les jambes tremblantes. Mais il réunit ses forces et reprit son chemin. Ici, il ne pouvait être question de présage, c'était tout l'Esquilin qui était maudit.

Il rattrapa Florus, qui avait commencé à demander autour de lui si on connaissait un certain Gorgo. Il n'interrogeait pas, bien sûr, ceux qui accompagnaient un mort, mais les autres, parmi lesquels beaucoup convoyaient des sacs, voire des charrettes entières d'immondices. Car, tout comme les cadavres, les ordures devaient être portées hors de la ville. Elles dégageaient une odeur moindre, mais elles avaient pour inconvénient d'attirer quantité de chiens errants. Quelques loups, plus hardis ou plus affamés que leurs congénères, s'étaient joints à eux...

Les questions des deux jeunes gens au sujet de Gorgo restèrent sans réponse. Personne ne connaissait le régisseur de la troupe. S'enfonçant plus avant dans l'Esquilin, ils pénétrèrent alors au cœur du cauchemar. Si, au début, ils se trouvaient en présence de tombes rudimentaires, le plus souvent un carré de terre recouvert d'une pierre médiocrement gravée pour l'identifier, bientôt, ils arrivèrent en vue de l'endroit le plus terrible de Rome : les fosses communes de l'Esquilin.

La première d'entre elles ne tarda pas à s'offrir à leurs yeux : une ouverture béante d'environ cent pas sur cent. Flaminius et Florus s'arrêtèrent, fascinés par tant d'horreur. L'odeur, bien qu'épouvantable, était en partie masquée par celle d'énormes brasiers où des cadavres brûlaient. Ils étaient entretenus par des esclaves à demi nus en raison de la fournaise. Ces infortunés, à qui avait échu la plus basse de toutes les tâches serviles, n'avaient pas le droit de quitter l'Esquilin. Ils avaient la moitié du crâne rasée pour qu'on puisse les distinguer des autres et on les disait terriblement dangereux.

C'étaient les moins démunis qui faisaient brûler leurs morts, car il fallait payer de quelques pièces les esclaves chargés de la crémation. Ceux qui n'avaient rien ou les anonymes, qui avaient été ramassés dans Rome et amenés là par les services municipaux, étaient précipités dans la fosse et ils étaient aussitôt la proie des charognards de toute espèce : les corbeaux, les vautours, mais aussi les mendiants et les sorcières.

Les mendiants, qui, tout comme les sorcières, n'hésitaient pas à descendre à l'aide d'échelles dans ce lieu innommable, cherchaient l'obole à Charon. La coutume romaine voulait qu'on place une pièce de monnaie dans la bouche des morts, afin qu'ils puissent payer Charon, le nocher funèbre qui allait les convoyer dans l'au-delà. En vue de leur besogne, les mendiants étaient munis d'un marteau et cassaient les dents des morts récemment arrivés.

Les sorcières, elles, cherchaient des morceaux de cadavres frais pour confectionner leurs philtres. Munies de couteaux, elles avaient une prédilection pour les jeunes enfants et leur prenaient le plus souvent un bras ou une main. Quelquefois, elles se servaient de leur arme pour se défendre des vautours qui venaient leur disputer leur proie...

Un silence accablé s'était installé entre les deux jeunes gens Florus finit par prendre la parole avec un sourire triste :

– Tu as devant toi la tombe de mes parents. La dernière fois que je suis venu ici, j'y ai déposé leurs corps.

Flaminius frissonna devant tant d'atrocité et d'injustice. Il se revoyait, la veille, devant le mausolée Flaminius. Les siens reposaient au milieu des marbres, sous l'ombrage des cyprès et des pins parasols, tandis qu'ici... Il se sentit saisi d'un épouvantable sentiment de honte. Il prit le bras de son compagnon et l'entraîna vivement.

– C'est affreux ! Ne restons pas là !...

Quelques prostituées erraient dans ces lieux effrayants. Elles étaient aussi misérables qu'à Subure, mais d'un genre différent : elles n'étaient pas pitoyables, elles étaient inquiétantes. On se demandait si elles avaient l'intention de vous vendre leurs charmes ou de vous attirer dans un guet-apens tendu par des complices. Car les personnages patibulaires étaient de plus en plus nombreux à rôder dans les environs. L'Esquilin était connu comme un repaire de bandits et on approchait visiblement de leur domaine. L'une des professionnelles aborda Flaminius :

– Si le cœur t'en dit, beau brun...

Il allait la repousser, quand il se souvint de la petite Ligeia.

– Il y a un sesterce pour toi si tu me dis où je peux trouver Gorgo, le comédien.

La fille eut une moue d'ignorance.

– Je ne sais pas. Désolée...

Une sorcière avait entendu l'échange de propos. Elle s'approcha à son tour, tenant contre elle une main d'enfant.

– Moi, je sais et, pour la même somme, je serais ravie de te renseigner.

Flaminius lui tendit le sesterce avec répugnance.

– Tu le trouveras sûrement à l'autel aux monstres. Il y passe souvent.

– Où est-ce ?

– Par là, juste avant la deuxième fosse. Tu ne peux pas te tromper...

Flaminius avait entendu parler de cet autel aux monstres, mais il n'avait pas pu, jusque-là, le situer... Il existait à Rome

109

plusieurs endroits où les familles pouvaient abandonner les enfants dont elles ne voulaient pas, ce qui était parfaitement admis par la loi. En général, les nouveau-nés ainsi exposés ne risquaient pas la mort, mais la servitude, car ces autels étaient régulièrement visités par les marchands d'esclaves, qui venaient s'y approvisionner. Aucun d'entre eux, en revanche, n'aurait eu l'idée de s'aventurer du côté de l'autel aux monstres, où l'on venait déposer les enfants contrefaits.

Flaminius et Florus y furent assez rapidement. L'endroit n'aurait pas manqué de charme, s'il n'y avait eu l'odeur des fosses et le vacarme des oiseaux. Sous l'ombrage d'un saule pleureur, se dressait un petit monument de marbre représentant une femme dans une attitude de grand deuil. Elle était couverte d'un capuchon et baissait la tête en la dissimulant de la main. D'une manière étonnante étant donné sa destination, la statue était d'une facture admirable et l'effet produit, pathétique. Sur le socle, une inscription laconique, « À Pluton », indiquait sans détour que ces malheureux, confiés au dieu des morts, n'étaient pas destinés à vivre...

Les deux jeunes gens se dissimulèrent dans un buisson voisin. Une attente pénible commença pour eux. Ils auraient aimé ne pas s'attarder dans ces lieux, mais ils étaient enfin sur une piste et ce n'était pas le moment de renoncer. Pour s'occuper l'esprit, ils échangèrent leurs sentiments sur ce que Gorgo pouvait faire ici et ils tombèrent tout de suite d'accord. La seconde troupe du régisseur devait être composée de monstres. Les Romains manifestaient une fascination morbide pour ces êtres contre nature et un tel spectacle devait se payer fort cher dans la haute société.

Ils firent soudain silence. Quelqu'un approchait. C'était une femme qui, curieusement, était vêtue à peu près comme la statue : elle était couverte des pieds à la tête d'une sorte de cape, qui lui dissimulait en partie le visage. Elle tenait un paquet serré contre elle : son enfant dans un linge. Elle le déposa précipitamment sur l'autel et s'enfuit en courant.

Flaminius et Florus n'avaient pas spécialement envie d'aller voir à quoi ressemblait le monstre, mais celui-ci se mit à crier avec une voix particulièrement sonore et la curiosité fut la plus forte. Ils s'approchèrent et comprirent pourquoi le nouveau-né avait une telle puissance : il avait deux têtes ! À part cela, il semblait normalement constitué... Mais ils n'eurent pas le loisir de le détailler plus longtemps : un nouvel arrivant était visible au loin et, à sa silhouette, ils reconnurent Gorgo...

Depuis sa cachette, Flaminius put examiner le personnage, auquel, en raison des circonstances, il n'avait guère prêté attention auparavant. Son aspect n'avait rien de particulièrement plaisant : un visage gras et coloré, à la bouche lippue, des cheveux très bruns et huilés. Il portait un manteau de couleur brune, d'où dépassaient des mains boudinées et baguées. Il resta en arrêt à la vue de l'enfant déposé sur l'autel et poussa un cri de joie :

– Enfin, un Janus ! Viens, mon petit Janus. Tu vas être la vedette de mon spectacle...

Il s'en empara et partit à vive allure. Flaminius et Florus se mirent à sa poursuite au milieu des tombes de l'Esquilin.

Leur course les ramena pratiquement à leur point de départ. Gorgo s'arrêta, en effet, juste avant la porte Esquiline, devant un bâtiment en pierres sèches de petites dimensions, guère plus grand qu'une grosse cabane. Il n'avait, à première vue, aucune ouverture, à part une lourde porte, que Gorgo fit s'ouvrir en grinçant. Devant le bâtiment, stationnait un chariot grillagé, sorte de cage roulante à laquelle était attelé un bœuf et qu'une bâche recouvrait partiellement.

Suivant le régisseur à distance, Flaminius et Florus constatèrent avec étonnement que la pièce était vide. Mais il y avait une trappe par terre, que le régisseur souleva, avant de disparaître au sous-sol. Ils s'interrogeaient du regard pour savoir s'ils devaient prendre le risque de le suivre, lorsque Flaminius aperçut un trou au bas de la façade : un soupirail, un lieu d'observation idéal...

De là, effectivement, on voyait très bien la cave, éclairée par plusieurs torches. Les jeunes gens découvrirent deux de ces esclaves au torse nu et à la moitié du crâne rasée, qui entretenaient les bûchers. Gorgo devait les employer, en dehors de leur travail, pour s'occuper de ses monstres. Il les interrogea brièvement :

– Ils ont été tranquilles ?

Les esclaves eurent un grognement en guise d'assentiment et allèrent ouvrir une grille au fond de la pièce, qui fermait une vaste cellule. Gorgo prit un fouet à la main, tandis que ses occupants sortaient les uns après les autres.

– Venez, mes jolis. Aujourd'hui, vous êtes de sortie !

Quittant la cage où ils étaient enfermés, ils passèrent un par un à proximité d'une torche et on put découvrir un spectacle fantastique. D'abord, apparut une femme incroyablement velue, non pas une femme à barbe, comme il y en avait parfois dans les spectacles de rue, mais entièrement couverte de poils, des pieds à la tête. Elle était suivie de près par une autre femme à la peau verdâtre et de consistance étrange, un peu comme des écailles de poisson. Après elles, venait un authentique cyclope, avec un œil au milieu du visage. Il était vêtu d'une tunique de peaux de bêtes et tenait par le bras un homme à tête d'éléphant, curieusement drapé dans une toge consulaire bordée de pourpre... Le régisseur, ignorant ceux qui venaient d'arriver, s'adressa à un autre monstre qu'on ne pouvait pas voir encore :

– Viens, Mamillia ! Un nouveau nourrisson pour toi. Ou plutôt deux !

L'interpellée sortit de l'ombre... Elle aussi était fabuleuse. Elle avait des seins absolument énormes, comme jamais on n'aurait imaginé qu'il puisse en exister. Gorgo lui tendit le petit monstre, qui voulut instinctivement téter. Mais les mamelles de la femme étaient beaucoup trop volumineuses et les deux têtes trop près l'une de l'autre. Elle dut donc se résoudre à ne nourrir que l'une des bouches, ce qui entraîna immédiatement les hurlements de la seconde. Déconcertée, Mamillia donna le sein à cette dernière, mais, aussitôt, l'autre bouche délaissée fit entendre le même vacarme... Gorgo éclata d'un grand rire.

– C'est parfait ! Le numéro est au point. Tu le referas devant le consul, je suis certain qu'il appréciera !

Il claqua violemment du fouet sur le sol.

– Allez, sortez, vous autres ! Nous sommes pressés...

Les autres monstres étaient moins inattendus : un géant, qui devait se plier en deux pour avancer, un groupe de nains des deux sexes, une femme-colosse aux jambes grosses comme des poutres... Florus agrippa le bras de son compagnon.

– Regarde !

Le dernier à sortir de la cellule était affligé d'une difformité extraordinaire : il était plat ! Son corps, tout maigre, était à peine plus épais qu'une planche et sa tête était pareillement aplatie. On aurait dit qu'il sortait d'un pressoir et on se demandait avec stupeur comment un tel être était capable de vivre... Flaminius avait parfaitement compris la pensée de Florus et il lui demanda aussitôt :

– Tu crois qu'il a pu passer à travers les barreaux de la Regia ?

– Absolument. Et comme la fenêtre est en hauteur, il a dû monter sur les épaules du géant.

Ils n'eurent pas à s'interroger davantage pour savoir si leurs déductions étaient exactes. Gorgo leur apporta de lui-même la réponse. Pour être plus à l'aise, il avait détaché la boucle qui retenait sa cape et, en dessous, le collier apparut. Il le portait sur lui. C'était bien leur voleur qu'ils avaient sous les yeux !...
À ce moment, les deux esclaves, sur un signe qu'il leur fit, sortirent de la pièce. Florus voulut aller se cacher, mais Flaminius le retint.

– Non. Ils vont nous être utiles...

Lorsqu'ils débouchèrent du bâtiment, Flaminius alla directement vers eux. Ils sursautèrent en le voyant.

– Qui es-tu ?

– Celui qui peut vous apporter la liberté.

En bas, on entendait un grand remue-ménage : Gorgo arrivait avec ses monstres. Flaminius parla rapidement :

– Cet homme a volé César. Si vous m'aidez, je vous donne ma parole que le consul vous affranchira... Dépêchez-vous, il faut vous décider tout de suite.

Les deux esclaves avaient l'esprit vif. Sans doute n'avaient-ils aucune preuve de ce qu'avançait Flaminius, mais la perspective de quitter leur travail inhumain méritait de tenter toutes les aventures. Ils firent l'un et l'autre un signe de tête affirmatif.

L'instant d'après, Gorgo sortait avec ses pensionnaires. Les deux esclaves firent un mouvement pour se jeter sur lui, mais Flaminius les retint du bras.

– Plus tard...

Il jugeait plus prudent de le laisser enfermer dans le chariot ses monstres, qui auraient pu lui porter éventuellement secours... Lorsque le régisseur en eut terminé avec cette tâche, Flaminius lança sur lui ses esclaves, comme on lâche deux chiens. Ceux-ci coururent sur lui et l'attrapèrent chacun par un bras. Il se débattit comme un forcené.

– Qu'est-ce qu'il vous prend ? Vous êtes fous ?

Il était particulièrement vigoureux et serait peut-être arrivé à avoir le dessus, si Flaminius et Florus n'avaient fait leur apparition à cet instant. À leur vue, il se figea et resta les yeux écarquillés, pâle comme un mort... Sans un mot, Flaminius alla vers lui, ouvrit l'agrafe qui retenait son manteau et défit le collier. Quand il l'eut en main, il sortit son poignard.

– Maintenant, tu vas tout me dire !

Gorgo tremblait de tous ses membres.

– Ce n'est pas pour moi que j'ai volé. C'est sur l'ordre de Bibulus. C'est lui qui a tout imaginé, tout organisé !

– Raconte...

– J'étais allé donner une représentation chez lui, avec mes monstres. Quand il a vu l'homme plat et le géant, il a eu l'idée du vol à la Regia. J'ai fait comme il m'a dit. Aujourd'hui, j'allais lui apporter la perle.

– Pourquoi seulement maintenant ?

– Il m'avait demandé de la garder un moment. Il avait peur d'être surveillé par les gens de César. Il fallait attendre que l'affaire commence à être oubliée...

– C'est toi qui as essayé de me tuer ?

Gorgo baissa la tête et garda le silence. Flaminius appuya la pointe de son poignard sur sa gorge. Le régisseur lança dans un souffle :

– Tu m'avais menacé. J'ai eu peur...

Flaminius appuya un peu plus encore.

– Et ma mère, comment l'as-tu tuée ?

– Ce n'est pas moi, je te le jure !

– Ne jure pas ! Elle a découvert que c'était toi le voleur et tu l'as tuée.

– Elle a sûrement découvert la perle, elle était dans mes affaires. Mais je ne le savais pas ! Il faut me croire, c'est la vérité !

Florus intervint :

– C'est toi qui as écrit la tablette ?

– Quelle tablette ?

– Celle où il est question de Licinia. Réponds !

– Mais je ne sais pas qui est Licinia...

Dans sa terreur et malgré les deux esclaves qui le maintenaient par les bras, Gorgo parvint à se libérer. Il se jeta aux pieds de Flaminius.

116

– Ce n'est pas moi qui ai tué Flaminia ! Je te le jure par tous les dieux !

Il se mit à pleurer bruyamment, joignant les mains et les tordant entre elles.

– Accorde-moi la vie sauve, je t'en supplie !

– Tu ne mérites pas de vivre !

Gorgo redoubla ses pleurs.

– Je te donnerai tout ce que j'ai. Aie pitié !

Malgré le dégoût que lui inspirait le personnage, Flaminius avait du mal à se résoudre à lui plonger son poignard dans le corps. S'il avait eu la certitude que c'était lui qui avait tué sa mère, il n'aurait pas hésité, mais il était loin d'avoir cette conviction... Ce fut alors qu'un grand bruit en provenance du chariot où étaient enfermés les monstres lui fit tourner la tête.

Depuis un moment, une certaine nervosité régnait parmi eux. Ils avaient suivi la scène entre Flaminius et Gorgo en émettant des cris et des grognements qui traduisaient un subit malaise. Visiblement, c'était la première fois qu'ils voyaient leur maître dans cette situation et cela produisait sur eux une violente impression. Mais, quand ils l'entendirent pleurer, ils se mirent à se déchaîner. Ils voulurent tous en même temps sortir de leur charrette et s'en prirent à la grille.

Il ne s'agissait pas de barreaux, comme à la Regia, sinon l'homme plat se serait aisément glissé entre eux, mais d'un grillage très serré. Il n'était pourtant pas assez solide pour résister à la poigne de la femme-colosse. Celle-ci le déchira de haut en bas et agrandit l'ouverture avec les pieds. Quelques instants plus tard, elle se précipitait par l'ouverture, suivie de tous ses congénères.

117

Les deux esclaves se trouvèrent les premiers en face d'elle. Surpris, ils tentèrent de faire front, mais ils ne pouvaient rien contre sa force. Elle les souleva sans difficulté chacun dans une main et fit s'entrechoquer leurs crânes à moitié rasés, qui se brisèrent dans un bruit affreux.

Flaminius était le suivant sur sa route. Il s'attendait à subir le même sort et brandit quand même son poignard, dans un geste de défense qu'il savait dérisoire. Mais, contrairement à ce qu'il imaginait, elle ne venait pas pour défendre Gorgo ! Elle s'empara de celui-ci et le souleva de terre. Il poussa un cri atroce, tandis qu'elle lui disloquait un bras, puis l'autre. Elle fit de même avec les jambes, prenant tout son temps, et le jeta enfin aux pieds de ses compagnons.

Commença alors une scène hallucinante. Avec des cris sauvages et des rires déments, les monstres se ruèrent tous sur lui, couvrant de leurs vociférations ses hurlements de douleur et de terreur. C'était à qui le ferait le plus souffrir et causerait le plus rapidement sa mort. La femme-poisson lui sautait sur le torse de ses pieds couverts d'écailles, la femme velue lui arrachait les cheveux par poignées, le cyclope lui piétinait le bas-ventre, les nains avaient entrepris de lui crever les yeux et de lui casser les dents.

Flaminius et Florus étaient éberlués. Les monstres devaient haïr Gorgo depuis toujours, mais la crainte qu'il leur inspirait était jusque-là la plus forte. Le fait de le voir implorant et en larmes avait dû ruiner d'un seul coup son autorité... Flaminius regardait avec horreur l'épouvantable carnage qui était en train de se produire devant ses yeux. Il n'avait plus à se demander s'il devait ou non épargner Gorgo : le sort en avait

118

décidé à sa place. Pour avoir un moment hésité, il lui avait infligé sans le vouloir la plus horrible des morts...

Mais ce n'était pas terminé ! À présent, sans raison apparente, les monstres commençaient à se battre entre eux. Ces êtres contrefaits dans leur physique devaient l'être également dans leur esprit et le choc qu'ils avaient subi déclenchait en eux des forces qui leur échappaient. La femme-colosse, dans un grand cri, se précipita sur les deux jeunes gens. Elle tenait à la main une oreille de Gorgo, qu'elle venait d'arracher. Ils s'enfuirent à toutes jambes. Elle se lança à leur poursuite, mais elle était heureusement plus forte qu'agile, ils la distancèrent rapidement et, avec le soulagement qu'on imagine, ils se retrouvèrent à Subure...

Ils mirent un long moment à reprendre leur souffle et un plus long encore à recouvrer leurs esprits. Quand ils furent en état d'échanger leurs avis sur ce qui venait de se passer, Flaminius parla le premier :

– Je suis sûr que Gorgo n'a pas menti. Ce n'est pas lui qui a tué Flaminia.

– Qui alors ?

– Je ne sais pas, mais tu avais raison, il y a deux affaires distinctes. Ce n'est pas à cause du vol que ma mère a été tuée. Le meurtrier est quelqu'un d'autre et le mobile tourne autour de Licinia.

Les deux jeunes gens gardèrent le silence... Après un moment, Florus s'exprima à son tour :

– Ce que tu dis se tient. D'autant que Licinia se sent menacée. Alors, voilà comment on pourrait imaginer les choses... Quelqu'un la hait au point de vouloir l'envoyer à la chambre

119

souterraine. Pour cela, après avoir prévenu le préteur urbain, il dépose dans ta chambre une tablette accusatrice. Seulement ta mère le surprend, elle comprend tout et il la tue !

Titus Flaminius frissonna devant cette reconstitution des événements aussi effrayante que parfaitement logique. Il demanda tout de même :

– Mais pourquoi moi ? Si on voulait compromettre Licinia, il y a des milliers d'autres hommes à Rome.

Encore une fois, Florus trouva une réponse plausible :

– Parce que les vestales vont tous les jours à deux pas de chez toi et que c'est toi qui as le plus de chances de les rencontrer. En plus, ta réputation d'homme à femmes n'est plus à faire.

Flaminius se tut, accablé. Non seulement il n'avait aucune objection à opposer, mais il était, à présent, certain que les choses s'étaient passées ainsi. Et rien n'indiquait que l'inconnu allait s'en tenir là. Licinia et lui étaient en danger de mort, et de quelle mort : la chambre souterraine pour elle, le supplice du fouet pour lui !... Florus devait suivre le cours de ses pensées, car il dit d'un ton à la fois grave et déterminé :

– Garde courage. Nous le démasquerons avant qu'il puisse passer à l'action !

– Qui est-ce ? Est-ce que tu as une idée ?

– Une chose est certaine, en tout cas, ce n'est pas un inconnu, il sait où est ta chambre et il connaît ton passé.

Florus s'arrêta, regarda son compagnon et poussa un profond soupir.

– Titus, je crois qu'il faut te préparer à une vérité désagréable : l'assassin est l'un de tes familiers.

9

LES NOCES DE CÉSAR

Les calendes de janvier, premier jour de l'année, étaient passées depuis peu et Jules César, dont le consulat touchait à sa fin, s'était enfin décidé à régulariser sa situation matrimoniale : il célébrait ses noces avec celle qui avait été longtemps sa fiancée, Calpurnia.

S'ils n'étaient qu'un petit nombre à être conviés au banquet, les cérémonies populaires qui venaient de s'achever au Forum avaient réuni une foule considérable. Comme à son habitude, César, aidé par les ressources inépuisables de son ami Crassus, s'était montré d'une générosité princière, avec des distributions inouïes de nourriture, d'argent et de cadeaux de toute sorte. La popularité du consul s'en était trouvée encore grandie ; plus que jamais, la plèbe était derrière lui et le suivrait comme un seul homme. D'autant qu'il avait neigé, chose rare à Rome, et le phénomène avait été interprété comme un présage favorable. La pluie le jour des noces était considérée comme un gage de prospérité, alors, la neige...

Mais ici, les bruits, les bousculades et les flocons étaient loin. Il n'y avait, autour de César et de sa femme, que les principaux hommes politiques de son parti et quelques intimes triés sur le volet... Les festivités avaient pour cadre la plus grande des salles à manger de la Regia, là même où s'était déroulée la Bona Dea. Avaient été dressées dix-neuf tables de neuf convives, présidées par César et les dix-huit vestales, qu'il s'agisse des six en exercice, des six anciennes ou des six novices. Cela faisait en tout cent soixante et onze personnes et Titus Flaminius était du nombre, sans Florus, bien sûr, personnage trop obscur pour être à pareille fête.

Flaminius avait pourtant autre chose en tête que la noce et le banquet : pour la première fois depuis la rencontre du Forum, il s'apprêtait à retrouver Licinia... Il n'avait pas voulu la revoir à la fontaine d'Égérie. Après les conclusions auxquelles il était arrivé, il avait jugé cela trop dangereux. L'inconnu leur avait peut-être tendu un nouveau guet-apens. Mais il devait absolument lui dire ce qui s'était passé. Aussi avait-il envoyé Palinure à la fontaine à sa place. Il avait mission de demander à la vestale où son maître pourrait la voir, pour des révélations de la première importance. Elle avait répondu que le mieux était d'attendre le mariage de César...

Flaminius aperçut Servilia, qui lui adressait un sourire. Elle était radieuse et, autour de son cou, la perle brillait de tous ses feux. Il s'était empressé de le lui remettre en revenant de l'Esquilin. Il lui avait expliqué dans quelles circonstances avait eu lieu le vol, lui avait raconté la mort tragique de Gorgo et avait ajouté, sans davantage de précisions, que l'assassinat de Flaminia n'avait sans doute aucun rapport avec le vol de son collier. Servilia en avait été infiniment soulagée et cette nouvelle lui avait apporté plus de joie encore que la restitution du bijou.

Quelqu'un d'autre avait été particulièrement heureux de ce dénouement : César lui-même. Il avait tenu à se déplacer en personne à la villa Flaminia, accompagné de ses licteurs, et il l'avait remercié avec chaleur, non seulement d'avoir retrouvé le bijou, mais d'avoir infligé un aussi cuisant échec à son adversaire Bibulus. César avait ajouté que, s'il avait quoi que ce soit à lui demander, il le lui accorderait. Flaminius avait répliqué qu'il n'avait besoin de rien, mais il n'avait pas jugé la promesse négligeable : venant du consul, cela pourrait peut-être s'avérer utile un jour.

– Titus...

Titus Flaminius se retourna vivement : c'était elle ! Très pâle, tremblant un peu, elle le fixait, l'air interrogatif et inquiet. Elle prit la parole d'une voix hésitante :

– Est-ce que tu peux me parler ici ? À table, les autres risquent de nous entendre.

D'une manière aussi posée qu'il le put, Flaminius lui raconta tout ce qui s'était passé depuis qu'il avait retrouvé la trace de Gorgo et les conclusions terribles auxquelles il avait abouti. Licinia semblait, en l'écoutant, sur le point de défaillir. À un moment, ses forces l'abandonnèrent réellement et elle partit en avant avec un petit cri. Instinctivement, il la rattrapa. Plusieurs invités se retournèrent vers eux et le découvrirent, la vestale dans les bras. Mais Licinia, faisant preuve de beaucoup de sang-froid, se dégagea vivement et leur déclara :

– C'est l'émotion d'être ici. C'est dans cette pièce qu'a été tuée Opimia et c'est la première fois que j'y retourne...

Après quelques questions pour savoir si elle allait mieux, les convives s'éloignèrent sans insister et elle se dirigea, en compagnie de Flaminius, vers la table qui les attendait... Trois lits étaient dressés tout autour. Les invités s'y étaient déjà installés : sur celui de gauche, Clodia, Demetrius et Clodius ; sur celui de droite, Fulvia, Corydon et Cytheris ; sur le lit central, Brutus tout seul, à l'extrémité inférieure, du côté des pieds.

Licinia gagna la tête du lit et Flaminius s'avança vers la place qui lui était réservée, entre elle et Brutus. Pendant tout le dîner, il allait être allongé près d'elle, le visage à la hauteur de sa taille. La situation était délicate. En s'installant, il eut un peu l'impression d'être un équilibriste posant le pied sur une corde...

Alors, comme les équilibristes, il prit toutes les précautions possibles pour éviter la catastrophe. Il s'efforça de ne pas regarder Licinia, de ne pas lui parler et surtout de ne pas la toucher, ni même la frôler. Ensuite, il veilla à ne pas boire. L'ivresse était la pire des choses qui aurait pu lui arriver. Il lui fut pourtant impossible de ne pas prendre part aux différentes libations qui se succédèrent, en l'honneur des mariés, bien sûr, mais également en son propre honneur. Car il était un peu, lui aussi, le héros de la fête. Son exploit pour retrouver la perle de Servilia faisait l'admiration générale et on le congratulait de toutes parts. En outre, pour tous, il était devenu le vengeur de sa mère, car, à part à Servilia, il n'avait rien dit de l'innocence quasi certaine de Gorgo. Pour ne pas succomber au vin, il demanda aux esclaves chargés du service de verser largement de l'eau dans sa coupe et il parvint ainsi à garder la tête froide.

Une fois les libations passées, il dut entreprendre une longue description de la poursuite du régisseur à travers l'Esquilin. Autour de la table, des exclamations horrifiées accompagnèrent sa description des fosses, des bûchers et des monstres. Lorsqu'il en vint à la scène où la femme-colosse se ruait sur lui, tenant une oreille de Gorgo à la main, Licinia fut parcourue d'un frisson. Il ne le sentit pas directement, car il avait soin de se tenir loin d'elle, il ne le vit pas non plus, car il n'avait pas, depuis le début du repas, tourné la tête dans sa direction, mais il en perçut le tressaillement sur le lit...

Le banquet avançait et les convives qui les entouraient partirent dans une conversation politique animée. Flaminius jugea qu'il pouvait sans trop de risques parler de nouveau à Licinia, car il ne lui avait pas tout dit. Il avait, en particulier, une question à lui poser... Il eut soin de prendre la parole d'un ton tranquille, comme s'il s'agissait d'une conversation banale :

– Qui peut vouloir ta mort ? Je te supplie de me le dire. C'est indispensable pour que je puisse avancer.

Pour la première fois depuis le début du repas, Licinia tourna la tête vers lui. Il ne l'avait jamais vue d'aussi près. Il aurait pu toucher ses cheveux bruns en bandeau, ses pommettes roses, son nez un peu retroussé, sa bouche sensuelle malgré elle.

– Comment pourrais-je le savoir, Titus ? Je suis vestale depuis l'âge de six ans et je vais en avoir trente-six. J'ignore tout du monde.

– Les vestales n'ont pas d'ennemis ?

– Si, sans doute. On doit nous jalouser. Nous sommes riches et considérées. On nous fait des dons, des legs aux dépens des familles. Il s'agit peut-être d'un héritier qui s'est trouvé dépouillé...

125

– Il n'essaierait pas de t'envoyer à la chambre souterraine pour cela. Et puis, pourquoi toi et pas une autre ? Il doit y avoir autre chose. Licinia, cherche, je t'en prie !

– Je suis désolée. Je ne vois pas...

Titus Flaminius n'insista pas.

– Quand cesseras-tu d'être vestale ?

– En mai prochain, à la fête des Mannequins d'osier...

Elle eut, pour la première fois, un léger sourire.

– À ce moment-là, je ne risquerai plus rien et toi non plus.

Flaminius ne fit pas de commentaire pour ne pas l'inquiéter, mais il pensa que l'inconnu devait le savoir, lui aussi, et qu'il passerait à l'action avant. Le danger était tout proche, il était peut-être déjà là... Licinia se leva soudain. Elle parla avec une certaine brusquerie :

– Il faut que je parte. Nous devons aller à tour de rôle au temple pour surveiller le feu sacré... Il serait plus prudent de ne pas nous rencontrer de nouveau, nous communiquerons par l'intermédiaire de ton messager.

– Tu as raison. Prends garde à toi, Licinia.

– J'ai confiance grâce à toi. Prends garde aussi, Titus !

Licinia salua les autres convives et lui adressa un dernier regard avant de le quitter. Flaminius se dit qu'il se trompait sans doute, mais il lui sembla apercevoir la même expression qu'elle avait eue au temple de Vesta, celle d'une peur qui venait non pas d'un ennemi inconnu, mais d'elle-même. Serait-il possible qu'elle éprouve des sentiments pour lui ? Il n'arrivait pas à le croire. Il savait pourtant une chose : ils couraient ensemble le même péril mortel, ce qui les unissait par le plus fort des liens. Le danger faisait d'eux, qu'ils le veuillent ou non, un couple, pour le meilleur et pour le pire...

Le départ de Licinia lui causa un vif soulagement. Il pensait pouvoir souffler un peu. C'était compter sans Clodia : dès que Licinia eut disparu, elle partit d'un rire sonore.

– Par Pollux ! Vous ne trouvez pas qu'ils font un beau couple, mon cousin et la vestale ?

Flaminius connaissait suffisamment Clodia pour savoir qu'elle était à moitié saoule. Dès qu'elle avait trop bu, elle adorait se comporter comme un homme : elle se mettait à jurer par Pollux, contrairement à l'usage qui voulait que le sexe faible jure par Castor et le sexe fort par Pollux. Quand elle serait complètement ivre, elle jurerait par Hercule, expression encore plus masculine. Dans ces moments-là, Clodia était intenable et commettait les pires maladresses, ce qui était pour le moins le cas cette fois-ci ! Cette évocation presque textuelle des pensées qu'il venait d'avoir le glaça des pieds à la tête. Il espérait que les choses s'en tiendraient là, mais Clodius prit aussitôt le relais de sa sœur. Il leva sa coupe, souriant de toutes ses dents blanches.

– Je bois à tes amours, mon cher cousin. Vas-y, ne te gêne pas, je serais ravi de te faire battre à mort par mes hommes !

Le préteur ne plaisantait qu'à demi : le regard qu'il lui lançait était réellement chargé de haine... Fulvia intervint à son tour. Elle aussi était ivre. Elle éclata de rire.

– Sans compter que cela ferait une vestale en moins ! Je n'ai jamais pu les supporter, ces prétentieuses.

La déclaration occasionna un froid autour de la table. Les vestales étaient unanimement respectées et il fallait être une dévergondée sans foi ni loi, comme Fulvia, pour proférer, même sous l'effet du vin, une monstruosité pareille. Clodia voulut faire diversion :

– Si nous parlions du meurtre d'Opimia, qui a eu lieu ici ? Elle a été tuée d'une fléchette empoisonnée, paraît-il. Or je me suis laissé dire que mon voisin était un spécialiste des poisons.

Son voisin, Demetrius, qui avait été invité comme médecin de César, prit très mal la chose :

– Je n'étais pas à la Bona Dea. Elle est réservée aux femmes, que je sache ! Mais toi, tu as très bien pu faire le coup. Je t'ai déjà entendue te vanter de pouvoir commettre un crime en toute impunité.

Clodia prit la mouche à son tour et une vive discussion éclata entre eux. Flaminius eut alors l'attention attirée par Corydon. Ce dernier avait profité de ce que son amant ne lui prêtait plus attention pour faire une cour pressante à sa voisine Cytheris. La courtisane eut un petit gloussement. Elle aussi avait pas mal bu. Elle passa la main dans la chevelure bouclée du mignon de Demetrius.

– Tu aimes donc les femmes, mon petit Corydon ?

Flaminius sursauta. Il avait toujours entendu la courtisane parler avec un accent grec très prononcé, qui faisait d'ailleurs partie de son charme. Or elle venait de s'exprimer d'une manière on ne peut plus normale. Il se tourna vers Brutus, qui était seul en sa compagnie sur le lit central et avec qui il n'avait pas échangé un mot depuis le début de la soirée.

– Cytheris n'a donc pas l'accent grec ?

– Non. C'est un genre qu'elle se donne parce que cela plaît à ses clients. Dans l'intimité, elle parle comme toi et moi...

Mais tu ne crois pas que tu as des choses plus importantes à me dire ?

C'était vrai que, depuis le début de son enquête, Flaminius s'était éloigné pour la première fois de son inséparable ami. Mais maintenant, il n'avait plus le droit de se taire et il lui raconta tout ce qui s'était passé, depuis la découverte des quatre lettres sur la tablette jusqu'à la probable machination contre la vestale et lui-même. Une première tentative pour l'envoyer à la chambre souterraine avait déjà eu lieu sous la forme d'un procès contre elle et son oncle Crassus... Brutus avait écouté avec la plus extrême concentration. Flaminius leva le regard vers lui.

– Qu'en penses-tu ?

– Je n'aime pas cela. Tant qu'il s'agissait de Gorgo, c'était une affaire ordinaire, mais nous sommes en présence de quelqu'un d'autrement habile et dangereux.

– Tu as une idée de qui cela pourrait être ?

– Non, mais je vais faire mon enquête, moi aussi.

Malgré lui, Flaminius eut un petit rire.

– De quelle manière ? Tu n'as jamais su quitter tes livres !

– C'est précisément ce que j'ai l'intention de faire, je vais chercher dans les livres. On y trouve plus de choses que tu ne penses.

Flaminius regarda son frère de lait avec surprise. Quelle idée avait-il en tête ?... Mais Brutus n'avait pas fini de le surprendre, car il lui posa une question qu'il n'attendait absolument pas :

– Quels sentiments as-tu pour elle ?

– Licinia ? Aucun. C'est une vestale.

– Pourtant, je t'ai bien observé tout à l'heure. J'ai l'impression qu'elle te trouble.

C'était le mot exact qui lui était venu à l'esprit à propos d'elle. Flaminius ne put que constater l'extraordinaire clairvoyance de Brutus. Il ne chercha pas à nier.

– C'est sans doute vrai, mais cela n'ira pas plus loin, rassure-toi.

– Je l'espère. D'autant qu'elle aussi, tu la troubles, et même plus que cela.

– Tu es sûr ?

– Certain. Pendant que tu racontais ton expédition sur l'Esquilin, elle a levé les yeux vers toi à deux reprises. Son regard ne trompait pas...

Servilia arriva à ce moment-là. Elle pria son fils de venir avec elle. César, délaissant Calpurnia, l'avait rejointe à sa table. Brutus s'excusa auprès de son ami et lui adressa une ultime phrase d'encouragement... Flaminius les salua tous les deux et les regarda partir. Comme Servilia était resplendissante ! C'était elle, et non l'infortunée mariée, la reine de la soirée ! Elle venait pourtant de perdre son mari Silanus et elle aurait dû observer le deuil, mais il y avait en elle tant de supériorité naturelle, tant de suprême aisance qu'elle pouvait se permettre d'ignorer les conventions...

Il reporta son regard vers sa table : personne ne faisait attention à lui. Clodia, qui s'était réconciliée avec Demetrius, avait entamé avec lui une discussion confuse et jurait par Hercule. Cytheris, libérée de la présence de Brutus, répondait aux avances de Corydon, Clodius et Fulvia étaient en pleine scène de ménage... Il tendit sa coupe à l'esclave échanson et arrêta

130

son geste lorsqu'il voulut ajouter de l'eau. Après tout ce qu'il venait de vivre, il éprouvait un soudain besoin de vin fort...

Le falerne était excellent, il but et but encore, mais les premières manifestations de l'ivresse ne lui apportèrent pas l'apaisement, bien au contraire. Plus le temps passait, plus il sentait l'angoisse le gagner. Il repensait à la phrase de Florus : « L'assassin est l'un de tes familiers... » Ils étaient là, ses familiers, devant lui, et il ne pouvait exclure personne, car, bien sûr, le mystérieux inconnu pouvait être une inconnue.

Tout tournait dans sa tête et tout tournait autour de cette pensée terrible : le meurtrier de sa mère, celui qui voulait les tuer, Licinia et lui, était à cette table. Et rien de ce qu'il voyait n'était de nature à le rassurer. Il se souvenait de la réflexion qu'il s'était faite aux funérailles de Flaminia à propos des masques. Tous, ils portaient tous un masque ! Clodia s'était vantée de pouvoir commettre un crime parfait, Demetrius était un spécialiste des poisons, Clodius le haïssait au point de vouloir sa mort, Fulvia détestait les vestales, Corydon aimait les femmes et Cytheris n'était pas grecque... Il soupira. Ce n'était, hélas, pas tout. Même ceux qui restaient insoupçonnables avaient leur part d'ombre. Brutus semblait en savoir plus qu'on ne le pensait et Licinia non plus ne disait pas tout...

Brusquement, il se fit l'effet d'un gibier devant un chasseur à l'affût. Lequel d'entre eux tenait son arc bandé ? De qui partirait le coup fatal ? Il roula longuement et vainement ces questions dans son esprit, jusqu'à ce que le vin ait raison de lui. Alors, il s'affaissa doucement sur le lit vide, à l'endroit où la vestale avait laissé son empreinte.

10

QUELQUES GRANDS PERSONNAGES...

Flaminius retrouva Florus dès le lendemain et, après lui avoir relaté en quelques phrases les noces de César, lui fit part de ses intentions. Le temps pressait. Il fallait découvrir au plus tôt le mystérieux ennemi de Licinia et il y avait peut-être une piste : cet événement récent dont elle lui avait parlé, le procès intenté contre elle et Crassus. Pour cela, le plus simple était que Flaminius rencontre ce dernier. Il comptait sur les bonnes relations qui existaient entre leurs deux familles pour qu'il accepte de l'aider. Florus partagea entièrement son point de vue et les deux jeunes gens se mirent en route sans attendre.

Même si elle valait, disait-on, deux fois moins que le collier de Servilia, la maison de Crassus était sans conteste la plus belle de Rome. Il y en avait certes de plus grandes dans les faubourgs ou en province, mais, à l'intérieur de la ville, rien ne pouvait lui être comparé. Elle se situait bien évidemment sur le Palatin, la colline de l'aristocratie.

Le Palatin était un quartier à part. C'était le seul endroit de Rome où les rues étaient larges, bien dessinées, et où on pouvait s'aventurer sans crainte de se perdre... Flaminius et Florus empruntèrent la montée de la Victoire, qui grimpait en larges lacets le long de la colline. Ici, pas d'embouteillages, pas de cohortes de mendiants qui s'agglutinaient à vous, les chars des riches personnages et des élégantes se croisaient sans peine. Alors qu'ils approchaient de leur destination, Flaminius dit à son compagnon, un peu gêné :

– Il vaudrait peut-être mieux que je le voie seul. C'est une entrevue délicate...

Florus partit d'un petit rire.

– Ne t'inquiète pas ! Je te l'aurais proposé de moi-même. Je n'ai aucune envie de rencontrer mon propriétaire : je lui dois de l'argent.

– Parce que Crassus est ton propriétaire ?

– Comme d'une bonne partie de Subure. D'où crois-tu que lui vient sa fortune ? Il construit à l'économie et c'est tout bénéfice pour lui : chaque fois qu'un de ses immeubles s'écroule et qu'il le reconstruit, il augmente les loyers. On dit même qu'il a des équipes pour les faire s'effondrer...

Depuis qu'il avait rencontré Florus, Flaminius n'en finissait pas de découvrir un monde qu'il ignorait jusque-là. Il jeta un regard aux riches demeures qui l'entouraient et il les vit tout à coup d'une manière différente. Ce luxe et cette beauté étaient peut-être faits de la misère et de la mort des autres...

La villa de Crassus venait tout de suite après un grand terrain vague, le pré Vaccus, qui tenait son nom d'un personnage condamné il y avait fort longtemps pour trahison. Sa maison avait été rasée, avec défense de construire à jamais sur son emplacement. Situé comme il l'était, le terrain valait une fortune, mais l'interdiction avait triomphé des convoitises et des siècles... Florus décida d'attendre là. Le pré Vaccus lui plaisait, c'était le seul endroit champêtre du Palatin. Ils se séparèrent et Flaminius entra chez Crassus.

Il avait beau s'attendre à un intérieur luxueux, jamais il n'aurait imaginé une chose pareille ! Ce n'était pas une maison, c'était un musée. L'atrium n'était pas décoré de statues, il en était envahi. Les sculptures étaient presque aussi serrées que les soldats sur un champ de bataille et, de plus, il ne s'agissait que d'authentiques chefs-d'œuvre, dus aux plus illustres artistes grecs et alexandrins... Un majordome finit par apparaître, entre une Vénus et un discobole. Flaminius se nomma et le serviteur s'inclina respectueusement.

– Mon maître sera certainement enchanté de te voir. En ce moment, il est dans sa chambre sordide. Je vais te conduire.

Flaminius n'avait aucune idée de ce dont il pouvait s'agir, mais ne fit pas de réflexion. À la suite de l'homme, il traversa le fabuleux jardin de la villa, qui renfermait les essences les plus rares et d'où on avait une vue admirable sur toute la ville. Dans cet environnement de rêve, se trouvait curieusement une bâtisse misérable, sorte de baraque en mauvais matériaux sans ouverture, à part la porte. Flaminius pensa à quelque remise, mais le majordome alla frapper, dit quelques mots à une personne qui se trouvait à l'intérieur et lui fit signe d'entrer.

Flaminius s'avança et resta sans voix. Il se trouvait brusquement dans un taudis : un sol en terre battue, maculé de suie et de crasse, des murs suintants d'humidité et recouverts par endroits de paquets de toiles d'araignées avec, pour tout mobilier, un lit et un tabouret vermoulus. Une fausse fenêtre, éclairée par une source de lumière qu'on ne voyait pas, donnait sur une peinture de facture très réaliste, représentant un paysage de la Rome misérable, avec des masures et de hauts immeubles.

Crassus vint vers lui, les bras ouverts. Il était vêtu d'une tunique rapiécée et en lambeaux, il avait les pieds nus et les cheveux saupoudrés d'une matière indéfinissable, qui les rendait tout gris.

– Titus Flaminius ! Quelle joie de te voir ! Prends place.

Encore sous le coup de la surprise, Flaminius, à l'invitation de son hôte, s'assit sur le tabouret. Il était bancal et il manqua de se retrouver par terre. Crassus sourit.

– Comment trouves-tu ma chambre sordide ? Je m'y retire de temps en temps pour oublier ma richesse et éprouver ce qu'est la misère... Tu n'imagines pas comme elle est difficile à entretenir, les toiles d'araignées surtout ! Il faut sans cesse les renouveler et il faut aller loin : ce n'est pas chez moi qu'on peut en trouver... Mais dis-moi ce qui t'amène.

– Un service à te demander.

– Je n'ai rien à refuser au fils de Quintus Flaminius, tu le sais bien. Ton père a été un héros et tu marches sur ses traces. Tu as retrouvé le voleur de la perle au péril de ta vie et vengé ta mère.

– Justement pas. Écoute...

Flaminius entreprit alors de tout raconter à son interlocuteur... Tandis qu'il parlait, il eut une très désagréable impression. Alors que Crassus l'avait accueilli avec chaleur, peu à peu, il se fermait. Lorsqu'il se fut tu, son interlocuteur lui demanda d'un ton sec :

– Qu'attends-tu au juste de moi ?

– Que tu me parles de ce procès qu'on vous a fait à Licinia et à toi. Que s'est-il passé ?

Crassus haussa les épaules, ce qui projeta un petit nuage de poussière grise dans la pièce.

– Une histoire ridicule ! Nous étions trop souvent ensemble et on nous a accusés d'avoir des relations coupables. Nous avons pu prouver que c'était une simple affaire commerciale. Je voulais acheter une villa que Licinia possédait à Pompéi. Elle demandait trop cher, elle a fait durer les transactions et, finalement, elle a refusé de vendre.

– Mais qui était votre accusateur ?

– Un certain Plotin, un Grec. Tu es satisfait, maintenant ?

– Ne peux-tu pas m'en dire un peu plus ?

– Je t'ai dit ce que je savais.

– Crassus, c'est ta nièce, et elle est en danger.

Jusque-là le riche personnage était seulement fermé, cette fois, il devint carrément hostile.

– Tu dis juste : c'est ma nièce. Et je te demande de cesser de tourner autour d'elle !

– Mais je ne tourne pas autour d'elle, j'essaie au contraire..

– Eh bien, cesse d'essayer, c'est le conseil que je te donne ! Maintenant, laisse-moi. J'ai besoin de méditer dans ce lieu de solitude et de tristesse.

Il n'y avait rien à ajouter et Flaminius prit la porte, pour se retrouver dans le jardin de rêve baigné de soleil. Il était si perdu dans ses pensées qu'en revenant dans l'atrium, il se cogna à l'une des statues...

Il retrouva Florus dans le pré Vaccus et le mit au courant de cette étrange entrevue. L'évocation de la chambre sordide fit sourire son compagnon, mais la fin de l'entretien le laissa songeur.

– Cela ressemble fort à une menace, mais pourquoi ?

– Moi non plus, je ne comprends pas. Qui veut-il protéger ? Quelle personne, quel secret ?

– En tout cas, nous savons ce qui nous reste à faire : trouver ce Plotin. Il est grec, cherchons dans le quartier de ses compatriotes. Avec un peu de chance, nous pourrons mettre la main sur lui.

De la chance, ils en eurent et n'en eurent pas... Ils trouvèrent très rapidement la maison de Plotin. C'était une des plus jolies du quartier grec. Situé sur l'Aventin, ce quartier avait la particularité de regrouper toutes sortes de catégories sociales et Plotin y était bien connu : c'était un marchand aisé, de très honorable réputation. Seulement, quand ils se présentèrent à son domicile, l'esclave qui les reçut eut un geste d'excuse.

– Il est en voyage pour son travail. Il sera là dans trois jours. Pourquoi vouliez-vous le voir ?

Flaminius parla d'une importante transaction commerciale et assura qu'il reviendrait à son retour... Se retrouvant désœuvrés, Florus et lui en profitèrent pour se renseigner sur le personnage auprès de ses voisins. Cet Athénien était venu s'installer à Rome trois ans plus tôt. Il s'était lancé dans le commerce et avait vite prospéré. À part cela, il vivait seul et il n'y avait rien de spécial à dire à son sujet.

C'était en apparence peu de chose, mais cela faisait un mystère supplémentaire, et de taille ! C'était précisément à trois ans que remontait le procès contre Crassus et Licinia. Donc, la première chose qu'avait faite cet étranger en s'installant dans la ville avait été de mettre en accusation une vestale et l'homme le plus riche du pays. C'était un comportement pour le moins peu commun. Il était plus que jamais impératif de l'interroger...

Flaminius et Florus se présentèrent à son domicile au matin du troisième jour. En arrivant devant la villa, ils furent surpris de trouver la porte ouverte et de constater que personne ne venait les accueillir. En pénétrant dans l'atrium, Flaminius éprouva une violente émotion. Des cris et des pleurs s'élevaient de l'autre côté de la villa, lui rappelant tragiquement ce qu'il avait entendu le jour de la mort de sa mère. Il se rua en avant, suivi de Florus, mais il savait déjà ce qu'il allait découvrir.

Plotin, qu'il voyait pour la première et la dernière fois, était allongé sur le lit de sa chambre. C'était un bel homme d'une quarantaine d'années au type grec prononcé. Enfin, il était beau, à l'exception du sommet de son crâne, affligé d'une horrible blessure. C'était exactement la même que celle à laquelle avait succombé Flaminia : le crime était signé... Autour de lui, ses domestiques se lamentaient en poussant des cris déchirants. Flaminius leur demanda comment cela était arrivé. Un valet de chambre lui répondit :

– Nous l'avons trouvé comme cela, ce matin, au réveil.

– Quand cela a-t-il pu se passer ?

– Sans doute cette nuit. Il a reçu un visiteur.

– Tu sais qui ?

– Non. Il est allé lui ouvrir tout seul. Il avait été prévenu de sa venue par une tablette qu'avait apportée un gamin du quartier. C'est moi qui la lui ai remise.

– Tu n'as pas idée de ce qu'elle disait ?

Le valet de chambre eut un instant de gêne, mais finit par répondre :

– J'y ai jeté un coup d'œil. Je me souviens seulement d'un nom : Licinia.

Flaminius en fut tellement saisi qu'il se tut. Florus questionna l'esclave à son tour :

– Quand tu parles d'un visiteur, il pouvait aussi bien s'agir d'une visiteuse ?

– Bien sûr, puisque personne ne l'a vu...

Ce fut tout ce que les deux jeunes gens purent apprendre. Ils cherchèrent sans conviction la tablette et ne la trouvèrent pas : le meurtrier n'avait tout de même pas laissé derrière lui un indice pareil ! Il était maintenant évident que la piste de Licinia était la bonne et qu'ils approchaient de la vérité. Seulement, cela, quelqu'un le savait : l'assassin. Il les suivait à la trace ou plutôt il les précédait pour éliminer tout témoin. Où était-il ? Tout près, sans doute. Peut-être même était-il en ce moment en train de les épier. Qui était-il ? Longuement, très longuement, ils passèrent en revue toutes les hypothèses, citèrent tous les noms qui pouvaient leur venir à l'esprit. Finalement, ils durent s'avouer leur ignorance. Ils n'avaient pas la moindre idée de son identité, mais ils étaient certains d'une chose : ils le connaissaient !

Ce fut le meurtre de Plotin qui décida Flaminius à aller de l'avant. Le danger qui se précisait autour de Licinia et de lui-même ne lui laissait pas le choix. Bien sûr, la mise en garde de Crassus ne pouvait être prise à la légère : venant d'un homme aussi puissant, ce n'étaient pas des paroles en l'air. Mais leur

140

adversaire inconnu était plus redoutable encore. Il fit donc ce que l'habitant de la chambre sordide lui avait formellement interdit : il tourna autour de Licinia. En l'occurrence, il demanda et obtint une entrevue avec un autre oncle de celle-ci, Lucullus, espérant recueillir de lui une information décisive.

Comme la fois précédente, il partit le rencontrer en compagnie de Florus. Il valait mieux qu'ils soient ensemble, au cas où il s'avérerait nécessaire d'agir tout de suite après l'entrevue, mais, comme la première fois, ils décidèrent que Flaminius irait seul. Lucullus était un personnage important, qui risquait d'être incommodé par la présence d'un plébéien, d'autant qu'il était un des chefs du parti aristocratique...

Lucullus possédait la deuxième fortune de Rome après Crassus et sa demeure en témoignait mieux que tous les discours. Il habitait sur la colline des Jardins, qui dominait le champ de Mars, et les jardins de Lucullus étaient réputés, avec ceux de Salluste, comme les plus beaux qui aient jamais existé.

Lorsque les deux jeunes gens furent sur place, Florus s'arrêta sous un pin parasol. Le cadre était charmant, la vue admirable, et il assura à son compagnon que c'était le lieu idéal pour attendre son retour. Flaminius partit donc seul. Il suivit l'allée sablée qui conduisait à la villa qu'on devinait au loin... Comme chez Crassus, un majordome l'attendait dans l'atrium et l'accueillit avec la plus grande déférence.

– Mon maître est dans la salle à manger d'Apollon. Si tu veux bien me suivre...

Lucullus possédait plusieurs salles à manger et Flaminius savait que celle d'Apollon était la plus luxueuse. Il en éprouva une vive satisfaction : cette marque d'honneur que lui faisait son hôte laissait bien présager de la suite ; en outre, il était curieux de voir à quoi elle pouvait bien ressembler.

Il ne fut pas déçu. La salle à manger d'Apollon avait, en guise de murs, des volières. Sur trois de ses côtés, elle était couverte de longues cages aux barreaux dorés, le quatrième s'ouvrant sur le jardin par des fenêtres de verre, matériau aussi coûteux que rare. Le plafond à caissons était lambrissé d'or, le sol était entièrement recouvert d'une mosaïque représentant des poissons, des gibiers à poils et à plumes, des fruits et tout ce qu'on peut consommer autour d'une table. La voix de son hôte s'éleva au milieu du chant des rossignols, des merles et des mésanges :

– Bienvenue, Titus Flaminius ! Viens prendre place à mes côtés.

L'imposant personnage était allongé sur l'un des trois lits à trois places tapissés de pourpre qui entouraient une table aux pieds d'ivoire. Celle-ci était recouverte d'une vaisselle d'un luxe inimaginable : des assiettes en or serties de pierres précieuses, des vases en agate, des coupes en cristal rehaussées de pierreries et d'une profusion de plats, comme Flaminius en avait rarement vu. C'était un véritable banquet qui s'étalait sous ses yeux. Il ressentit une vive contrariété. Il avait demandé à Lucullus un entretien en tête à tête et visiblement ce dernier n'avait pas compris. Il s'excusa aussi poliment qu'il put :

– Je vois que tu attends des invités. Je ne veux pas te déranger. Je reviendrai.

Lucullus lui adressa son plus aimable sourire.

142

– Mais je n'attends personne d'autre que toi, Titus Flaminius. Installe-toi, je t'en prie.

– Tu veux dire que tout cela est pour nous deux ?

– Bien sûr, et il en est de même quand je suis seul. J'aime dire à mon cuisinier : « C'est quand Lucullus dîne chez Lucullus que tu dois préparer tes meilleurs repas. » Regarde ce qu'il a imaginé aujourd'hui...

Lucullus parcourut la table du regard.

– Congre, rascasse, pélamide, foies d'anguilles, laitances de murènes, huîtres et oursins. Tous les produits de la mer viennent de mes viviers de l'île Megaris. Ils arrivent quotidiennement à Rome dans des convois refroidis à la neige des Alpes...

Lucullus poursuivit la description des plaisirs culinaires qui les attendaient. Ses yeux brillaient d'excitation, il salivait.

– Pâtés de flamant rose farcis aux œufs de caille, eux-mêmes farcis aux œufs d'esturgeon, cervelles de paons, cochon de lait au miel d'Arabie, vulve de biche au nard indien, tétine de truie en croûte, talons de chameau. Mais tu as certainement mangé de tout cela un jour ou l'autre, tandis que je suis certain que tu n'as jamais vu cette chose-là...

Il lui désignait des petits fruits rouges dans une coupelle de cristal. Il prit cette dernière et la lui tendit.

– Tu es l'un des premiers à Rome à en manger. Elles poussent à Cerasus. Je les ai découvertes quand j'ai pris la ville, lors de ma campagne d'Orient...

– Je n'en ai effectivement jamais vu. Comment est-ce que cela s'appelle ?

– Des cerises. Je les ai nommées ainsi en l'honneur, précisément, de Cerasus.

Flaminius dégusta avec un réel plaisir ces fruits nouveaux, qui, en raison de la saison, n'étaient pas frais, mais macérés dans un vieux falerne... Lucullus, qui s'était jeté sans plus attendre sur le pâté de flamant rose, s'adressa à lui la bouche pleine :

– Maintenant, dis-moi ce qui t'a conduit chez moi.

– Il s'agit de Licinia, la vestale.

À la différence de ce qui s'était produit avec Crassus, le nom de Licinia ne provoqua aucune réticence chez lui. Au contraire, il manifesta un vif intérêt.

– Je t'écoute !

Encore une fois, Flaminius lui raconta toute l'histoire. Quand il eut terminé, Lucullus hocha la tête.

– Je suis sûr que c'est César qui est derrière tout cela.

– Explique-toi...

– Elle est très liée avec lui. Et puis, c'est la nièce de Crassus. Elle est de mèche avec ces gens-là.

– C'est aussi ta nièce.

– Oui, mais autant elle est distante avec moi, autant elle est proche d'eux. Crois-moi, c'est une affaire politique.

– Je ne comprends pas. Qui accuses-tu ?

Dans la conversation qui suivit, Flaminius comprit moins encore... Il apparaissait que Lucullus était l'objet d'une idée fixe : la haine de César. Il était certain que ce dernier avait pour but secret d'abattre la république. Il avait essayé d'en savoir plus, précisément par l'intermédiaire de Licinia, mais elle l'avait éconduit.

Quand Flaminius prit congé, il avait acquis la conviction que le personnage n'avait plus toute sa raison et ce banquet à deux lui était devenu odieux. Pour lui, la bonne chère était quelque chose qu'on partage en société, pas un plaisir égoïste. Il reposa son assiette d'or incrustée de turquoises, sans finir ses talons de chameau. Lucullus ne tenta pas de le retenir et continua tout seul le repas...

Ce fut avec le sentiment très désagréable d'avoir perdu son temps que Flaminius alla retrouver Florus. En arrivant à l'endroit où il l'avait quitté, il eut un mouvement de surprise : il n'y avait personne. Se pourrait-il qu'il ne l'ait pas attendu ? Il appela :

– Flo... !

Il ne termina pas. Florus était là, un peu plus loin, allongé, la tête en sang, immobile. Il se précipita sur lui... Non, il n'était pas mort, son cœur battait, il était simplement sans connaissance. Il sursauta : une dizaine d'individus sortaient d'un buisson en poussant de grands cris. C'étaient des colosses armés de gourdins. Il se mit sur pied et se défendit comme il put, mais, malgré toute sa vigueur, il ne pouvait rien contre une troupe pareille. Plusieurs coups dans l'estomac lui coupèrent le souffle, d'autres sur la tête lui firent perdre connaissance. Peu de temps après, il ressentit une impression de chute, puis une violente douleur. Il eut, dans ce qui lui restait de conscience, l'idée qu'il allait mourir et qu'il fallait absolument qu'il se réveille, mais il n'y parvint pas...

Il reprit pourtant conscience peu après et ce fut à cause d'une odeur. Elle était affreusement déplaisante et il la reconnut aussitôt : c'était celle de l'Esquilin ! À présent, il entendait le bruit horrible des corbeaux et des vautours. Il ouvrit les yeux. Il se trouvait sur une charrette, seul avec Florus, encore inanimé.

Devant lui, un homme tenait les rênes d'un mulet. Il parvint à se dresser sur les coudes et l'autre se retourna à ce moment. Il se crut perdu, mais le conducteur eut un sourire en le voyant.

– Te voilà revenu à toi. J'avoue que j'aime mieux cela !

– Qui es-tu ?

– Le ramasseur des morts. Ils m'ont payé pour que je vous emmène tous les deux sur l'Esquilin.

– Qui cela ?

– Je ne sais pas. Je ne les connais pas. Je passais par là...

– Tu devais nous jeter dans la fosse ?

– Non, au bûcher. Ils ont dit en riant que cela vous réveillerait...

Flaminius avait une bourse sur lui, qu'il portait attachée à une ceinture sous sa toge. Il sentit qu'elle était pleine. Ses agresseurs n'étaient donc pas des bandits... Il dit au conducteur :

– Je te paierai si tu nous conduis à la villa Flaminia, sur le Caelius.

L'homme secoua négativement la tête.

– Je ne peux pas. C'est trop loin. J'ai mon travail à faire.

– Alors, à *L'Âne Rouge*, à Subure.

C'était Florus qui venait de parler d'une voix faible. Il grimaçait... Le conducteur acquiesça et fit faire demi-tour à sa mule. Flaminius s'adressa à son compagnon :

– Cette fois, nous avons bien failli y rester !

– Non. Ils ne voulaient pas nous tuer, sinon, ils l'auraient fait...

Flaminius se sentait trop mal pour parler davantage, mais Florus avait raison. Alors, de qui s'agissait-il, puisque ce n'étaient ni des voleurs ni des assassins ? Il se laissa aller au fond de la carriole. Il n'était pas en état de réfléchir. En plus, tant en raison de l'odeur que des cahots du chemin, il avait affreusement envie de vomir.

Devant lui, défilaient ces lieux où il s'était trouvé il n'y avait pas si longtemps et ce fut un autre genre de pensée qui traversa sa tête douloureuse. Il quittait Lucullus pour se retrouver sur l'Esquilin. Depuis le début de cette aventure, il semblait que les dieux voulaient à toute force le ramener de la Rome des riches à la Rome des pauvres... Ils étaient maintenant devant le bâtiment de pierres sèches où Gorgo enfermait ses monstres. Il crut voir Mamillia allaitant Janus. Ce n'était pas vrai, bien sûr, ils devaient être morts, comme tous leurs compagnons, mais il en eut le cœur serré.

Peu après, alors que la charrette passait la porte Esquiline et qu'elle arrivait sur le Submemmium, il entendit des rires et des cris. Une bande de patriciens s'amusait à ouvrir les rideaux des cabanes et à poursuivre les prostitués des deux sexes dans la rue... Ligeia et son quart d'as, les parents de Florus au charnier, Crassus jouant au pauvre dans sa chambre sordide, les œufs de caille farcis aux œufs d'esturgeon, tout se bousculait en lui dans un horrible désordre, mais une chose était certaine : la laideur n'était pas là où il l'avait cru jusque-là.

11

LE FLAMINE DE VULTURNE

Flaminius pressait le pas. Il se rendait chez Brutus, après avoir reçu un message de sa part lui annonçant qu'il avait du nouveau, ce qui l'intriguait au plus haut point... Plusieurs jours avaient passé depuis l'attentat dont il avait été victime et les traces les plus visibles avaient disparu. Florus, un peu plus atteint que lui, était resté à *L'Âne Rouge* pour se remettre. Flaminius lui avait proposé l'hospitalité dans sa villa, mais son compagnon avait décliné son offre, sans nul doute par discrétion.

Flaminius n'avait cessé de réfléchir à cette agression. Il s'en était tenu à ses premières conclusions : il ne s'agissait ni d'une attaque crapuleuse ni d'une tentative d'assassinat. On avait voulu l'intimider, le dissuader d'aller plus loin dans ses recherches, et ce « on » avait toutes les chances d'être Crassus, qui l'avait menacé peu auparavant. Mais, si la déduction était logique, la raison de cette attitude était beaucoup moins claire. Pourquoi Crassus voulait-il l'empêcher de sauver sa nièce, avec laquelle il entretenait, au dire de Lucullus, les meilleures relations ?

Comme Flaminius arrivait chez Brutus, un spectacle inattendu et nullement déplaisant l'attendait dans l'atrium :

Cytheris, en petite tenue, était en train de faire sa gymnastique. Elle maniait avec beaucoup d'adresse et d'aisance des haltères de taille réduite, ils n'étaient pas très lourds, mais l'exercice devait être à la longue très éprouvant. Il la complimenta et la courtisane lui adressa la parole d'un ton fort aimable :

– Sois le bienvenu, Titus ! Brutus t'attend au jardin. Il a l'air impatient de te voir.

Flaminius remarqua au passage qu'elle avait retrouvé son accent grec prononcé, mais il ne fit pas de réflexion. Il la remercia, au contraire, avec la même amabilité et prit la direction du jardin.

Il trouva son ami près du grand micocoulier, sous lequel ils avaient joué tant de fois étant enfants. Brutus se leva à son approche et eut un mouvement de surprise quand il découvrit les bosses et les traces bleuâtres encore visibles sur son visage.

– Que t'est-il arrivé ?

– Je te raconterai après. Dis-moi d'abord ce qu'il y a de nouveau...

Brutus afficha un large sourire. Contrairement à la réserve et au détachement qui étaient habituellement les siens, il avait l'air vivement satisfait.

– J'ai fait ce que je t'avais dit : je suis allé chercher dans les livres. J'avoue que j'ai eu du mal, mais je pense avoir réussi !

– Comment as-tu fait ?

– Je suis parti de l'idée que les vestales étaient la clé de l'énigme. J'ai lu tout ce que j'ai pu trouver à leur sujet. Pendant longtemps, je n'ai eu aucun résultat, jusqu'au jour où j'ai eu la bonne inspiration de consulter les *Grandes Annales* à la Regia.

Même s'il ne les avait jamais lues, Flaminius savait ce qu'étaient les *Grandes Annales*. Rédigées par le grand pontife, elles consignaient tous les événements considérés comme des maléfices religieux survenus durant l'année : les prodiges, les catastrophes naturelles, etc. Le grand pontife était chargé, avec les prêtres, d'organiser les cérémonies nécessaires pour les conjurer... Flaminius lança à Brutus un regard étonné.

– Je ne vois pas où tu veux en venir...

– Dans les *Grandes Annales*, il n'y a pas que les animaux qui parlent, les naissances de monstres, les tremblements de terre ou le Tibre pris en glace, il y a aussi les procès de vestales. J'y ai retrouvé celui contre Licinia et Crassus, dont tu m'as parlé au banquet...

Flaminius ne laissa pas son compagnon aller plus loin. Il lui raconta tout ce qui s'était passé après le mariage de César, depuis sa démarche auprès de Crassus et l'attitude bizarre de ce dernier, jusqu'à l'agression au sortir de chez Lucullus, en passant par l'assassinat de Plotin... Lorsqu'il se fut tu, Brutus garda un moment le silence. Il conclut, au bout d'une courte réflexion :

– Je pense qu'effectivement cette piste ne mène plus à rien. Mais il reste l'autre procès.

– L'autre procès ?

– Celui de Minucia. Il est plus ancien, il remonte à vingt-trois ans et, lui, il s'est terminé par la condamnation de la vestale. Elle a bel et bien été enfermée dans la chambre souterraine.

– Mais cela ne concerne pas Licinia...

– Si. À la différence du procès Plotin, il n'y avait pas d'accusateur extérieur. Minucia a été mise en cause par les autres vestales et, parmi elles, figurait Licinia.

– C'est impossible !

– Détrompe-toi. Elle a trente-six ans aujourd'hui ; à l'époque, elle était novice et elle en avait treize. Elle était parfaitement en âge de témoigner.

Flaminius n'en revenait pas ! Pourquoi est-ce que Licinia ne lui avait rien dit ? Parce qu'elle avait jugé que c'était trop ancien pour être intéressant ? Pendant qu'il se faisait ces réflexions, Brutus était allé dans la villa. Il revint avec un document à la main.

– J'ai noté les noms des accusatrices, tels qu'ils figurent dans les *Grandes Annales*. Outre Licinia, il y avait Floronia, Opimia, Popillia, Arruntia, Perpennia et Fonteia. En tout, elles étaient sept.

– Tu as bien dit « Opimia » ?

– Oui. Celle qui a été tuée à la Bona Dea.

Cette fois, Flaminius eut la sensation que la découverte de Brutus était décisive. Il lui demanda vivement :

– Qu'as-tu trouvé d'autre dans les *Annales* ?

– Rien, malheureusement : juste le nom de l'accusée et des accusatrices. Même le complice de Minucia n'est pas cité. Il est question seulement d'un homme et il n'est pas fait allusion à sa condamnation.

– Il faut absolument en savoir plus, interroger un juge...

– J'ai déjà essayé. Le tribunal des vestales est composé du grand pontife, des seize pontifes et des quinze flamines. Tant que j'étais à la Regia, j'ai voulu faire parler les pontifes que j'ai pu rencontrer, mais je n'ai rien obtenu. Les uns étaient trop jeunes, les autres ne se souvenaient de rien. Mais j'ai l'impression qu'ils ne voulaient pas parler. Tout ce qui touche les vestales est plus ou moins secret et il m'a semblé qu'ils avaient des consignes venant de César lui-même.

– Viens avec moi à la Regia, nous en trouverons bien un qui finira par accepter. Le temps presse...

Brutus eut un geste d'excuse.

– Je ne peux pas t'accompagner. J'attends Posidonius. Mais promets-moi de me tenir informé...

Flaminius promit et prit seul la direction de la Regia... Il n'alla pourtant pas jusque-là. Alors qu'il arrivait sur le Forum, il fut témoin d'une scène d'altercation comme il s'en produisait souvent dans les rues. Le patron d'une auberge venait de rattraper un client et le secouait comme un prunier. Il s'agissait d'un homme déjà âgé, qui se défendait comme il pouvait en poussant des cris perçants :

– Ne me touche pas ! Je suis flamine. Tu n'as pas le droit !

– Et toi, tu as le droit de partir sans payer ? Paie-moi !

Un attroupement s'était formé et les passants prenaient fait et cause pour le patron, accablant le vieil homme d'injures et de quolibets. Flaminius se précipita et immobilisa l'aubergiste.

– Arrête ! Combien te doit-il ?

– Deux as, pour deux gobelets de vin.

– Je te les paierai. Et apporte-moi en plus un pichet de falerne.

Surpris et dompté, le patron s'éloigna pour aller chercher la commande. Flaminius conduisit l'homme dans l'établissement

153

et le fit s'asseoir près de lui. Il était vêtu d'une luxueuse toge prétexte, mais ce vêtement prestigieux réservé aux sénateurs était dans un état innommable à force de crasse, de taches et d'usure. Il était coiffé en outre d'un étrange bonnet très épais et surmonté d'une tige de bois enveloppée d'un fil de laine, qui ballottait à chacun de ses mouvements ; lui aussi était sale à faire peur.

Cet habillement distinguait les flamines, prêtres aussi importants et honorés en théorie qu'insignifiants et méprisés dans la pratique. Ils avaient été institués par Numa Pompilius en même temps que les vestales, mais, alors que le prestige de celles-ci n'avait cessé de croître, les flamines, affectés au service de dieux pour la plupart tombés en désuétude, n'étaient que des survivances. Ils avaient le rang de sénateur et un siège attitré dans l'assemblée, mais tout un chacun les considérait comme des bons à rien. Ce n'était, d'ailleurs, pas entièrement faux, car la charge n'attirait plus guère que des fainéants, qui se satisfaisaient de la maigre allocation accordée par l'État...

Le vieux flamine se remettait à peine de ses émotions.

– Merci, noble jeune homme ! Toi, au moins, tu as le respect de ma fonction. Quand je pense que, normalement, j'ai droit à un licteur et que quiconque porte la main sur moi doit être exécuté sur-le-champ !

– Pourquoi n'en as-tu pas un ?

L'homme eut un ricanement amer.

– Tu as déjà vu un licteur escorter un flamine ? Ils nous méprisent comme les autres. Ils nous envoient promener !

– Personne ne te méprisera tant que je serai à tes côtés. Puis-je connaître ton nom ?

– Je suis Tullius Scafus, le flamine de Vulturne.

Flaminius sortit sa bourse et la posa sur la table.

– Eh bien, Tullius Scafus, je te donne tout ceci pour que tu fasses un sacrifice à Vulturne, si tu veux bien me rendre un service.

Si Flaminius pensait gagner ainsi les faveurs de son interlocuteur, il se trompait. Ce dernier partit d'un rire sinistre.

– Un sacrifice à Vulturne !... Parce que tu sais qui est Vulturne ?

– Je t'avoue que non, mais...

– Tu ne le sais pas, parce que personne ne le sait, à commencer par moi ! Je ne sais pas quel dieu je sers. Il est tombé dans l'oubli, il n'existe plus pour les hommes. Il n'a aucun temple, ni à Rome ni ailleurs, il n'y a pas une ligne qui parle de lui. Et pourtant, il a sa fête tous les ans, les Vulturnales...

Tullius Scafus poussa un soupir à fendre l'âme.

– C'est le cinquième jour avant les calendes de septembre. Ce jour-là, le Sénat arrête ses séances, les tribunaux ne siègent pas, les gens ne travaillent pas, ils sortent de chez eux, comme aux autres fêtes, et tout le monde attend qu'il se passe quelque chose. Mais il ne se passe rien. Je ne peux pas célébrer les Vulturnales, parce que je ne sais pas en quoi elles consistent. Alors, j'ai tellement honte que je m'enferme chez moi et que je bois toute la journée...

Flaminius était dérouté tant par l'homme que par son discours, mais il éprouvait de la sympathie pour lui. Il lui sourit.

– Si l'argent ne peut pas aller à Vulturne, garde-le pour toi. Les hommes en ont autant besoin que les dieux.

Du coup, le vieux Scafus revint à la réalité. Il contempla successivement la bourse et l'homme attablé en face de lui.

155

– C'est très généreux de ta part. En quoi puis-je t'être utile ?

– En tant que flamine, tu as dû assister à des procès de vestales...

– Oui, deux, un récemment, un autre il y a longtemps.

– C'est le plus ancien qui m'intéresse...

Tullius Scafus se servit du vin, le regarda longuement et finit par prendre la parole :

– Écoute, je ne sais pas pourquoi tu me demandes cela et je ne veux pas le savoir, mais je vais te répondre, car je n'en ai jamais parlé à personne et cela me fera du bien...

Flaminius était attentif et tendu. Il sentait qu'il approchait de la vérité.

– L'accusée était la grande vestale elle-même. Elle s'appelait Minucia, je n'oublierai jamais son nom. Elle avait été surprise, une nuit, par ses compagnes avec un homme. Elles ont appelé les esclaves et la garde, qui se sont lancés à sa poursuite, mais il a réussi à leur échapper. Il s'est jeté dans le Tibre et on ne l'a jamais retrouvé. On a conclu qu'il s'était noyé. C'est donc Minucia seule qui est passée devant le tribunal...

Tullius Scafus hocha la tête, faisant se balancer, au sommet de son bonnet, la tige de bois recouverte de laine.

– Elle s'est défendue avec acharnement, mais elle avait contre elle les témoignages de plusieurs vestales et ils étaient accablants.

– Est-ce que tu te souviens de celui de Licinia ? Elle avait treize ans.

– Je ne me souviens pas du nom, mais il y avait une novice de cet âge. Elle a été comme les autres : précise et sans faiblesse. À la fin, le grand pontife a prononcé la condamnation et, par malheur pour moi, j'ai été désigné pour faire partie du cortège...

Le regard du flamine de Vulturne devint vague, ses traits se crispèrent.

– J'ai dû l'accompagner depuis le temple de Vesta, où le grand pontife lui a enlevé son voile sacré, jusqu'au champ Scélérat, où la chambre souterraine l'attendait. Selon le rituel, elle est allée au supplice dans une litière fermée, pour qu'on n'entende pas ses pleurs et ses cris. Mais elle ne pleurait pas, elle ne criait pas, elle était très digne... Je n'ai jamais connu un jour plus lugubre que celui-là. Tu n'imagines pas ce que c'était. Toute vie était arrêtée dans Rome, tout le monde était dans la rue, mais personne ne parlait ; il n'y avait pas un bruit, rien qu'un silence de mort... Au champ Scélérat, le cortège s'est arrêté. La fosse était déjà creusée et une échelle en dépassait. Je l'ai aidée à sortir de la litière. Elle marchait d'un pas ferme. Elle n'a pas défailli ni même tremblé. Je l'ai accompagnée jusqu'à l'échelle. En mettant le pied sur le premier barreau, elle nous a tous regardés et nous a dit : « J'emporte la vérité au tombeau. » Ensuite, elle est descendue. Les soldats ont refermé derrière elle la trappe qui recouvrait la chambre et ils ont jeté la terre par-dessus...

Il y eut un long moment de silence entre les deux hommes, dans cette auberge où régnait pourtant un intense vacarme et où, après un moment de curiosité, personne ne faisait plus attention à eux. À la fin, Flaminius prit la parole :

– Saurais-tu me dire l'endroit exact où elle a été enterrée ?

Tullius Scafus le regarda avec étonnement.

– Je pense que oui. Mais qu'espères-tu trouver là-bas ? Il n'y a que de la terre nue. Tu sais bien qu'il n'y a ni pierre tombale ni signe distinctif quelconque au-dessus d'une chambre souterraine.

– S'il te plaît, conduis-moi, Scafus !...

Flaminius avait peur que le flamine refuse, mais il se leva sans discuter. Était-ce par reconnaissance envers lui ou parce qu'il avait envie, lui aussi, de revoir ces lieux, de se replonger dans ces souvenirs qu'il avait gardés si longtemps pour lui ? Les deux, peut-être...

12

LA CHAMBRE SOUTERRAINE

Pour aller du Forum au champ Scélérat, il fallait traverser une bonne partie de Rome. Il se situait tout au nord, au bout du Quirinal, près de la porte Colline. Il était pourtant à l'intérieur des murailles : même criminelles, même condamnées à mort et exécutées par la justice, les vestales conservaient le privilège d'être enterrées dans la ville.

Comme tous les Romains, Titus Flaminius n'allait jamais dans ces lieux. Ils étaient maudits depuis des siècles. C'était là que Tullia, fille du roi Servius Tullius, avait fait passer son char sur le corps de son père, qu'elle avait fait assassiner par son mari. Depuis, l'endroit avait pris le nom de champ Scélérat et on y enterrait vives les vestales...

Lorsqu'il y arriva en compagnie de Tullius Scafus, Flaminius ne put s'empêcher de frissonner. C'était un terrain vague en pleine ville. Tout autour, les maisons, les rues s'arrêtaient brusquement, ne laissant qu'une étendue désolée, recouverte d'une terre pierreuse où erraient seulement quelques chiens. Car il n'y avait aucune présence humaine. Les Romains évitaient de traverser le champ Scélérat ; ils préféraient faire un long détour que de s'y aventurer.

Le flamine de Vulturne s'avança sans hésiter et désigna un endroit sur le sol.

– C'est là.

Flaminius eut un regard surpris dans cette direction. Il n'y avait rien que de la terre, pas le moindre signe particulier.

– Comment peux-tu le savoir ?

– Cela s'est passé exactement à la même période de l'année et à la même heure, aux ides de février, au coucher du soleil. J'ai remarqué que l'ombre du Capitole arrivait juste au bord du trou.

Il répéta d'un ton grave :

– C'est là. Je ne peux pas me tromper.

Flaminius regardait, fasciné, l'ombre du Capitole dans la lumière rouge du couchant. Elle atteignait un gros caillou blanc et, sous ce caillou, il y avait les restes d'un être, qui avait connu la plus atroce des morts. La voix du flamine s'éleva près de lui :

– Ne me réponds pas si tu ne le veux pas, mais que comptes-tu faire ?

– Descendre dans la chambre souterraine.

Tullius Scafus poussa un cri horrifié :

– Pourquoi ? Tu perds la raison !

– Elle a dit : « J'emporte la vérité au tombeau. » Je veux connaître cette vérité.

– Tu n'es pas sérieux. C'était une image. Cela signifiait seulement que personne ne la saurait jamais.

– Peut-être...

– C'est un sacrilège épouvantable. Si tu es pris, tu risques la mort.

– Je prends ce risque...

Le flamine fit plusieurs pas en arrière, sans cesser de le regarder.

– Alors, que tous les dieux te protègent !

– Prie-les pour moi et n'oublie pas Vulturne.

– Si c'est le dieu des fous, c'est le seul qui puisse quelque chose pour toi !

Et il s'enfuit en courant.

Plusieurs jours s'étaient écoulés. Flaminius fixait l'ombre du Capitole sur le gros caillou blanc, au milieu du champ Scélérat. C'était le crépuscule et Florus avait remplacé le flamine de Vulturne à ses côtés.

Persuader son compagnon du bien-fondé de sa tentative n'avait pas été facile et le convaincre de l'accompagner, plus difficile encore. Florus avait, bien sûr, estimé que le procès de Minucia était un élément de première importance, mais, quand il avait été question de descendre dans la chambre souterraine, il avait poussé les hauts cris. Comme le flamine, il avait dit que les dernières paroles de la condamnée n'étaient qu'une expression ; il n'y avait aucune vérité, aucun indice à découvrir dans ce lieu atroce, rien que les restes d'une malheureuse. Et, comme le flamine, il s'était récrié devant un tel acte : rien n'était plus impie, plus scandaleux !

Mais Flaminius avait tenu bon. Curieusement, lui qui s'était montré jusque-là le plus scrupuleux, le plus craintif en matière religieuse, était brusquement décidé à braver tous les interdits. Il voulait venger sa mère et sauver Licinia. Pour cela, il aurait été jusqu'en enfer et c'était précisément ce qu'il avait décidé de faire... À la fin, Florus avait cédé. Il avait accepté de l'accompagner sur le champ Scélérat. Mais son rôle se limite-rait à l'aider à creuser, en aucun cas il ne descendrait dans la chambre souterraine avec lui !

Pour cette expédition, Flaminius avait tout préparé avec le plus grand soin. L'équipement, d'abord : deux pelles, une corde, qui serait plus discrète pour descendre qu'une échelle, une torche et une lampe à huile allumée pour y mettre le feu au moment voulu. Enfin, il avait choisi également la date. Ce devait être une nuit de pleine lune, afin d'y voir suffisam-ment, car, bien sûr, il n'était pas question de creuser de jour...

La lumière déclinait. La lune parut dans le ciel, qui s'assom-brissait rapidement. Il allait bientôt être l'heure. Les deux jeunes gens, seuls dans le champ Scélérat, n'avaient pas échangé une parole depuis qu'ils étaient arrivés. Flaminius pouvait constater qu'à ses côtés Florus tremblait. Pour la pre-mière fois depuis le début de leur aventure, il avait peur. Mais il restait quand même, il se dominait, ce qui était la marque du véritable courage. L'estime qu'il lui portait s'accrut encore.

Enfin, le ciel devint tout à fait noir. Flaminius alla prendre sa pelle, Florus fit de même et, toujours sans un mot, ils se mirent à creuser. Au bout de longs et épuisants efforts, ils par-vinrent à une sorte de plancher : la trappe qui fermait la chambre souterraine. Ils remontèrent au sommet du trou. Fla-minius alluma la torche avec la lampe à huile, Florus prit la corde et la tint fermement ; Flaminius s'en empara et se laissa glisser. Parvenu au plancher, il chercha des doigts la fente de la trappe et, l'ayant trouvée, il l'ouvrit résolument.

Il s'échappa une bouffée de pestilence. Il rejeta la tête en arrière tant elle était insupportable. Elle était pire encore que sur l'Esquilin, il s'y mêlait toutes sortes de relents indéfinissables, de décomposition, de moisi, de renfermé, c'était vraiment l'odeur de l'enfer !... Il laissa passer quelque temps pour que les miasmes se dissipent et poursuivit sa descente jusqu'en bas...

Lorsque ses pieds touchèrent le sol, il se figea. Sa torche éclairait une pièce relativement vaste, trois pas sur trois à peu près, et où on pouvait sans peine tenir debout. Elle avait pour mobilier une table et un lit. Sur la table, étaient disposés un bol et un broc, qui avaient dû contenir du lait et de l'eau, un plat de terre cuite, vide lui aussi, et une lampe à huile éteinte. Sur le lit, reposait la vestale ou ce qu'il en restait.

Minucia était là, allongée. C'était un squelette. Elle lui souriait de toutes ses dents et le fixait de ses yeux vides, dans sa robe de prêtresse. Il s'approcha sans faiblir et avança la main. Il la toucha à peine, mais ce léger contact fut suffisant pour la faire basculer en arrière et il découvrit un objet sombre au milieu de la robe claire. C'était un stylet fiché entre ses côtes. Plutôt que de mourir lentement d'asphyxie ou de soif et de faim, Minucia avait préféré mettre fin à ses jours. S'était-elle suicidée tout de suite en arrivant dans la chambre souterraine ou avait-elle attendu pour commettre son geste ? Il ne le saurait jamais...

Il s'approcha un peu plus encore et il aperçut un objet près d'elle, sur le lit. Il s'agissait d'une tablette d'argile semblable à celle que Florus avait trouvée dans sa chambre, après le meurtre de sa mère. Il la prit et l'approcha de sa torche... Non, Minucia ne s'était pas suicidée tout de suite en arrivant. Elle avait auparavant écrit un message, sans doute avec le stylet qu'elle s'était ensuite enfoncé dans le cœur. Le message était bref, juste deux mots en majuscules : « *INSONS PEREO* », « Je meurs innocente ».

Dans la tête de Flaminius, tout se mit à tourner, tandis que son cœur battait à toute vitesse. Il ne s'était pas trompé : Minucia avait bien emporté la vérité au tombeau et cette vérité, il l'avait sous les yeux, c'était son innocence ! Pas un instant, il ne mit en doute cette inscription qui ne devait être lue de personne. Qui aurait-elle voulu tromper ? Elle était innocente et elle avait tenu une dernière fois à le dire, dans l'ultime geste de son existence...

Des bruits le tirèrent de ses réflexions. Cela venait de la surface. Placé comme il l'était, avancé dans la chambre souterraine, il lui semblait que c'était la voix de Florus. Il s'approcha du trou et, cette fois, il entendit nettement son compagnon :

– Les tresvirs nocturnes ! Sors vite !

Les tresvirs nocturnes étaient ces patrouilles de policiers qui parcouraient la ville par groupes de trois après le coucher du soleil. Il alla vers la corde, mais, en haut, la situation évoluait à toute allure. Comme il se préparait à la prendre, elle lui échappa et remonta d'un coup, tandis que lui parvenaient des cris et des bruits de lutte. Il resta un moment au fond du trou, sa torche à la main, ne sachant que faire. Les choses se précipitèrent encore. Il vit un soldat descendre à l'aide de la corde, qu'on venait de jeter de nouveau, et s'arrêter à mi-distance puis il y eut un claquement sec : la trappe venait d'être refermée !

Un court moment s'écoula et il entendit des bruits sourds au-dessus de lui. Il n'y avait pas le moindre doute sur leur

164

signification : c'étaient des pelletées de terre qu'on jetait depuis la surface. Les tresvirs nocturnes étaient en train d'accomplir la même besogne que d'autres hommes vingt-trois ans plus tôt : ils rebouchaient la chambre souterraine !

Flaminius blêmit. Il allait subir le sort des vestales coupables, il allait se retrouver enfermé avec la morte et rester avec elle pour l'éternité... Son naturel combatif reprit le dessus. Il entreprit un examen minutieux des lieux. Il monta sur la table, s'arc-bouta contre la trappe du plafond et poussa de toutes ses forces. Au bout de plusieurs tentatives inutiles, il renonça. Malgré toute sa vigueur, il n'était pas parvenu à la déplacer d'un pouce. Il s'empara alors du stylet de Minucia et essaya de creuser une galerie. Là encore, il s'escrima pendant un bon moment et, cette fois, il parvint à un résultat. Comme il s'affairait autour de la trappe, une partie du plafond de terre battue se détacha et tomba sur lui. Il s'arrêta. Tout ce qu'il obtiendrait en continuant ainsi serait de s'ensevelir vivant. Il revint près du lit. Cette fois, il avait fait tout ce qui dépendait de lui. Il ne servait à rien d'insister davantage, il devait cesser de gesticuler comme un insecte prisonnier, son dernier instant était arrivé...

Il contempla le squelette de Minucia. De sa bouche décharnée, elle semblait lui dire : « Rejoins-moi ! Qu'attends-tu ? » Il prit sa décision : il allait en finir de la même manière qu'elle, il n'était pas question qu'il meure à petit feu dans cet endroit de cauchemar.

Il posa la pointe sur sa poitrine. Le moment suprême était rivé. Il fallait agir au plus vite, tant qu'il avait la détermination nécessaire, ne pas faiblir, ne pas s'attendrir. Il évita de penser à sa mère, dont il ne connaîtrait jamais l'assassin, il se concentra au contraire sur l'image de son père retournant son glaive contre lui, face à Spartacus. Ses doigts se crispèrent sur le manche du stylet. Le moment était venu de faire preuve d'autant de fermeté, de mourir en vrai Flaminius !

Il s'arrêta pourtant. Une pensée d'une autre nature venait de le traverser. Après tout, il n'y avait pas d'urgence à mourir. Il avait assez d'air pour respirer pendant des heures, des jours peut-être, et il était pris d'un désir soudain : trouver la clé de l'énigme. Maintenant qu'il disposait d'un élément nouveau, l'innocence de Minucia, tout était changé. Oui, il allait essayer de percer le mystère ! S'il y parvenait, ce serait sa dernière satisfaction avant d'en terminer avec l'existence.

Il mit donc son esprit en action, avec toute l'intensité qu'il put... Le mobile du meurtrier était la vengeance, c'était maintenant une quasi-certitude. Même s'il ne connaissait toujours pas son identité, il s'agissait de quelqu'un qui avait été très lié avec Minucia et qui avait entrepris de faire payer les vestales qui l'avaient faussement accusée. C'était ainsi que l'assassin avait tué Opimia à la Bona Dea et qu'il avait monté cette machination contre Licinia.

Flaminius continua ses réflexions, mais, à partir de là, il piétina. Il avait beau prendre le problème par un côté ou par un autre, il se heurtait à toute une série de questions sans réponse. D'abord, comment l'inconnu savait-il l'innocence de Minucia, alors qu'elle avait dit elle-même qu'elle était seule à la connaître et qu'elle l'emportait au tombeau ? Ensuite, pourquoi avait-il attendu vingt-trois ans pour exercer sa vengeance ? Enfin, pourquoi s'acharnait-il à ce point sur Licinia ?

Pourquoi lui destinait-il cette mort atroce, alors qu'il aurait très bien pu la tuer à la Bona Dea, comme Opimia ?

Non, il n'arrivait à rien. Il tournait en rond. Il ne viendrait pas à bout de l'énigme qu'il s'était juré de résoudre. Sa vie se terminait sur un échec... Il aperçut, traînant à ses pieds, la tablette d'argile, dernier indice de son enquête inachevée. Il la prit et contempla longuement les deux mots tracés par cette main qu'il voyait non loin et dont il ne restait que des phalanges : *INSONS PEREO*... Ce fut alors qu'une autre pensée lui vint, qui d'abord le surprit, puis l'envahit tout entier au point de lui donner le vertige. Minucia était morte innocente et lui, est-ce qu'il allait mourir innocent ?

Tout d'un coup, en présence de ce squelette, dans cette chambre de supplice, il se mit à s'interroger sur sa vie. C'était comme si cette descente à l'intérieur de la terre était une descente à l'intérieur de lui-même. Comme s'il se voyait à la lumière de cette torche, là, à côté de la morte, comme s'il était devenu à la fois son accusé et son juge, et il commença effectivement à se juger, d'une manière lucide, impitoyable...

Certes, il n'avait ni tué ni volé, il avait peu menti, il avait aimé et respecté ses parents, il avait craint et honoré les dieux, il avait été un citoyen consciencieux, il avait été fidèle en amitié, mais cela suffisait-il à l'absoudre, à l'innocenter ?

La réponse était non. Plus il réfléchissait, plus il se lançait dans ce terrible examen de conscience, et plus le verdict était accablant. Qu'avait-il fait de bien, d'intéressant ou de beau, depuis qu'il était venu au monde ? Rien, rien du tout ! Il avait courtisé les filles, fréquenté la jeunesse dorée de Rome, mené une vie de patricien désœuvré. Sa vie n'avait été que frivolité, vanité, inanité !

Et pourtant, il aurait pu en faire des choses ! Ce qu'aurait dû être sa vie lui apparaissait avec une sorte d'évidence lumineuse, trop tard, hélas ! Il repensait aux parents de Florus, eux aussi morts assassinés et à qui leur fils, faute d'argent, n'avait pu rendre justice. Voilà ce qu'il aurait pu faire, s'il avait été moins léger, moins inconstant : avec ses connaissances juridiques et ses moyens, il aurait pu se mettre au service des citoyens pauvres frappés par le crime, devenir une sorte d'enquêteur public. Titus Flaminius, défenseur de la veuve et de l'orphelin, voilà ce qu'on aurait dit de lui. Il aurait laissé un nom respecté, un souvenir ému...

Il revoyait l'archimime portant le masque de sa mère quand il lui avait sauvé la vie... Tout avait commencé à ce moment-là. C'était Florus qui lui avait ouvert les yeux en le mettant en contact avec une réalité qu'il ignorait jusque-là. Et cette réalité avait un nom ou un symbole : Subure.

Avant, il appelait Les gens de Subure des pouilleux et il avait même fait le coup de poing contre eux au Cheval d'octobre. Ils étaient peut-être pouilleux, mais ils étaient aussi autre chose. Les gens de Subure, c'était Florus, sa bonne humeur, son optimisme et son esprit impertinent, c'étaient les prostitués des deux sexes grelottant derrière leurs rideaux troués, c'était Ligeia et sa petite main brûlante... Ligeia... Son souvenir aurait pu le guider sur le bon chemin de la vie, comme elle l'avait guidé dans le dédale de son quartier. Cette voie difficile et exaltante s'appelait la générosité. C'était sa mère qui avait raison, il le découvrait au moment où il s'apprêtait à la rejoindre.

Pourquoi avait-il été aussi aveugle ? En fait, il s'était contenté de suivre les leçons de son père : avant tout, comptaient la noblesse de son nom et le souvenir de ses origines. Il était un Flaminius, c'était cela qui devait inspirer sa vie entière... Il n'avait aucun reproche à faire à son père. C'était un homme de bien, il l'avait prouvé par son existence et par sa mort, mais il appartenait à une autre époque. Ses idées étaient révolues...

Il se reprit. Il perdait son temps. Tout cela était des réflexions de vivant et il n'était déjà plus de ce monde. Il posa de nouveau son poignard sur son sein... Qu'allait-il découvrir derrière la barrière qu'il s'apprêtait à franchir ? Il avait toujours appris qu'il allait se retrouver face aux enfers, sur les rives du Styx, devant Charon, qui l'attendait sur sa barque et qui lui demanderait son obole pour traverser...

Brutus, lui, se moquait de ces croyances. Il pensait, avec son maître Posidonius, que l'âme immortelle rejoignait, au sein de l'harmonie universelle, des dieux qui n'avaient ni forme précise ni nom. Il entendait encore les railleries de son frère de lait : « Les dieux se moquent que tu éternues en sortant de chez toi ou que tu mettes le pied gauche avant le pied droit... » Il n'avait jamais voulu discuter avec lui de ces choses et il le regrettait à présent.

En fait, dans le naufrage qui concluait sa vie, il avait une consolation, une seule : sa mort sauvait Licinia. L'inconnu avait échoué, il n'aurait jamais le temps, d'ici aux Mannequins d'osier, de trouver quelqu'un d'autre pour la compromettre. Il allait mourir à sa place dans la chambre souterraine et il en était heureux.

Licinia... Qu'éprouvait-il exactement pour elle ? Brutus avait employé le mot juste : elle le troublait. C'était la première fois. Jusqu'à présent, il n'avait éprouvé pour les femmes que du désir, mais le trouble pouvait-il s'appeler de l'amour ?

Aimait-il la vestale ? Il revoyait son visage pudique et charmant, au bord de la fontaine, puis sur le lit d'apparat, au banquet de César... Il se posait cette question, lorsqu'il sursauta. Il entendait des bruits sourds au-dessus de lui. Au début, il ne voulut pas y croire, mais il dut bientôt se rendre à l'évidence : on était en train de dégager la terre qui recouvrait la trappe, on était en train de le délivrer, il était sauvé !...

Peu après, la trappe s'ouvrit et une échelle apparut. En haut du trou, il vit des hommes avec d'autres flambeaux : des soldats. Il entendit la voix de l'un d'eux, leur chef, sans doute :

– Monte !

Il obéit. Lorsqu'il atteignit la surface, il fut frappé par un vent frais et vif. C'était le petit matin, le jour se levait à l'est, de l'autre côté des murailles. Il défaillit : le grand air après l'air confiné, la liberté après la prison, la vie après la mort, le contraste était trop violent. Un soldat le retint pour l'empêcher de tomber. Le gradé qui lui avait déjà adressé la parole s'approcha de lui.

– Es-tu en état de marcher ?

Flaminius fit signe que oui.

– Alors, suis-nous.

Les soldats étaient une dizaine et l'encadraient, mais Flaminius put constater qu'ils restaient à distance. Ils ne le tenaient pas en respect de leurs armes, ils ne lui avaient pas lié les mains. De même, l'officier s'était adressé à lui d'un ton déférent. Il n'était pas prisonnier, on l'accompagnait simplement quelque part. Après l'acte abominable qu'il venait de commettre, il ne s'attendait pas à pareil traitement. S'enhardissant, il s'adressa à l'officier :

– Où me conduit-on ?

La réponse fut laconique, mais prononcée avec les mêmes égards :

– Chez César.

Peu après, en effet, Flaminius se retrouvait à la Regia, devant César en personne. Plus précisément, dans sa chambre, qui lui servait aussi de bureau. Il eut un regard vers les barreaux et une pensée pour l'homme plat qui s'y était glissé, juché sur les épaules du géant. Mais l'heure n'était pas à évoquer ces souvenirs, la situation était trop grave. D'ailleurs, l'expression du consul et grand pontife l'indiquait mieux que tous les discours. Il se tenait derrière son bureau, le visage fermé, visiblement sous l'emprise d'une violente colère.

– Les tresvirs nocturnes n'ont pas hésité à me réveiller en pleine nuit, quand ils ont découvert l'infamie commise sur le champ Scélérat.

– Je te remercie de m'avoir sauvé...

– Ne m'interromps pas ! Ils m'ont amené ton complice et je l'ai interrogé. Il m'a dit que c'était toi qui étais à l'intérieur de la chambre souterraine. S'il s'était agi de n'importe qui d'autre, j'aurais ordonné qu'on le laisse là où il était. Cette mort était la seule en rapport avec l'énormité du crime...

César le fixa dans les yeux.

– Mais j'ai une dette envers toi et César n'a qu'une parole. Je t'accorde la vie sauve pour avoir retrouvé la perle de Servilia.

Encore une fois, Flaminius se répandit en remerciements, après quoi, il voulut se justifier :

– Il faut que je t'explique pourquoi j'ai fait cela. Je ne dis pas que tu m'approuveras, mais...

– Je ne veux rien savoir. Les vestales sont sous mon autorité et ma protection. Tout ce qui les touche me concerne moi et moi seul !

– Mais il s'agit de sauver Licinia. Elle est en danger de mort.

Cette fois, Jules César entra en fureur. Il tapa sur la table avec une telle violence que les soldats qui étaient en faction derrière la porte firent irruption, croyant qu'il se passait quelque chose. Il les congédia et vint se placer juste devant Flaminius.

– Je t'interdis de t'occuper d'elle ! Tu m'entends ? C'est un ordre !

Jamais Flaminius n'avait vu César dans cet état. Son visage fin et distingué était tordu par une affreuse grimace, il était rouge brique... Il balbutia :

– Je ne le ferai pas. Je te le promets...

Le consul retrouva la maîtrise de lui-même. Il reprit la parole d'un ton radouci, même s'il restait menaçant :

– J'ai fait preuve de clémence, mais c'est la dernière fois. Mon consulat se termine, je vais partir pour la Gaule et les hommes de confiance que je laisse à Rome n'auront pas la même modération.

Il eut un sourire féroce.

– Tu les connais : ce sont Marc Antoine et Clodius. Je suis sûr qu'ils t'enverraient au bourreau avec joie, ton cousin surtout !

César fit signe d'un geste à Flaminius pour lui signifier qu'il pouvait se retirer. Mais celui-ci ne voulut pas partir avant de lui poser une question :

– Qu'as-tu décidé pour Florus ?

– Ton complice a été condamné à mort. Il sera précipité ce jour même de la roche Tarpéienne, après quoi, il sera exposé aux Gémonies.

Flaminius éprouva un violent coup au cœur. Que son compagnon meure par sa faute, alors qu'il lui avait sauvé la vie, était trop injuste. Que faire, pourtant ? Il était inutile de demander sa grâce à César, il ne l'obtiendrait pas... Ce fut à ce moment qu'une idée le traversa.

– À quelle heure aura lieu l'exécution ?

César haussa les épaules.

– À midi. Maintenant, laisse-moi !

13

À MIDI AU FORUM

Flaminius ne se le fit pas dire deux fois et quitta la pièce après un dernier remerciement...

Il se hâta de rentrer chez lui. C'était encore le petit matin et il n'était pas trop tard pour mettre en œuvre le plan qu'il avait imaginé. Il appela aussitôt Palinure.

– Les vestales ne vont pas tarder à venir à la fontaine. Tu iras trouver Licinia. Sois aussi discret que possible, elle est peut-être surveillée.

– Fais-moi confiance.

– Voici ce que tu vas lui dire mot pour mot : « Titus Flaminius veut te voir à midi au bas de la montée du Capitole. C'est une question de vie ou de mort. » Ne te trompe pas. Chaque mot est important.

Palinure le rassura et, un peu plus tard, Flaminius alla l'observer de son jardin. Il fut vivement ému lorsqu'il aperçut au loin le groupe blanc des prêtresses de Vesta. C'était la première fois qu'il les voyait dans le bois des Muses, depuis le jour où il avait parlé à Licinia. Par la suite, il s'était soigneusement abstenu d'être dans les parages à ce moment-là, par crainte d'une nouvelle machination... Il reconnut immédiatement Licinia, malgré le voile qui la recouvrait comme ses compagnes, et il sentit en lui quelque chose de soudain et de violent. Mais il se reprit aussitôt. Quels que soient les sentiments qu'il éprouvait pour elle, il devait les faire taire. Ils étaient interdits, pire, ils étaient synonymes de mort, pour lui comme pour elle...

Palinure remplit sa mission avec beaucoup d'habileté. Il s'adressa à la vestale, caché derrière un buisson. Licinia fit preuve de la même prudence. Elle ne se retourna pas et continua de remplir sa jarre. Elle se contenta de faire un léger signe de tête lorsque le messager eut terminé.

Peu avant midi, Flaminius se trouvait sur le Forum, au pied de la montée du Capitole, la rue en pente qui menait à la citadelle de la ville. C'était là que se trouvait la roche Tarpéienne, un endroit escarpé d'où on précipitait les auteurs de crimes particulièrement affreux. La foule était encore plus dense que d'habitude, car le bruit avait circulé que le cortège d'un condamné à mort allait passer et les badauds étaient friands de ce genre de spectacle.

Pour mieux voir, Flaminius s'était hissé en haut des marches du temple de Saturne. Il avait les yeux fixés sur la Curie, siège du Sénat. Le bâtiment rectangulaire, de petites dimensions puisqu'il contenait avec difficulté les membres de l'Assemblée, avait ses portes de bronze ouvertes, preuve qu'une séance avait lieu, car les débats étaient publics et le peuple devait pouvoir y assister. Mais ce n'était pas le Sénat qui était l'objet des préoccupations de Flaminius, c'était le personnage en toge blanche qui se tenait juste devant, un bâton à la main.

Il s'agissait d'un appariteur consulaire, dont la tâche consistait à annoncer chaque jour aux Romains l'heure de midi, chose indispensable, car toutes les actions publiques et privées devaient être entamées avant le milieu du jour. L'appariteur avait les yeux fixés sur le soleil et la tribune aux harangues. Quand l'astre entrait dans l'alignement de celle-ci, il levait son bâton et des joueurs de trompette qui se trouvaient non loin faisaient retentir leurs instruments.

Pour l'instant, l'appariteur restait immobile : l'heure fatidique n'était donc pas encore arrivée. Un grand remue-ménage se fit alors, indiquant que le cortège se mettait en marche et, presque simultanément, les trompettes sonnèrent... Scrutant avidement en direction du temple de Vesta, Flaminius vit une forme blanche qui s'en échappait en courant. C'était elle ! À présent, il distinguait aussi Florus, entouré de soldats et enchaîné, qui avançait lentement, en provenance de la prison, au milieu d'une foule compacte. La jeune fille et son compagnon allaient fatalement se rencontrer, il avait gagné ! Tel était, en effet, son plan. Si une vestale croisait un condamné à mort, celui-ci était immédiatement gracié, à condition qu'il s'agisse d'un hasard. Or, en donnant rendez-vous à Licinia à cet endroit et à cette heure, il savait qu'elle avait neuf chances sur dix de rencontrer Florus...

Il regardait avancer ce dernier, mais il se produisit alors un événement déplorable. N'ayant pas vu la vestale, Florus fit une tentative désespérée pour s'échapper. Il bouscula ses gardes et voulut prendre la fuite. Son initiative était bien évidemment vouée à l'échec : enchaîné comme il l'était, il n'avait aucune chance. Il fut aussitôt roué de coups et il était couvert de sang lorsque Licinia se retrouva devant lui.

Mais, dès que l'officier qui commandait le détachement aperçut la vestale, il cria à ses hommes d'arrêter. Respectueux de la plus sacrée des lois romaines, il s'inclina devant la jeune femme et donna l'ordre d'ôter les chaînes de Florus. La foule, qui appréciait autant les dénouements miraculeux que les spectacles sanglants, éclata en ovations. Licinia, déconcertée par cet événement imprévu, restait immobile, ne sachant que faire, puis, se souvenant du message, elle repartit en courant en direction de la montée du Capitole où elle s'arrêta, cherchant vainement Flaminius.

Celui-ci, de son côté, s'était mis à courir en direction de Florus. Il exultait ! Il y avait quelques heures, ils étaient l'un et l'autre promis à une mort atroce, maintenant, ils étaient sauvés tous les deux ! Il trouva Florus s'essuyant le visage dans un linge qu'un passant lui avait donné... Les soldats n'y étaient vraiment pas allés de main morte : son visage n'avait plus forme humaine, c'était un amas sanglant et tuméfié. Mais cela ne semblait heureusement pas trop grave. D'ailleurs, Florus se mit à pousser un cri de joie quand il vit Flaminius :

– Tu es sauvé, toi aussi ?

Flaminius le prit par le bras.

– Viens à la maison. Tu ne peux pas rester comme cela. Demetrius va te soigner.

Florus suivit docilement son compagnon. En chemin, Flaminius lui fit part de ses dernières conclusions. Contrairement à ce qu'il attendait, Florus manifesta un certain scepticisme :

– Ton idée d'un vengeur de Minucia se tient, mais qui te dit qu'elle est innocente ?

– Elle l'est. Sinon, elle ne l'aurait pas écrit.

– Elle est peut-être devenue folle. En se retrouvant enfermée dans la chambre souterraine, il y avait de quoi !

– Peut-être, mais je vais quand même chercher du côté de sa famille, si elle existe encore. Et je vais même le faire tout de suite. Je ne tiens pas à ce que l'inconnu passe avant moi.

– Tu as raison. Alors, je viens avec toi !

– Dans l'état où tu es ? Tu n'y penses pas ?

Florus insista. Il avait partagé tous les dangers avec Flaminius depuis le début et il voulait continuer, mais Flaminius fut intraitable. Ses blessures pouvaient s'infecter. Il devait absolument voir Demetrius avant toute chose. Ce dernier, d'ailleurs, prévenu par Palinure, ne tarda pas à arriver et il le laissa entre ses mains...

Pour trouver la famille de Minucia, il n'avait, en apparence, aucun indice, mais il savait au moins une chose : elle était patricienne, car c'était uniquement chez les patriciens qu'on recrutait les vestales. Il alla donc sur le Palatin, l'endroit de Rome où il avait le plus de chance de rencontrer ce genre de famille. Là, il comptait interroger les uns et les autres, espérant que sa bonne étoile le mettrait sur la voie.

Tout de suite, la chance lui sourit. Un crieur public, la première personne qu'il questionna, satisfit sa curiosité.

– Les Minucius ? Je les ai connus, mais ils sont partis il y a une vingtaine d'années. Il leur était arrivé un malheur affreux : leur fille, une vestale, avait été condamnée.

179

– Sais-tu où ils sont allés ?

– Non, mais quelqu'un le sait peut-être, Apicata, leur ancienne servante. Tu la trouveras au temple de Fortuna Mammosa. Elle est devenue accoucheuse et elle vient souvent y prier pour les femmes qu'elle a délivrées.

Le temple n'était pas loin. Il s'ornait d'une statue de la Fortune, telle qu'on la représentait : les yeux bandés, une corne d'abondance dans les bras, une boule sous les pieds, une roue à son côté. Il scruta les alentours et ne mit pas longtemps à découvrir une femme aux cheveux blancs qui déposait au bas de la statue un placet en terre cuite, comme on avait l'habitude de le faire pour remercier un dieu ou lui demander une faveur. Il l'aborda.

– Es-tu Apicata ? Le crieur public m'a dit que je pourrais te trouver ici.

La femme le dévisagea sans amabilité.

– Que me veux-tu ?

– Que tu me parles de Minucia et de sa famille.

– Si c'est cela, passe ton chemin ! Je préférerais mourir plutôt que d'évoquer ces choses horribles !

Flaminius posa sa main sur son bras.

– Je t'en prie ! J'ai la certitude de son innocence et tu peux m'aider à la prouver...

L'attitude d'Apicata changea instantanément.

– Tu dis vrai ?

– Aussi vrai que je respire...

– Alors, sois béni de tous les dieux !...

Elle éclata en sanglots.

– C'était un tel malheur !...

180

Flaminius ne dit rien. Il respectait la douleur de la vieille femme. Il savait qu'elle allait parler et elle lui faisait penser à ces oracles que les pieux voyageurs découvrent enfin, après une longue et douloureuse quête...

– C'était il y a vingt-trois ans, exactement à la même époque de l'année. Minucia était innocente, je le savais, il ne pouvait en être autrement. Je la connaissais depuis toujours, je l'avais mise au monde et je pleurais toutes les larmes de mon corps. Sa mère aussi pleurait. Mais, tout en pleurant, elle accouchait, et moi, je l'aidais à accoucher.

– Qu'est-ce que tu dis ?

– L'horrible vérité ! À l'instant même où sa fille aînée était conduite dans la chambre souterraine, elle mettait au monde le dernier de ses enfants. Il est peut-être né au moment précis où les soldats ont refermé la trappe !

– C'est abominable !

– L'enfant était normalement constitué et viable. Mais, s'il a vécu, ce n'est pas ici. Une semaine après, mon maître et ma maîtresse ont quitté Rome pour toujours. Ils ne supportaient plus la honte qui les entourait ni cette ville qui leur faisait horreur.

– Sais-tu où ils sont allés ?

– En Grèce. À Athènes. C'est du moins ce qu'ils m'ont dit en partant. Car ils ne sont jamais revenus et je n'ai eu aucune nouvelle d'eux ni du nouveau-né.

– Est-ce qu'il reste d'autres membres de la famille ?

– Non. Leurs autres fils et filles sont morts en bas âge. Les Minucius n'existent plus, à part cet enfant, s'il vit encore...

Elle lui lança un regard pressant.

– Dis-moi : qu'est-ce que tu comptes faire ?

– Je ne sais pas encore. Mais je te promets de te tenir au courant. Où pourrai-je te retrouver ?

– Ici. C'est encore le plus simple..

Flaminius courait presque en retournant chez lui. Maintenant, il savait tout, il comprenait tout ! L'assassin était cet enfant né le jour de la mort de Minucia, qui était revenu de Grèce pour la venger. Il restait évidemment quelques points obscurs : le rôle de Plotin dans cette affaire, l'attaque dont ils avaient été victimes, Florus et lui, et, bien sûr, l'identité de l'assassin...

Florus allait beaucoup mieux. Ses blessures, quoique spectaculaires, étaient superficielles. Maintenant, grâce aux soins de Demetrius, il était presque rétabli et les nouvelles que lui apportait Flaminius achevèrent de le remettre sur pied. Il bouillait d'excitation.

– Cette fois, nous le tenons ! Nous savons son âge : il a vingt-trois ans, et nous sommes certains que, d'une manière ou d'une autre, il te connaît.

– Et que c'est un garçon...

– Tu en es sûr ? D'après ce que tu viens de me dire, elle t'a seulement parlé d'un enfant.

Flaminius resta tout bête... C'était parfaitement vrai, Apicata avait dit « enfant », « nouveau-né », rien d'autre, et il ne lui était pas venu à l'idée de lui demander si c'était un fils ou une fille.

– Il faut me comprendre. Je n'avais pas tous mes esprits. Ce matin, j'étais encore dans la chambre souterraine, et puis il y a eu toi et la roche Tarpéienne...

Florus s'était déjà levé et mis en marche.

182

– Espérons que ce sera sans conséquence. Nous devons retourner voir Apicata. Et tout de suite, si nous voulons arriver avant l'autre !

Ils partirent pour le Palatin d'un pas rapide. Ils partageaient tous deux la même angoisse. En chemin, pourtant, Flaminius aborda un autre sujet. Il lui raconta en quelques mots les réflexions qui avaient été les siennes dans la chambre souterraine et en vint à la résolution qu'il avait prise. Il allait mener des enquêtes criminelles pour le compte de ceux qui n'en avaient pas les moyens, il serait l'enquêteur public et bénévole de Rome... Il conclut d'une voix émue :

– C'est grâce à toi que j'ai pris cette décision. Si je t'avais connu à ce moment-là, nous nous serions lancés ensemble à la poursuite des meurtriers de tes parents et ils ne nous auraient pas échappé !

Ce fut au tour de Florus d'être ému.

– Je te remercie, Titus. Je ne m'attendais pas à cela de toi.

– J'ai changé. Dans la chambre souterraine, j'ai eu le temps de réfléchir.

– Est-ce que je peux te demander une faveur ?

– Tout ce que tu voudras !

– Puisque tu dois devenir cet enquêteur dont tu parles, tu auras peut-être besoin de quelqu'un pour t'aider, une sorte d'adjoint.

– Tu veux dire que... ?

– Ce serait mon plus cher désir ! Flaminius et Florus, les chasseurs de criminels, tu ne trouves pas que cela sonnerait bien ?

- Magnifiquement !

Ils se serrèrent longuement la main. Leur union était scellée. Puis ils pressèrent le pas et ils n'échangèrent plus une parole avant d'être arrivés sur le Palatin...

Flaminius guida son compagnon en direction du temple de Fortuna Mammosa, mais un attroupement leur barra la route. Ils se frayèrent difficilement un passage en jouant des coudes. Des cris, des chants et des musiques se faisaient entendre avec de plus en plus d'intensité à mesure qu'ils avançaient. Ce fut Florus qui comprit le premier :

– Les prêtres de Cybèle !

Flaminius les reconnut à son tour... Ils avaient la particularité de parcourir la ville au lieu de rester dans leur temple. Ils faisaient cela pour de l'argent. Ces serviteurs d'une divinité exotique suscitaient autour d'eux la plus vive curiosité et ils se livraient à toutes sortes d'excentricités qui leur valaient la générosité du public.

Flaminius et Florus s'approchèrent... Les prêtres de Cybèle et leurs assistants faisaient leur numéro juste devant le temple de Fortuna Mammosa, au milieu d'une assistance en pâmoison. Des femmes, le visage enduit de plâtre, les yeux cernés au charbon, secouaient des sistres en dansant ; des hommes portant une robe jaune safran à la large ceinture, des chaussures rouges et un turban violet se tailladaient les bras et les épaules avec des épées recourbées, des jeunes filles habillées de voile presque transparent rampaient sur le pavé en glapissant, un vieillard vêtu de lin, tenant une branche de laurier et une lanterne, criait à tue-tête :

– Cybèle est irritée ! Si vous ne l'apaisez pas de vos dons, vous allez tous mourir !

184

Où était Apicata dans ce tohu-bohu ? Ils ne la voyaient ni l'un ni l'autre. Et, sans se le dire, ils avaient peur que l'assassin soit là en même temps qu'eux et qu'il profite de la cohue pour l'éliminer...

Le spectacle s'arrêta et les prêtres de Cybèle passèrent dans la foule pour faire la quête, récoltant des dons importants en monnaie ou en nature. Enfin, après une dernière bousculade entrecoupée de cris, de chants et de rires, ils se dispersèrent, dégageant les abords du temple de Fortuna.

La première chose que vit Flaminius fut une forme allongée au pied de la statue de la déesse. Il reconnut Apicata. Il se précipita vers elle. Elle ne bougeait plus, elle ne respirait plus, son cœur ne battait plus... Florus arrivait à son tour. Flaminius leva la tête vers lui.

– Elle est morte !

Son compagnon s'agenouilla.

– C'est peut-être de mort naturelle, l'émotion après t'avoir parlé...

Flaminius, qui examinait la malheureuse, sentit un petit objet sous ses doigts. Il le retira avec précaution et le montra à Florus. C'était une fléchette...

– Tu as déjà vu cela ?

– Oui, à la Bona Dea, sur le cou d'Opimia... Mais comment a-t-il pu savoir, être là juste avant nous ?

Flaminius soupira.

– « Il » ou « elle », nous ne le savons toujours pas.

14

LE MONSTRE À TROIS TÊTES

Les amandiers étaient en fleur. Les Romains chérissaient cet arbre, symbole de l'éternité, car il était le premier à fleurir. Les calendes de mars étaient arrivées et, avec elles, toutes les festivités qui s'y rattachaient. Il s'agissait, en effet, du premier jour de l'ancien calendrier. Ce dernier avait été supprimé un siècle plus tôt au profit de l'année commençant le 1er janvier, mais les cérémonies religieuses qui marquaient autrefois le passage d'un an à l'autre avaient été conservées et la première d'entre elles se déroulait dans le temple de Vesta.

Le feu qui y brûlait ne devait jamais s'éteindre, ce qui aurait été le plus horrible des présages pour le pays. La loi prévoyait la flagellation pour les vestales coupables de cette négligence, mais cela n'était quasiment jamais arrivé, tant elles mettaient de soin à l'entretenir. En une occasion, pourtant, le feu de Vesta était éteint, précisément aux calendes de mars, après quoi il était immédiatement rallumé. Cette cérémonie se faisait en présence de tous les dignitaires de l'État et d'une foule considérable...

Les dix-huit vestales se tenaient à l'intérieur du temple rond recouvert de tuiles de bronze. Elles portaient, par-dessus leur robe habituelle, le suffibulum, un grand voile blanc de cérémonie qui les recouvrait tout entières et qui était retenu au cou par une agrafe. Au centre, brûlait encore le feu, dont la fumée s'élevait dans le ciel limpide par le trou central percé dans le toit.

Le temple, qui avait la particularité unique de n'abriter aucune statue de la divinité à laquelle il était consacré, ne contenait pourtant pas que le seul feu. Quelque part, dans un endroit connu des seules vestales et du grand pontife, étaient cachés les objets les plus secrets et les plus précieux qui existaient dans Rome : les talismans d'empire. Nul ne les avait vus, bien sûr, mais chacun savait qu'il s'agissait de la viande salée de la truie qu'Énée avait immolée en arrivant en Italie, de l'icône pointue de Cybèle, des cendres d'Oreste, des quadriges en argile pris aux Véiens et surtout du mystérieux Palladium, une statue de Minerve qu'Énée avait arrachée à la ruine de Troie. L'oracle disait que tant que Rome le conserverait, elle dominerait le monde, mais que si elle venait à le perdre, elle-même serait perdue.

L'instant solennel et un peu inquiétant où le feu de Rome allait s'éteindre arriva. Se relayant au-dessus du foyer en portant des paniers remplis de terre, les vestales les déversèrent sur les flammes. qui s'étouffèrent en dégageant de grosses volutes de fumée noire. Les cendres furent déblayées et les prêtresses apportèrent à la grande vestale les deux instruments prévus par l'antique rituel : une tarière de bois dur et une planche d'un arbre fruitier ayant déjà produit des fruits. Elle posa l'objet pointu sur la planche et le tourna vivement entre ses mains, tandis que ses compagnes se tenaient prêtes à y jeter de la mousse, dès que la fumée se dégagerait. Cela ne tarda pas à se produire. Il y eut d'abord quelques étincelles, puis une flamme fragile, qui se propagea en crépitant. Alimentée par des brindilles, puis par de petites branches, la flamme grandit rapidement et, bientôt, le feu s'éleva dans le foyer pour toute l'année à venir. Lorsque la fumée réapparut au sommet du toit, la foule immense qui stationnait tout autour partit dans une gigantesque ovation...

Au premier rang, Jules César présidait, en toge d'apparat. C'était la dernière cérémonie à laquelle il participait : son consulat était terminé et il allait partir pour la Gaule. Autour de lui, on s'interrogeait. Quelles étaient ses intentions ? Pourquoi avait-il choisi la Gaule à sa sortie de charge ? D'après l'opinion la plus commune, il avait des projets militaires. À quarante ans passés, il n'avait à son actif que des escarmouches, à la différence d'un Pompée, d'un Crassus ou d'un Lucullus, qui s'étaient couverts de gloire sur les champs de bataille. Alors, après avoir été un grand politique, César serait-il un grand général ? L'avenir le dirait.

Le moins qu'on puisse dire, c'est qu'il avait bien préparé son départ. Les consuls élus pour lui succéder étaient deux de ses proches : Lucius Calpurnius, son propre beau-père, père de l'infortunée Calpurnia, et un ami de Pompée, Gabinus. Il avait fait élire en outre Clodius tribun de la plèbe, au sortir de sa charge de préteur urbain. À ce poste stratégique, Clodius serait on ne peut mieux placé pour contrôler les mouvements de foule ou les organiser. Bref, l'homme suprêmement habile qu'était César avait remarquablement verrouillé le terrain politique...

189

Titus Flaminius était au courant de tout cela. Il se trouvait d'ailleurs non loin de César, parmi les privilégiés qui occupaient les premiers rangs de l'assistance. Il voyait le grand homme d'État, peut-être futur grand homme de guerre, avec des yeux un peu différents depuis son séjour dans la chambre souterraine. Dire qu'il était devenu un de ses partisans serait excessif, mais il ne lui était plus instinctivement hostile. César était l'espoir des gens de Subure et cela devait être mis à son crédit, même si son amour pour le peuple devait sans doute beaucoup à son ambition.

Mais, pour l'instant, la politique n'était pas sa principale préoccupation. César n'était pas, pour lui, un chef de parti, une abstraction. L'homme avait sans doute de la sympathie à son égard, mais il saurait se montrer impitoyable s'il le fallait. Il entendait encore résonner ses paroles menaçantes à propos des hommes de confiance qu'il laissait derrière lui à Rome. Ces hommes, Marc Antoine et Clodius, étaient là, à quelques pas de lui et, en ce qui les concernait, son opinion n'avait pas changé : il les détestait. Malheureusement, la réciproque était vraie.

Titus Flaminius n'avait pas bon moral... Son enquête était au point mort. Depuis maintenant un long moment, il piétinait. Cela avait été d'autant plus pénible que février, le mois écoulé, était celui des morts. L'âme de Flaminia errait toujours en peine, elle endurait toujours les tourments des assassinés qui n'ont pas été vengés et il avait souffert en apportant chaque jour sur sa tombe, selon l'usage funèbre, du sel, du pain, du vin et des violettes...

Pourtant, il n'avait pas ménagé ses efforts... Après les révélations d'Apicata, Florus et lui avaient cherché qui pouvait être ce frère ou cette sœur de Minucia. Ils n'avaient trouvé que deux suspects, Cytheris et Corydon, mais tout concordait pour l'un comme pour l'autre. Renseignements pris, ils avaient aux alentours de vingt-trois ans. Cytheris faisait plus, mais sa vie dissolue l'avait fait vieillir prématurément, Corydon faisait moins, mais c'était son âge. Tous deux avaient un lien avec la Grèce : Cytheris se prétendait grecque, même si ce n'était pas forcément vrai ; Corydon était grec ou, du moins, avait été acheté comme tel par Demetrius sur le marché aux esclaves. En outre, tous deux étaient en mesure d'avoir commis les meurtres. Cytheris, particulièrement athlétique, était tout à fait capable de manier la pelle comme l'avait fait l'assassin. En ce qui concernait la Bona Dea, elle y était présente, et Corydon, avec son physique efféminé, avait fort bien pu se déguiser en femme.

Flaminius et Florus avaient donc, à partir de ce moment-là, surveillé le mignon et la courtisane. Flaminius avait même demandé à Brutus de lui dire s'il décelait quelque chose d'anormal du côté de sa maîtresse, mais ils n'avaient absolument rien trouvé. Leur vie était parfaitement limpide, même si, pour l'un comme pour l'autre, elle sortait de l'ordinaire. Ils avaient fini par conclure que l'un des deux était bien le frère ou la sœur de Minucia, mais qu'il avait agi par personne interposée, et que le mystérieux inconnu, celui qui tournait autour d'eux et qui les précédait pour éliminer les témoins, pouvait être n'importe qui. Ils étaient à peine plus avancés que le premier jour...

C'était cette situation qui avait décidé Flaminius à prendre une grave décision : parler à Licinia. Par Palinure, il l'avait mise discrètement au courant des événements concernant Minucia. Mais il n'avait jamais voulu s'entretenir avec elle. Il allait le faire maintenant. Bien sûr, c'était prendre un risque, mais il préférait que ce soit ici plutôt qu'à la fontaine. Paradoxalement, il avait jugé qu'il serait plus en sûreté au milieu de la foule que dans un endroit où il se savait épié. Il allait profiter d'un moment où l'attention de tous serait attirée ailleurs pour s'approcher d'elle. Et ce moment, il l'avait déjà choisi, c'était la danse des saliens...

Il y eut une grande clameur. Un groupe d'hommes vêtus de tuniques bariolées venait de sortir en courant de la Regia toute proche, tandis que des musiciens munis de flûtes, de tambourins, de trompettes et de sistres s'étaient mis à jouer à tue-tête. Les prêtres saliens venaient de commencer leur danse.

Comme pratiquement tout le clergé romain, les saliens avaient été institués par Numa Pompilius. Ces prêtres de Mars avaient avant tout la charge des boucliers sacrés. Au mois d'octobre, le lendemain du jour du Cheval, ils les enfermaient dans la Regia, après une procession solennelle à travers tout Rome, signifiant ainsi la fin de la période des combats, car on ne se battait pas durant la mauvaise saison. Au contraire, le premier jour de mars, mois consacré au dieu de la guerre, ils sortaient les boucliers de la Regia et les opérations militaires pouvaient reprendre...

La foule poussa une clameur plus grande encore que lorsque la fumée avait réapparu. Les Romains adoraient la danse des saliens, d'abord pour sa signification : c'était un peuple de soldats qui aimait viscéralement la guerre, mais aussi pour le spectacle. Tout comme les prêtres de Cybèle, les saliens frappaient vivement les imaginations. Leur habillement remontant à la nuit des temps avait des allures exotiques presque barbares et ils exécutaient, sur une musique assourdissante, des pas frénétiques, tout en chantant un hymne dans un latin archaïque que personne ne pouvait plus comprendre.

Douze d'entre eux s'étaient emparés des curieux boucliers de Mars en forme de 8 et, tout en sautant, frappaient dessus comme des forcenés à l'aide de courtes épées ; les douze autres, munis d'une lance, la projetaient quelques pas devant eux et allaient la reprendre. Ils étaient censés incarner les deux aspects du dieu de la guerre, Mars qui se déchaîne et Mars qui se maîtrise, l'armée qui conquiert et l'armée qui défend le pays... Ils étaient juste à la hauteur de Flaminius. Le vacarme était assourdissant et la bousculade à son comble. Il se dirigea résolument vers Licinia, qui n'était pas très loin de lui...

Elle ne le vit pas approcher, sans doute en raison de son suffibulum. Quand elle le découvrit, elle eut un tressaillement qui fit osciller toute sa silhouette blanche.

– Titus ! Que fais-tu ?

– Il faut que je te parle...

– C'est de la folie !

– Il s'agit de Minucia... Que peux-tu me dire de plus à son sujet ?

Licinia dut le faire répéter, tant le vacarme des saliens était assourdissant. Elle répondit enfin, en criant pour se faire entendre :

– Il n'y a rien à dire. Je ne vois pas

193

– Pourquoi l'as-tu accusée ?

– Mais parce qu'elle était coupable. Je l'ai vue, de mes yeux, avec un homme.

– C'était la nuit. Tu as pu te tromper...

– Je ne me suis pas trompée. Crois-tu que, si je n'en avais pas été certaine, j'aurais pris le risque de l'envoyer à une mort aussi horrible ?

Elle regarda à droite et à gauche.

– Je suis sûre qu'on nous observe. Va-t'en ! Tu es en train de mettre en danger ta vie et la mienne !

Titus Flaminius s'écarta et disparut dans la foule.

Ce médiocre résultat ne le découragea pas. Malgré toute l'assurance de Licinia, il restait persuadé de l'innocence de Minucia. En compagnie de Florus, il continua à suivre à la trace ceux qui restaient les principaux suspects et le fil conducteur de l'enquête : Corydon et Cytheris.

C'est ainsi que, quelques jours après les calendes de mars, ils allèrent dîner chez Demetrius, dans sa villa du Palatin. Ils avaient accepté son invitation sachant qu'ils y trouveraient Corydon, mais ils eurent la surprise d'y rencontrer aussi Cytheris. Cette dernière avait été conviée comme danseuse et joueuse de flûte et s'était ensuite mêlée aux convives. Ils ne l'avaient pas perdue de vue et ils l'avaient aperçue, s'entretenant en secret avec le jeune homme. Ils avaient l'air d'être liés par une grande complicité. Flaminius et Florus n'avaient pas pu en apprendre davantage, car Demetrius avait fini par se rendre compte du manège et avait tout bonnement congédié Cytheris...

194

En sortant de la réception, c'est avec beaucoup d'animation qu'ils discutèrent de ce qu'ils venaient de voir. Quel était ce lien qui unissait Cytheris et Corydon et quels secrets avaient-ils échangés sous leurs yeux ? Flaminius et Florus confrontèrent longuement leurs sentiments, mais sans parvenir à progresser réellement... Après un long moment où ils étaient restés silencieux, chacun réfléchissant de son côté, Florus reprit la parole :

– J'ai l'impression que ni l'un ni l'autre n'est l'assassin, mais qu'ils ont quand même un rapport avec les meurtres.

– Qu'est-ce que tu veux dire ?

– Pour moi, ils savent quelque chose.

– Qui est le meurtrier ?

– Par exemple...

Florus tourna soudain la tête de droite à gauche.

– Tu n'entends rien ?

C'était la tombée de la nuit et ils se trouvaient dans le pré Vaccus, le seul endroit désert du Palatin. Dans ce quartier bien fréquenté, ils risquaient moins une agression qu'à Subure ou sur l'Esquilin, mais on ne savait jamais. Flaminius tendit l'oreille... On aurait dit, effectivement, qu'il y avait des bruits bizarres un peu plus loin. Il pressa le pas, imité par son compagnon...

Ils n'eurent pas longtemps à se demander si ce qui les avait inquiétés était une illusion ou non. Quelques instants plus tard, une clameur sauvage retentit et une bande d'individus se rua dans leur direction. Ils furent presque tout de suite sur eux et, malgré son sang-froid habituel, Flaminius se sentit glacé de peur. Ces hommes étaient les mêmes que lors de l'agression chez Lucullus, il les reconnaissait parfaitement.

Seulement, au lieu d'être munis de bâtons, ils avaient maintenant à la main des armes véritables ! C'étaient des armes de gladiateur : des épées de mirmillon ou des tridents de rétiaire. Il s'élança en avant, mais Florus le retint par le bras.

– Non, par là !

Il l'entraîna sur leur droite, ce qui allait les faire passer tout près de leurs agresseurs.

– Tu es fou ?

– Suis-moi, c'est notre seule chance ! Cours de toutes tes forces !

Flaminius obéit sans comprendre. La manœuvre était effectivement follement risquée. Il fut sur le point d'être tué : une épée passa à deux doigts de son visage ; Florus, de son côté, fut blessé : un trident lancé dans sa direction l'atteignit à l'épaule. Ils continuèrent à courir à perdre haleine, tandis que les autres, qui s'étaient mis à leur poursuite, les talonnaient.

Sortant du pré Vaccus, ils arrivèrent devant la villa de Crassus. Flaminius ne comprenait toujours pas. Était-ce là que voulait l'entraîner Florus ? Non, il poursuivit tout droit et ils se retrouvèrent devant la villa suivante, celle de Clodius. Malgré l'heure tardive, le portail était ouvert, Florus s'y rua, Flaminius aussi. Un hurlement de rage, dans son dos, le fit se retourner. Leurs agresseurs s'étaient arrêtés net et jetaient leurs armes à terre, avec des gestes de dépit. Ils étaient sauvés !...

Hors d'haleine, Flaminius interrogea son compagnon :

– Qu'est-ce qu'il s'est passé ? Comment as-tu fait ?

Florus sourit, tout en reprenant son souffle.

– Clodius est tribun de la plèbe et il doit laisser sa porte ouverte nuit et jour, c'est un lieu d'asile inviolable.

Flaminius regarda le jeune homme avec une admiration sans bornes. Encore une fois, par sa présence d'esprit, il venait de le sauver. Ce droit d'asile, il le connaissait, bien sûr, mais ce n'était pour lui qu'un simple savoir juridique, jamais il ne s'en serait souvenu dans des circonstances aussi dramatiques, tandis que, pour Florus, c'était certainement quelque chose de concret, de bien réel.

– Tu comprends, cela m'a déjà sauvé la mise plusieurs fois. Oh ! pas grand-chose, quelques coups de poing, des petits vols.

Flaminius ne put s'empêcher de prendre Florus dans ses bras.

– Merci ! Si nous nous sortons de cette aventure, tu seras le meilleur, le plus précieux des associés !

Il eut un sursaut : sa main était pleine de sang.

– Mais tu es blessé !...

Florus passa à son tour la main dans son dos.

– Effectivement. Cela ne doit pas être grand-chose...

– Titus !...

Ils étaient restés dans l'atrium et une femme accourut vers eux. Titus Flaminius reconnut Clodia. Elle avait l'air à la fois surprise et inquiète de le voir.

– Qu'est-ce que tu fais ici ?

– Je profite de l'asile de ton frère et je te présente Florus.

Il la mit en quelques mots au courant de la tentative d'assassinat dont il venait d'être l'objet. Clodia n'eut pas le temps de faire de commentaire, Fulvia arriva à son tour. Elle avait tout entendu.

– Ne restez pas là. Entrez vite !

Flaminius ne se fit pas prier et ce fut volontiers qu'il s'allongea sur l'un des lits recouverts de pourpre et d'or de la salle à manger, car, s'il était devenu plébéien par adoption, Clodius n'avait pas renoncé au luxe et aux plaisirs... Fulvia s'aperçut alors de l'état de Florus.

– Que t'est-il arrivé ?

– Ce n'est rien, une égratignure.

– Tu ne peux pas rester comme cela ! Viens, je vais te soigner...

Elle l'entraîna en direction de sa chambre. Flaminius eut le temps de l'entendre demander en minaudant :

– Comment t'appelles-tu, beau blessé ?

Il resta seul avec sa cousine. Celle-ci alla chercher une carafe de vin, lui en remplit une coupe et se servit à son tour. Elle éclata de rire.

– Cela fait le troisième, depuis que son mari est tribun de la plèbe. Fulvia dit que c'est ce qu'il y a de meilleur dans ses fonctions...

Elle redevint sérieuse.

– Que s'est-il passé ?

– Une attaque de brigands.

– Cela n'aurait pas plutôt un rapport avec ton enquête ? Il paraît que tu la continues. Il paraît même que tu tournes autour de la vestale...

– Absolument pas ! Qui t'a dit cela ?

Clodia eut un sourire entendu.

– J'ai mes informateurs...

Dans la pièce voisine, des petits gloussements féminins avaient éclaté. Flaminius ne put s'empêcher de sourire. La situation était d'autant plus piquante que Fulvia avait déjà tenté d'obtenir les faveurs de Florus sous son apparence féminine et qu'elle allait parvenir à ses fins maintenant qu'il était redevenu garçon. Il en revint aux questions indiscrètes de sa cousine. À aucun moment, il ne lui avait dit quoi que ce soit. Normalement, Clodia aurait dû en rester à Gorgo voleur de la perle et meurtrier de Flaminia. Cela prouvait que, malgré tous ses efforts, il était beaucoup moins discret qu'il ne l'aurait voulu dans ses investigations... Il tenta de jouer les innocents :

– Je ne vois pas de quoi tu veux parler.

– Allons, tu sais que tu peux tout me dire. Elle te plaît ?

– Qui ?

– Eh bien, la vestale ! Est-ce que tu l'aimes ?...

Clodius arriva à ce moment-là. Il fit un véritable bond en découvrant Flaminius.

– Toi ici ?

Flaminius arbora un large sourire.

– Je te demande asile, mon cher cousin !

Un cri perçant de Fulvia parvint depuis la chambre. Flaminius accentua son sourire.

– Enfin... *nous* te demandons asile. Nous sommes deux.

Clodius bouillait de rage, mais il dut se contenir. Il ne pouvait pas se dérober à l'obligation la plus sacrée d'un tribun de la plèbe. Il dut se forcer à faire la conversation avec son cousin, à qui sa sœur essayait vainement de faire dire qu'il aimait Licinia, il dut supporter de voir Fulvia et Florus sortir de sa chambre, l'air alangui et les vêtements en désordre, et, parce qu'il n'était pas question que ses hôtes sortent pendant la nuit, il dut même leur offrir l'hospitalité jusqu'au lendemain.

À partir de ce jour, tout changea pourtant pour Titus Flaminius. Il s'était sorti de l'aventure à son avantage, mais il était trop avisé pour ne pas se rendre compte que ce dénouement tenait du miracle. Pour une raison qu'il ne comprenait pas, quelqu'un disposant d'une troupe d'hommes de main était prêt à le tuer s'il continuait ses recherches. Alors, il employa les grands moyens : il arrêta tout simplement son enquête. Il s'enferma chez lui et n'en sortit plus. Il ne voulut voir personne, pas même Florus, pas même Brutus, et il donna comme consigne à ses domestiques de fermer sa porte à tout le monde.

En agissant ainsi, il perdait quasiment tout espoir de retrouver l'assassin de sa mère, mais il s'y était résigné. Deux choses passaient avant le reste : sauver sa propre vie et surtout celle de Licinia. Il avait vu ce qu'était une chambre souterraine, il avait éprouvé pour ainsi dire physiquement de quelle mort on y mourait, et cela, il ne le voulait pour elle à aucun prix !

Les jours, les semaines s'écoulèrent et, par la force des choses, il les passa à réfléchir. Peut-être arriverait-il, dans le calme retrouvé, à découvrir cette solution qui lui échappait depuis le début. Mais ce fut en vain. Tout finit par se brouiller dans son esprit : Corydon, Cytheris, le frère ou la sœur de Minucia, Plotin, Apicata, il tournait en rond... Et, peu à peu, un autre objet occupa toutes ses pensées : Licinia.

C'était elle qui lui tenait compagnie dans son inaction et sa solitude. Il ne tentait pas de savoir s'il l'aimait ou non. C'était un amour interdit et, plus que cela, puni de mort. Alors, il se contentait d'évoquer les rares souvenirs qu'il avait d'elle : la fontaine, le banquet, les saliens. Il se flattait de connaître les femmes et la sentait à la fois forte et fragile. Fragile, parce qu'elle ne savait rien de la vie ; forte, parce qu'il était certain que, si elle voulait vraiment une chose, elle serait capable de surmonter tous les obstacles. Mais que voulait-elle ? Elle évitait sans doute de se poser la question. Elle était comme lui : elle se retenait, se maîtrisait, le danger était trop grand...

Au bout d'un mois et demi, aux ides d'avril, pourtant, il n'y tint plus. C'était le printemps, les bourgeons éclataient un peu partout dans le bois des Muses et les fleurs semées l'année précédente par sa mère décoraient et embaumaient le jardin. Comme pendant tout le mois d'avril, c'était un jour de fête consacré au renouveau de la nature et il savait que des courses de chars avaient lieu au Circus Flaminius. Il décida de s'y rendre pour sa première sortie depuis l'agression sur le Palatin.

Précisément, on célébrait ce jour-là les Fordicidia, cérémonie dans laquelle les vestales jouaient le premier rôle. Appelées aussi « Mort de la vache pleine », les Fordicidia commençaient au Capitole. Une vache fécondée était abattue devant le temple de Jupiter. On arrachait les embryons de son ventre et on les portait en une procession solennelle jusqu'au temple de Vesta, où les vestales les brûlaient sur leur foyer. Après quoi, les cendres en étaient précieusement conservées.

Flaminius s'abstint, bien sûr, d'aller dans ces parages. Il alla directement au Circus Flaminius, où les courses avaient déjà commencé. Les Fordicidia étaient terminées également, car les vestales étaient là. Selon l'usage, elles occupaient le podium, estrade d'honneur qui leur était réservée. Malgré la distance, il reconnut tout de suite Licinia. Elle semblait absorbée dans la contemplation de la course et un siège était vide à ses côtés. Il en ressentit un violent pincement au cœur. .

– Salut, Titus ! Tu ne changes pas, à ce que je vois : au lieu de regarder le spectacle, tu regardes les vestales !

Flaminius fit un véritable bond sur son banc. C'était Clodius, souriant de toutes ses dents. Il prit place à sa droite.

– Salut, Titus Flaminius ! Belle journée, n'est-ce pas ?

Cette fois, Flaminius sentit presque son cœur s'arrêter. Un autre homme, un colosse, venait d'apparaître. C'était Marc Antoine. Lui aussi souriait. Il s'installa de l'autre côté et il se retrouva entre eux deux. Il chercha des yeux leurs soldats, il ne les vit pas, mais la situation n'en était pas moins dramatique. Il était entre les hommes de confiance de César, ses exécuteurs des hautes et basses œuvres... Clodius eut un petit rire. Il avait l'air très heureux de prendre sa revanche.

– Tu en fais une tête ! On dirait que tu n'es pas content de nous voir. Tu as tort. Nous sommes venus en amis. Nous avons même d'excellentes nouvelles pour toi !

Marc Antoine ricana sur sa gauche.

– Il s'agit de Licinia, ta protégée. Nous allons te dire pourquoi César et Crassus t'ont interdit de la voir.

Clodius reprit la parole et commença un petit discours... César avait confié, il y a quelque temps de cela, un document ultrasecret à la garde de Licinia. Il était, en effet, courant que les vestales se voient remettre, en se faisant payer fort cher, les testaments des grands personnages, des traités et toutes sortes d'actes publics ou privés. Sous leur protection, ils devenaient sacrés et aucun voleur ne se serait risqué à les prendre... Clodius regarda son cousin dans les yeux.

– Il s'agit du triumvirat, « le monstre à trois têtes », comme ils disent. Tu en as entendu parler, j'imagine ?

– Oui, bien sûr.

– Eh bien, figure-toi que ce pacte existe bel et bien et que c'est Licinia qui a le texte en sa possession. Alors, tu peux comprendre pourquoi les triumvirs ne tenaient pas à te voir tourner autour d'elle. Comme tu ne voulais rien savoir, on a employé la manière forte. La première fois, c'était un simple avertissement ; la deuxième, c'était pour t'éliminer, mais ces imbéciles ont fait cela juste à côté de chez moi !

Flaminius avait au moins une satisfaction : il comprenait enfin la raison des mystérieuses agressions, mais, pour le reste, il n'était toujours pas plus rassuré, il ne voyait pas, en particulier, en quoi il s'agissait d'une bonne nouvelle. Clodius l'éclaira :

– Si je t'ai dit que c'était une bonne nouvelle, c'est que la situation a radicalement changé : les triumvirs ont décidé de rendre leur accord public et tout cela n'a désormais plus aucune importance.

Marc Antoine ricana de nouveau sur sa gauche. Il désigna la place vide sur le podium, à côté de Licinia.

– Vas-y, tu peux la retrouver. Tu peux même coucher avec elle, si cela te fait plaisir. Nous assisterons avec plaisir à ton exécution !

Et ils se retirèrent tous les deux sur ces mots... Flaminius resta longtemps immobile sur son banc, comme paralysé. Cette information prodigieuse changeait la situation du tout au tout !

Il n'était pas encore remis de sa surprise, lorsque son regard tomba sur le podium et le fauteuil toujours vide à côté de Licinia. Il se leva et se mit en marche... Il n'était pas interdit de prendre place à côté des vestales, à condition que celles-ci y consentent ; elles avaient toujours des sièges réservés pour les invités de leur choix.

Sa propre réaction quand Clodius s'était installé à ses côtés ne fut rien en comparaison de celle de Licinia lorsqu'il s'assit près d'elle. Elle poussa un cri et porta la main à son cœur.

– Titus ! Tu veux me faire mourir ?

Elle était blanche et tremblait comme une feuille. Il fut tenté de poser sa main sur son bras pour l'apaiser, mais il arrêta son geste au dernier moment.

– Je ne veux que ton bien. Écoute-moi. J'ai quelque chose d'extraordinaire à t'apprendre...

Et il lui répéta ce que venaient de lui dire Clodius et Marc Antoine. Lorsqu'il eut terminé, il ne trouva pas quoi ajouter. Un long silence gêné s'installa entre eux, au milieu des clameurs du public. Par prudence, ils ne se regardaient pas, ils avaient les yeux tournés vers la course dont ils se moquaient.

Flaminius cherchait à dire quelque chose et n'y parvenait pas. Les pensées se bousculaient dans son esprit, mais elles étaient trop confuses, pas une ne franchissait la barrière de ses lèvres... La course ne tarda pas à se terminer. Comme au Cheval d'octobre, les verts avaient gagné. Les verts étaient l'équipe de la plèbe et leur victoire déclencha dans le cirque un charivari indescriptible. Plus personne ne faisait attention à eux. Licinia se tourna vers lui. Elle parvint à articuler d'une voix faible :

– J'ai décidé de ce que je ferai après les Mannequins d'osier. J'irai dans ma maison de Pompéi...

Il n'était pas moins ému qu'elle. Il demanda, pour dire quelque chose :

204

– Celle que Crassus voulait t'acheter ?

– Oui, celle-là.

– Quelqu'un t'y attend ?

– Non. Je serai seule...

Voilà, maintenant Flaminius savait : Licinia l'aimait. Il n'y avait aucun doute à avoir, c'était une déclaration d'amour qu'elle venait de lui faire et même d'une manière particulièrement hardie, de la part de celle qui était encore une vestale ; c'était une invitation, presque une proposition... Elle se détourna de lui au même instant. L'aurige du char vainqueur venait, selon l'usage, s'incliner devant le podium. Comme ses compagnes, elle lui adressa un sourire et un salut de la main. Lorsqu'il s'en fut allé, elle reprit la parole de la même voix faible :

– Pars, Titus ! Pars, s'il te plaît...

Titus Flaminius se leva et, d'une démarche mécanique, quitta le cirque... Il se retrouva sur la via Flaminia. Il passa devant le temple d'Apollon et son regard tomba sur l'intérieur de l'édifice. Il était réputé dans Rome pour la splendeur des statues qu'il abritait. Elles étaient toutes dues à Praxitèle, l'illustre sculpteur grec, et n'étaient pas moins de quatorze : cinq du dieu, quatre nues et une en toge, jouant de la cithare, plus les statues des neuf Muses.

En voyant ces dernières, le cœur de Flaminius fit un bond dans sa poitrine... Sa mère ! Il avait de nouveau l'espoir de retrouver son assassin et de la venger. Rien ne l'empêchait plus de reprendre son enquête. Il pouvait, pour employer l'expression des triumvirs, tourner autour de Licinia autant qu'il voulait, personne n'y verrait plus d'objection.

– Titus !...

Une voix, dans son dos, venait de l'interpeller sèchement. Il se retourna : c'était Brutus. Celui-ci le regardait avec une visible irritation.

– Je suis sorti en même temps que toi pour te parler. J'étais en face du podium. Qu'est-ce qu'il t'a pris de t'asseoir à côté de la vestale ? Tu deviens fou ?

– Pas du tout ! La situation a complètement changé...

Pour la seconde fois, Flaminius raconta toute l'affaire du triumvirat. Lorsqu'il eut terminé, il eut la surprise de constater que Brutus gardait une mine fermée.

– Il n'empêche que tu t'affiches avec elle devant tout le monde. Tu te laisses aller à tes passions. Elles te font perdre la tête !

– Tu n'as pas compris. Je viens de te dire que...

– J'ai parfaitement compris, mais cela ne résout qu'une partie du mystère. Ce ne sont pas les triumvirs qui ont tué ta mère, que je sache, ce ne sont pas eux qui veulent envoyer Licinia à la chambre souterraine. De ce côté-là, rien n'est élucidé.

– Justement, je vais reprendre mon enquête !

– Cela ne veut pas dire perdre toute prudence. Nous sommes aux ides d'avril, Licinia cessera d'être vestale aux ides de mai. Il reste à l'assassin un mois pour agir et je suis sûr qu'il passera à l'action. Le danger est plus grand que jamais !

Flaminius soupira. Comme à l'accoutumée, Brutus, qui voyait les choses avec calme et froideur, avait raison.

– Je suis d'accord, mais que ferais-tu à ma place ?

– Tu dois le prendre de vitesse, le démasquer.

– Tu crois que c'est facile ?

– Non, mais voici comment je vois les choses...

Brutus posa la main sur l'épaule de Flaminius, le regardant bien dans les yeux. Son visage maigre, au collier de barbe de philosophe, était grave.

– Toute cette affaire ressemble à un labyrinthe. Or, comment Dédale s'est-il sorti du labyrinthe ? En se fabriquant des ailes et en s'envolant. Toi, tu restes au ras du sol, tu subis depuis le début. Tu dois prendre de la hauteur !

– Qu'est-ce que tu veux dire ?

– Vois le problème autrement, comme tu ne l'as pas fait jusque-là.

– Brutus, tu sais quelque chose !

– Non, je ressens simplement quelque chose, mais je ne peux malheureusement pas être plus précis...

Flaminius garda le silence, profondément troublé... Décidément, cette journée des Fordicidia lui aurait réservé bien des chocs : d'abord Clodius et Marc Antoine, ensuite Licinia, et maintenant Brutus ! Ce dernier reprit la parole d'une voix un peu solennelle :

– Mais tu peux compter sur mon amitié. À partir de maintenant, je vais veiller sur toi, te protéger.

C'était si inattendu que Flaminius ne put s'empêcher de rire.

– Toi ? Mais en quoi faisant ? Tu es un penseur, pas un homme d'action !

Le péché mignon de Brutus était les formules un peu pompeuses et grandiloquentes. Il répliqua d'une voix martiale :

– Un Brutus sait toujours passer à l'action, quand il s'agit de sauver la liberté ou son frère !

15

LA NUIT DES LÉMURIES

Un mois s'était presque écoulé. On allait célébrer la dernière fête avant les ides de mai, les Lémuries. Le mot « fête », même s'il figurait officiellement sur le calendrier, semblait pourtant impropre, car rien n'était plus sinistre et redouté des Romains. Tout comme ce qui se passait en février, il s'agissait d'une cérémonie des morts, mais elle avait une tonalité bien différente.

Le rite de mai ne s'adressait pas aux disparus comme à des êtres chers qu'il fallait honorer, mais comme à des lémures, c'est-à-dire des revenants. Il était destiné à empêcher les morts de sortir de leur tombe et de venir hanter les vivants. D'ailleurs, preuve de leur côté sinistre, les Lémuries étaient l'une des rares fêtes qui se célébrait la nuit, précisément à minuit. Ce jour-là, tous les Romains veillaient jusqu'à l'heure fatidique, chez eux, car il ne s'agissait pas d'une fête publique, mais domestique.

Bien sûr, Titus Flaminius ne manqua pas d'honorer ce rituel funèbre. Les Mannequins d'osier auraient lieu deux jours plus tard, mais, pour l'instant, il n'y pensait pas... À la lueur des torches, tout le personnel de la villa Flaminia se trouvait réuni dans l'atrium. Les domestiques de la maisonnée n'en menaient visiblement pas large. Les lémures de leurs maîtres étaient ceux qu'ils craignaient le plus et, par-dessus tout, celui de Flaminia, morte assassinée et non vengée. Ils redoutaient avec horreur de la voir apparaître dans la chambre de son fils, et se jeter sur eux pour les entraîner dans les enfers.

Honorius, le régisseur, tendit à Flaminius une boîte décorée de dessins représentant des divinités bénéfiques figurées sous la forme de jeunes gens dansant. Flaminius l'ouvrit. Elle était remplie de fèves noires. Il en prit neuf dans la main droite et les jeta derrière son épaule gauche en disant d'une voix forte :

– Par ces fèves, je me rachète, moi et les miens. Mânes de mes ancêtres, sortez !

Il accomplit neuf fois le même geste en prononçant neuf fois la même phrase, après quoi les serviteurs vinrent tous le saluer et se retirèrent. Ils avaient visiblement retrouvé la sérénité... Il resta seul dans l'atrium éclairé seulement par la pleine lune et la torche qu'il gardait en main. Dans la pénombre, les neuf statues des muses ressemblaient à des visiteuses nocturnes immobiles.

Il se dirigea vers le jardin en passant par le tablinum, où étaient enfermés les masques de ses ancêtres, et cette vision fit naître en lui une étrange réflexion. Ses ancêtres, il venait de les conjurer selon le rite des Lémuries, mais il avait fait cela parce que c'était la tradition et que les domestiques y étaient attachés, pas en raison d'une quelconque frayeur qu'il aurait éprouvée lui-même. Il ne craignait pas les lémures de ses ancêtres, pas même celui de sa mère. Pourquoi celle qui l'avait aimé toute sa vie serait-elle venue le tourmenter une fois morte ? Parce qu'il n'avait pas trouvé son meurtrier ? Elle savait bien qu'il faisait tout pour le découvrir, et elle qui avait toujours été si généreuse n'aurait pas commis une telle injustice.

En fait, il se passait quelque chose d'étrange : il ne croyait plus aux lémures ou, du moins, à leur pouvoir maléfique. Jusque-là, les revenants faisaient partie de ce qu'il redoutait le plus, mais il avait perdu cette crainte superstitieuse des dieux et de l'au-delà qu'il partageait avec la grande majorité des Romains. Titus Flaminius n'était plus le même, il devenait plus fort, plus sûr de lui, les épreuves qu'il traversait étaient en train de le mûrir..

Il s'assit sur le banc du jardin. En cette nuit sinistre entre toutes, il n'avait pourtant pas d'idées noires. Son seul souci, mais il était de taille, était de ne pas avoir avancé dans son enquête. Malgré le conseil de Brutus, il n'avait pas réussi à prendre de la hauteur, il n'avait même pas compris de quoi il pouvait s'agir. Avec Florus, ils avaient continué à surveiller sans le moindre résultat Cytheris et Corydon et ils avaient, en vain également, passé en revue toutes les hypothèses, dans de longues et fiévreuses discussions. À présent, il ne restait plus que deux jours et, dans un sens ou dans un autre, le dénouement était imminent.

Mais il cessa de penser à tout cela. Il avait envie de profiter de cette sérénité, de cette solitude apaisante, avant les moments décisifs qui l'attendaient... Il prit une profonde inspiration. Près du banc, un jasmin en fleur dégageait un parfum suave, un rossignol, dissimulé dans le grand laurier-rose, s'était mis à chanter et, au loin, des dizaines de ses congénères lui donnaient la réplique.

Il sourit... Par quelle aberration avait-on placé les Lémuries à cette période de l'année ? Aucune nuit n'était plus douce, plus charmante ! On ne la sentait pas peuplée d'esprits malfaisants, de revenants, mais de toutes sortes de présences attirantes, envoûtantes... Il se leva et prit la direction du bois des Muses, laissant la torche dans le jardin. Il n'en avait pas besoin, la clarté de la lune lui suffisait.

Il s'avança en direction de la fontaine, dans ce bois qu'il connaissait par cœur, et il eut la joie de voir venir vers lui de petits êtres lumineux qui volaient en clignotant : les premières lucioles de l'année ! Mais non, ce n'étaient pas des lucioles, c'étaient les dryades, qui étaient sorties du cœur de leurs chênes, c'étaient les nymphes, compagnes de Diane, qui venaient le saluer et lui faire escorte. Cette nuit amie, pleine de chants et de parfums, était peuplée de divinités féminines et gracieuses.

La fontaine d'Égérie l'accueillit avec son murmure léger qui ne cessait jamais. Que lui disait-elle, cette bavarde ? Il prêta l'oreille, mais un autre son retint son attention. Quelque part dans le bois des Muses, une colombe s'était mise à roucouler, l'oiseau de Vénus se mêlait à l'harmonie universelle. Il repensa à la dernière fois où il l'avait entendue en sortant de chez lui : c'était le jour où il avait rencontré Licinia pour la première fois...

Il aimait Licinia ! Cette vérité le prit à l'improviste, comme un coup qu'il aurait reçu. Pourtant, au fond de lui-même, il le savait depuis longtemps, seulement, il avait refusé de se l'avouer, parce qu'il avait peur, parce que le danger était trop grand... La colombe faisait toujours entendre son chant. Elle n'était pas la seule à lui avoir révélé ce secret, Hercule lui avait tenu le même langage, car c'était elle le trésor qu'il lui avait promis.

Il aimait Licinia ! Elle ne ressemblait à aucune des femmes qu'il avait connues jusqu'à présent, elle avait tant de présence, de rayonnement, qu'elle les éclipsait toutes ; quand il la comparait aux autres, elle lui faisait penser à une vivante au milieu de statues, à une déesse au milieu de mortelles, à un diamant au milieu de cailloux.

Il aimait Licinia ! Il n'avait pas seulement envie de la conquérir, il avait envie de passer toute sa vie avec elle... Toute sa vie ! Il en avait le souffle court, les tempes battantes. Le trouble qu'il n'avait jamais cessé de ressentir chaque fois qu'il l'évoquait était devenu un vertige indicible et cela d'autant plus qu'il avait la certitude qu'elle l'aimait, elle aussi.

Qu'allait-il se passer après les Mannequins d'osier ? Il repensait aux fugitifs instants d'intimité qu'il avait connus avec elle, lorsque leurs doigts s'étaient effleurés ici même à la fontaine, lorsqu'ils s'étaient trouvés côte à côte sur le lit du banquet, et il s'imaginait seul avec elle dans la maison de Pompéi ! Mais non, il ne l'imaginait pas, tout cela était proprement inimaginable !

Le hululement d'une chouette vint se mêler aux autres chants de la forêt. À présent, c'était l'oiseau de Minerve qui prenait part au concert. Décidément, tous les habitants du ciel amis des dieux se seraient fait entendre ! Pourtant, Flaminius eut cette fois une réaction différente. Minerve, déesse de la sagesse, ne lui faisait pas entendre sa voix par hasard, elle voulait le rappeler à la prudence. Licinia était encore vestale et le danger mortel qui rôdait autour d'eux existait toujours.

Curieusement, l'assassin n'avait rien tenté jusqu'à présent, mais il n'avait sûrement pas renoncé. Il décida de regagner la villa pour se reposer. Il avait besoin de toutes ses forces et de toute sa lucidité pour les moments cruciaux qui l'attendaient...

Arrivé dans sa chambre, il se coucha dans un état second. Les émotions l'avaient brisé, mais une certitude s'était emparée de lui : il allait rêver de Licinia !... Il ne se trompait pas : dans le demi-sommeil qui précède le rêve véritable, elle lui apparut. Elle était à la fontaine, en train de remplir sa jarre. Elle était de dos et, dans son émotion, renversait de l'eau à ses pieds. Ce qui lui restait de conscience lui dit qu'il n'était pas dans la réalité et qu'il pouvait se permettre d'aller vers elle. Il le fit et posa doucement la main sur son épaule. Elle se retourna et il recula en sursaut : c'était Minucia !

Elle était exactement telle qu'il l'avait vue dans la chambre souterraine, avec ses orbites vides et sa bouche décharnée, qui découvrait toutes ses dents. Il vit cette bouche s'ouvrir pour former des mots et l'entendit parler d'une voix caverneuse :

– Bonjour, Flaminius. Tu n'as donc pas peur de moi ?

C'était vrai : aussi étonnant que cela paraisse, il n'avait pas peur. Au lieu de Licinia, il se trouvait en face de Minucia, c'était tout. Mais, dans le fond, il n'avait pas lieu d'en être surpris : c'était la nuit des Lémuries, il était normal que les morts sortent du tombeau pour rencontrer les vivants. Elle avança vers lui sa main faite de phalanges nues.

– Je ne suis pas pour toi un objet d'horreur ?

– Tu ne m'inspires que de la compassion...

Le squelette revêtu de la robe blanche des vestales s'approcha encore plus près.

214

– Je voulais te remercier de n'avoir jamais douté de mon innocence. Surtout, n'arrête pas d'y croire. C'est indispensable si tu veux trouver ce que tu cherches.

– Tu es innocente. Tu l'as écrit et je le crois. Je le croirai quoi qu'il arrive...

Flaminius dormait-il, ne dormait-il pas ? Il se posa la question et conclut qu'elle était sans importance : dans un coin obscur de sa conscience, il avait noué un dialogue avec cette morte, qui devenait soudain pour lui comme une amie chère, et il voulut la questionner sur ce qui l'intriguait le plus :

– Brutus m'a dit de prendre de la hauteur. Sais-tu ce que cela signifie ?

– Je ne le sais pas. Mais je sais qu'avec moi, tu as pris de la profondeur.

– En descendant dans la chambre souterraine ?

– Oui. Acceptes-tu d'y retourner ?

– Cela ne me gêne pas...

Brusquement, la fontaine aux vestales devint un trou sombre d'où sortait une échelle. Minucia mit le pied sur le premier barreau et commença à s'enfoncer avec un bruit d'os. Il la suivit sans hésiter. Arrivée en bas, elle s'allongea sur le lit. Comme la première fois, il resta debout. Il attendit qu'elle parle et sa voix retentit de nouveau. Dans ce lieu confiné, elle était plus impressionnante encore, véritablement sépulcrale.

– Tu dois avoir conscience de ce que tu as accompli, Flaminius. Jamais, avant toi, un homme n'avait eu le courage de descendre dans une chambre souterraine. Tu es l'égal des héros de légende, Orphée, Jason, Thésée, qui sont allés aux enfers ou qui ont affronté les monstres pour trouver l'objet de leur quête.

– Pourquoi me dis-tu cela ?

– Pour que tu aies confiance en toi. Tu n'as pas craint d'accomplir le pire sacrilège, parce que tu estimais cela juste. Les hommes ne t'ont pas puni et les dieux non plus. Persévère, sois juste toute ta vie et, à la fin, tu recevras comme moi la plus belle des récompenses.

Flaminius sursauta.

– De quelle récompense parles-tu ?

– Mourir innocent...

Il y eut un long silence, dans ce lieu voué entre tous au silence. Flaminius aurait voulu demander à Minucia si elle connaissait la clé de l'énigme, si elle savait qui était l'assassin, mais une main vigoureuse le secoua et il se dressa d'un coup sur le lit.

– Maître, maître... !

C'était Palinure. Il prit conscience de la réalité. Il avait vraiment dormi. C'était l'heure un peu confuse qui précède le lever du jour, la courte nuit de mai s'achevait.

– Maître, l'esclave de Licinia t'attend dehors. Il dit qu'elle veut te voir et que c'est très grave !

Qu'est-ce que cela signifiait ? En communiquant par Palinure, justement, ils étaient convenus, Licinia et lui, de ne plus se voir avant les Mannequins d'osier. Tout son être se mit soudain en éveil.

– Cet homme, tu le connais ?

– Oui. Je ne sais pas si c'est l'esclave personnel de Licinia, mais il fait partie de ceux des vestales. Je l'ai vu souvent a la fontaine

– Je te suis...

216

Flaminius revêtit rapidement sa tunique et accourut dans l'atrium, où le messager l'attendait. Effectivement, il l'avait vu lui aussi à la fontaine et, semble-t-il, aux côtés de Licinia. L'homme était essoufflé et il avait l'air bouleversé.

– Il faut que tu viennes, Licinia te réclame !

– Que se passe-t-il ?

– Ma maîtresse a été attaquée cette nuit, mais l'agression a échoué. Elle connaît le coupable. Elle veut te voir. Elle a peur qu'il revienne et qu'il recommence.

– Qui est-ce ?

– Je ne sais pas. Elle ne me l'a pas dit.

– Il ne lui est rien arrivé de mal ?

– Non, mais tu ne dois pas perdre de temps...

Dans l'esprit de Flaminius, une idée dominait toutes les autres : il s'agissait d'un piège. Il savait bien que l'inconnu passerait à l'action avant les Mannequins d'osier. Apparemment, c'était ce qui venait de se produire : il s'était décidé au dernier moment, juste la veille. Le bon sens, la prudence la plus élémentaire lui ordonnaient de ne pas y aller, mais l'esclave le regardait toujours avec un air à la fois tragique et pressant... Et si c'était vrai ? Pouvait-il ignorer l'appel de Licinia, la laisser seule face au danger ? Il décida de prendre ce risque. En restant constamment sur ses gardes, il devrait arriver à déjouer le piège éventuel. Il lança à l'esclave :

– Je te suis !

Palinure devait avoir fait les mêmes réflexions que lui, car il lui cria, tandis qu'il s'éloignait en courant :

– Prends garde à toi, maître !...

16

CHEZ LES VESTALES

La Maison des vestales, qu'il ne fallait pas confondre avec la Regia, était bâtie dans le prolongement du temple de la déesse. Contrairement à ce qu'on aurait pu croire, elle n'était pas interdite aux étrangers. Les prêtresses pouvaient y recevoir des visiteurs, le plus souvent des membres de leur famille, mais pas obligatoirement. De construction beaucoup plus récente que la Regia, elle était également infiniment plus agréable à vivre. C'était un endroit charmant et luxueux à la fois. Malgré le tour dramatique des événements, Flaminius ne put s'empêcher d'admirer son raffinement lorsqu'il en eut franchi l'enceinte.

Passé le portail, on se trouvait dans un grand portique de marbre entourant un jardin avec, en son centre, des bassins alimentés par des fontaines. Des statues d'anciennes vestales se dressaient de place en place, au milieu de fleurs sans nombre. Mais Flaminius cessa aussitôt sa contemplation. Il était dans le lieu dangereux entre tous, la menace pouvait surgir à tout moment et de n'importe quel côté, il devait être plus que jamais sur ses gardes. C'est avec tous ses sens en éveil qu'il monta, à la suite de l'esclave, un grand escalier d'apparat.

– Où me conduis-tu ?

– Dans la salle de réception. Elle t'y attend.

Le premier étage était constitué par une colonnade donnant sur le jardin et prolongeant celle du rez-de-chaussée. L'esclave lui désigna une porte.

– C'est là...

Flaminius poussa la porte avec la plus extrême précaution. Il eut juste le temps de se dire qu'il n'était pas dans une pièce de réception, mais dans une chambre... Il ne s'attendait pas à l'attaque extrêmement violente et soudaine de l'esclave dans son dos. Il tenta de se retourner pour faire face, mais il se sentit alors assailli par quelqu'un d'autre. Il reçut un coup terrible sur la tête et ce fut le noir...

Il retrouva ses esprits presque aussitôt... Il poussa un cri d'horreur. Il était bien dans une chambre. Il y avait un lit et, sur ce lit, reposait Licinia. Elle avait la poitrine dénudée et elle était outrageusement maquillée. Il se précipita vers elle. Non, elle n'était pas morte, elle respirait même avec bruit. Il la secoua pour la réveiller, il lui tapota les joues, mais il ne parvint qu'à lui soutirer des gémissements et des mots confus : de toute évidence, elle avait été droguée.

Il regarda autour de lui... Il était seul dans la pièce, son agresseur était parti. Il courut vers la porte, mais il découvrit ce qu'il redoutait : elle était fermée à clé. Il jeta un regard vers la fenêtre. Elle était garnie de barreaux ; c'étaient les mêmes que dans la chambre de César mais il n'était pas le monstre plat pour passer au travers. Il était bel et bien prisonnier, il était tombé dans le piège !

Il réagit cependant. Il se lamenterait, il réfléchirait plus tard, il fallait avant tout ne pas laisser Licinia dans cet état. Il la rhabilla et lui enleva comme il put son maquillage. Lorsque cela fut fait, il se remit à examiner la situation... Il ne lui fallut pas longtemps pour la juger désespérée. Le guet-apens était sûrement le même que celui qui avait coûté la vie à sa mère. L'inconnu allait prévenir le nouveau préteur urbain, successeur de Clodius, qui allait arriver avec ses hommes. Peut-être même, comme la première fois, l'avait-il fait avant de passer à l'action. Dans quelques instants, il allait entendre les cliquetis d'armes des soldats. Il était perdu !

Malgré tout, il chercha une possibilité de fuite. Il alla à la fenêtre et examina les barreaux. Ils étaient malheureusement bien trop solides ; le temps de les desceller, en admettant que la chose fût possible, il serait trop tard. Pas question non plus de tambouriner à la porte pour appeler à l'aide : ce serait ameuter tout le monde et précipiter la catastrophe. Alors, dire quand on le découvrirait qu'il avait été attaqué et montrer sa blessure à la tête ? Il passa sa main sur le sommet de son crâne. En ne frappant pas trop fort, juste ce qu'il fallait pour l'étourdir, l'agresseur s'était montré suprêmement habile. Il n'avait qu'une petite bosse qu'il aurait pu se faire dans n'importe quelle circonstance. On ne le croirait jamais...

Flaminius poussa un gémissement affreux. Ce n'était pas son sort qui le désespérait, même si la perspective d'être fouetté jusqu'à la mort était atroce, c'était le sort de Licinia. Elle allait mourir dans la chambre souterraine, il avait échoué, tout était de sa faute !... Une idée terrible lui vint à l'esprit, il aurait voulu la repousser, mais il ne le pouvait pas. Il devait tuer Licinia pour lui épargner cette abomination. Elle était inconsciente, elle ne souffrirait pas. En serrant de toutes ses forces, il ne lui faudrait pas plus de quelques instants pour l'étrangler. Oui, c'était ce qu'il devait faire ! Quand la porte s'ouvrirait, il mettrait fin de cette manière à cette tragédie.

La porte s'ouvrit à cet instant. Il courut vers le lit et s'arrêta net dans son geste, c'était Brutus !

– Toi ? Mais...

Brutus l'attrapa énergiquement par le bras.

– Plus tard ! Il faut fuir, les soldats sont sur mes talons...

Ils se précipitèrent hors de la chambre... Un détachement de légionnaires arrivait au pas de charge. Ils eurent juste le temps de se cacher derrière une colonne. Les hommes en armes s'engouffrèrent dans la chambre et, profitant de ce qu'ils exploraient la pièce, ils dévalèrent l'escalier. Ils se retrouvèrent dehors. Personne ne les avait vus, ils étaient sauvés !... Flaminius tomba dans les bras de son frère de lait.

– Je te dois la vie ! Comment as-tu fait ?

– Je vais tout te dire, mais suis-moi. Nous devons rattraper Corydon.

– C'était lui ?

– Oui.

Et Brutus raconta à Flaminius tout ce qui s'était passé depuis la dernière fois qu'ils s'étaient vus, à la course de chars... Fidèle à la promesse qu'il lui avait faite, il l'avait effectivement pris sous sa protection. Il avait dormi à la belle étoile près de chez lui, pour veiller à sa sécurité. Quand il l'avait vu partir en compagnie de l'esclave, il l'avait suivi. Il n'avait pas osé entrer dans la Maison des vestales, il avait attendu dehors et il avait vu sortir Corydon. Il tenait à la main une clé et affichait un sourire triomphant. Il s'était rué sur lui sans hésitation et lui avait arraché la clé. Après un début de résistance, Corydon s'était enfui sans demander son reste...

Corydon... Même s'il n'était pas surpris, Flaminius ne comprenait pas. Comment avait-il réussi à déjouer la surveillance dont il était l'objet pour mener à bien sa machination ? Mais l'heure n'était pas aux questions. Il remercia Brutus du fond du cœur et, en sa compagnie, prit le chemin de la villa de Demetrius, chez qui il ne s'était pas rendu depuis l'agression sur le pré Vaccus.

Ils y trouvèrent une grande agitation. Les domestiques étaient sur le qui-vive et le maître de maison alla à leur rencontre, l'air terriblement inquiet. Avant même qu'ils lui aient dit quoi que ce soit, Demetrius s'adressa à Brutus et lui posa une question qui les déconcerta :

– Sais-tu où est Cytheris ?

– Pourquoi me demandes-tu cela ?

– Parce que Corydon est son amant. Il n'est pas rentré. Je suis sûr qu'il est avec elle !

– Corydon était à la Maison des vestales, nous le quittons tout juste !

– Qu'est-ce que tu dis ?...

Et Brutus, relayé par Flaminius, lui raconta le guet-apens qui venait d'être déjoué. Demetrius secoua la tête, accablé.

– Ce n'est pas possible. Je ne peux pas y croire !

– C'est pourtant la vérité. Que sais-tu de son passé, de sa famille ?

– Rien. Il m'a dit qu'il était grec, originaire de Phalère, c'est tout...

Un esclave arriva à ce moment-là hors d'haleine. C'était l'un des nombreux serviteurs que Demetrius avait envoyés dans Rome à la recherche du jeune homme.

– Maître, il est arrivé un grand malheur...

– Ne me dis pas...

– Si, Corydon a été assassiné... Dans un lupanar, sur la via Fornicata.

Un peu plus tard, Demetrius était sur les lieux, accompagné de plusieurs de ses domestiques. Brutus et Flaminius l'avaient suivi. Ils connaissaient tous deux l'endroit, même s'ils n'y étaient jamais entrés. C'était un établissement de bas étage, sans comparaison pourtant avec ce qu'on pouvait trouver à Subure. Le bâtiment, sans grâce, n'avait que d'étroites fenêtres. La porte donnait sur un vestibule circulaire. Tout autour, se trouvaient des cellules fermées par un rideau peint. La peinture indiquait, de manière extrêmement crue, la spécialité de la fille ; son prix y figurait également. Devant chaque rideau était placée une pancarte portant l'inscription « Libre » ou « Occupée ».

La cellule dans laquelle se trouvait Corydon avait son rideau relevé. La pancarte « Occupée » y figurait encore. Le jeune homme gisait sur la couchette maçonnée recouverte d'un matelas, qui constituait tout le mobilier de la pièce... Il aurait été difficile de reconnaître le bel éphèbe qui faisait les délices de son maître. Il avait été assassiné avec une rare sauvagerie.

On l'avait frappé à la tête avec un objet lourd et tout le sommet de son crâne n'était qu'une horrible bouillie.

À cette vision, Demetrius éclata en cris et en sanglots déchirants. Flaminius aurait bien voulu l'interroger sur la présence de Corydon en ces lieux, mais il n'était visiblement pas en état de répondre. Il questionna à sa place l'esclave qui avait fait la découverte :

– Que faisait-il ici, à ton avis ?

L'homme poussa un soupir.

– Oh, cela lui arrivait souvent ! Chaque fois qu'il pouvait, il quittait la maison pour aller chez les prostituées.

– Et ton maître ne disait rien ?

– Il fermait les yeux. Il savait que Corydon ne pouvait s'en passer. Il aimait les femmes... C'est seulement quand il a eu une liaison avec la belle Grecque que Demetrius a mal pris la chose...

Flaminius et Brutus n'insistèrent pas. Ils s'en allèrent, laissant Demetrius à sa douleur... En se retrouvant avec son frère de lait sous les arcades de la via Fornicata, Flaminius ressentit une vive émotion. La dernière fois, Posidonius était à leurs côtés et Palinure était venu lui annoncer la mort de sa mère... Il prit la parole d'une voix songeuse :

– Tu me parlais d'un labyrinthe, on dirait qu'on vient d'en sortir. Tout avait commencé sur la via Fornicata, tout y finit. La boucle est bouclée.

Brutus était aussi songeur que son compagnon.

– J'ai du mal à y croire. Il échoue dans sa tentative et, tout de suite après, il va chez les prostituées...

– C'est effectivement étrange, mais pourquoi pas ?

– Et qui l'a tué ?

– Une personne sans rapport avec l'affaire, un banal assassin, un mauvais garçon quelconque...

Il n'y avait pas grand-chose à ajouter. Après toutes les émotions qu'ils venaient de vivre, Flaminius et Brutus avaient besoin de retrouver un peu de calme. Ils ne tardèrent pas à se séparer.

En arrivant chez lui, Flaminius découvrit Florus. Il avait l'air fou d'inquiétude, tout comme Palinure, en compagnie duquel il se trouvait. En l'apercevant, il courut à sa rencontre.

– Je viens d'apprendre que tu étais parti chez les vestales. J'espère qu'il ne t'est rien arrivé !

– Il s'en est fallu de peu...

Flaminius mit son compagnon au courant des faits dramatiques qui venaient de se produire. Florus n'eut pas le temps de faire de commentaire. Flaminius achevait à peine son récit que tous deux aperçurent une troupe tout de blanc vêtue avançant dans le bois des Muses : les vestales se rendaient à la fontaine d'Égérie. Car tous ces événements avaient eu lieu dans un temps relativement bref et on en était encore au début de la matinée... Flaminius fit signe à Florus de le suivre.

– Viens, je vais essayer de les interroger sur ce qui s'est passé.

– Tu crois que c'est prudent ?

– S'il y a un jour où je ne risque pas de rencontrer Licinia, c'est bien aujourd'hui !...

Licinia ne figurait évidemment pas dans le groupe des prêtresses, mais les arrivantes n'étaient pas celles qui venaient d'ordinaire. La préparation des Mannequins d'osier accaparait beaucoup de monde et l'approvisionnement en eau avait été confié aux toutes jeunes et aux anciennes. Après leurs trente ans de sacerdoce, les prêtresses avaient, en effet, le droit d'être hébergées à la Maison des vestales leur vie durant et elles rendaient parfois de menus services à leurs compagnes

Flaminius s'approcha en veillant à adopter une attitude aussi respectueuse que possible. Ce fut alors que l'une d'elles, la plus vieille, s'immobilisa devant lui. Elle avait les cheveux tout blancs et un air un peu étrange. Son regard devint soudain fixe et se chargea d'une terreur sans nom. Elle lâcha sa jarre, qui se brisa au sol en mille morceaux, puis elle s'enfuit en hurlant :

– La chambre souterraine !...

Plusieurs de ses compagnes se mirent à sa poursuite. Une petite novice, qui était restée, s'adressa à Flaminius, l'air un peu gêné :

– Elle n'a plus tout à fait sa raison. Et puis, elle a dû être ébranlée par ce qui s'est passé ce matin...

Flaminius se félicita intérieurement de cet incident, qui lui permettait de se renseigner sans paraître indiscret.

– De quoi parles-tu ?

– L'une des nôtres a été retrouvée droguée dans sa chambre. C'est sûrement l'un des esclaves qui a fait cela, car il a disparu. Et puis, le préteur est arrivé avec ses hommes sans qu'on sache qui l'avait prévenu.

– J'espère que ta compagne va mieux.

– Oh, oui, ce n'était rien, elle est déjà sur pied.

– Et cet esclave, c'était le sien ?

– Pas du tout. Il a appartenu autrefois à l'une des anciennes. Je ne sais pas laquelle...

Les vestales avaient réussi à rattraper la fugitive et revenaient avec elle. Ne voulant pas que le même incident se reproduise, Flaminius remercia la petite novice et s'éloigna rapidement...

Flaminius et Florus se retrouvèrent dans la villa. Ils s'installèrent dans le jardin pour discuter. Tous les deux avaient une impression désagréable : cette scène où il avait été question de la chambre souterraine les avait vivement impressionnés. Elle les avait ramenés aussi à l'élément le plus sinistre de leur enquête... D'emblée, Florus fit part de ses doutes :

– J'aimerais que ce soit Corydon, mais je n'en suis pas absolument certain.

– Tu trouves bizarre qu'il se soit rendu au lupanar tout de suite après avoir raté son coup ?

– Il y a cela et la manière dont on l'a tué. Cela me rappelle de mauvais souvenirs. Ta mère... Plotin...

– Pourtant, Brutus a bien vu sortir Corydon de la Maison des vestales, et de tout près, même, puisqu'il s'est battu avec lui !

– C'est vrai...

Flaminius et Florus passèrent ainsi toute la journée à échanger leurs impressions et à chercher un autre assassin que le mignon de Demetrius. Au passage, ils tombèrent d'accord sur l'identité de l'esclave complice : son ancienne maîtresse, dont la jeune novice ignorait le nom, était sans nul doute Minucia. Mais, pour le reste, ils durent avouer leur échec. Faute de mieux, ils conclurent que le mystérieux inconnu était Corydon, le frère de Minucia, revenu de Grèce pour la venger.

Avant de se séparer, ils eurent une dernière discussion sur un autre sujet : Flaminius devait-il assister ou non le lendemain aux Mannequins d'osier ? Spontanément, ce dernier aurait voulu y être, pour venir éventuellement en aide à Licinia, mais c'était précisément pour lui porter secours qu'il s'était rendu à la Maison des vestales et que la catastrophe avait failli se produire. Et puis, si Corydon était mort, l'esclave en fuite était vivant et certainement prêt à tout. La sagesse commandait de ne pas y aller...

Florus parti, Flaminius erra longtemps sans savoir que faire. Après un dîner frugal, il finit par se mettre au lit... Si, la nuit des Lémuries, il avait fait un rêve dont le souvenir le troublait encore, cette fois, il ne ferma pas l'œil un instant. Comment en aurait-il été autrement ? L'amour de Licinia, le guet-apens, l'assassinat de Corydon : tout se bousculait, tournait follement dans sa tête et dans son cœur. Mais, par-dessus tout, il y avait la journée à venir, les Mannequins d'osier. Il allait rester à la villa, il s'en tiendrait à ce qu'ils avaient décidé, Florus et lui, mais que ce serait difficile !

Au matin, malgré toutes ses résolutions, il se décida quand même à commettre une imprudence : il alla voir les vestales à la fontaine. Il garderait ce spectacle en mémoire toute la journée et cela l'aiderait à passer cette terrible épreuve. D'ailleurs, ce ne serait qu'une demi-imprudence, car Licinia ne serait certainement pas là, elle ne prendrait pas ce risque..

Il se dissimula de son mieux derrière un buisson et il ne tarda pas à les voir arriver. Comme la veille, il y avait surtout de toutes jeunes et d'anciennes prêtresses âgées, mais elle était là ! Il ne pouvait se tromper, il aurait reconnu sa silhouette entre mille. Pourquoi avait-elle fait cette folie ? Parce que c'était son dernier jour de vestale et qu'elle avait voulu retourner une dernière fois sur les lieux où ils s'étaient connus ? Peut-être, mais peut-être aussi pour le rassurer, pour lui montrer qu'elle était tout à fait rétablie.

En tout cas, Licinia était visiblement consciente du risque qu'elle prenait. Elle avait l'air d'un animal aux abois, elle ne cessait de regarder à droite et à gauche, de se retourner, et elle tremblait. Arrivée à la fontaine, elle fut si malhabile qu'elle inonda sa robe ; elle faillit même lâcher sa cruche. Flaminius, lui, était sur le point de défaillir. Ce qu'il ressentait était si fort, fait de tant de sentiments contradictoires, allant de l'amour à l'angoisse, que c'était à la limite du supportable...

Il n'eut pas le temps de se remettre de ses émotions. À peine les vestales s'étaient-elles éloignées qu'il vit arriver un visiteur. Il reconnut tout de suite l'esclave de Demetrius, avec lequel il s'était entretenu dans le lupanar. Ce dernier le salua et lui annonça la raison de sa visite :

– Mon maître m'envoie pour te donner une information qui doit être importante pour toi : Corydon n'est pas allé à la Maison des vestales hier.

– Que dis-tu ?

– Sur le coup, à cause de la douleur, mon maître n'a pas examiné le corps, mais il l'a fait en arrivant à la villa et il est formel : la rigidité cadavérique indique que le meurtre a eu lieu au milieu de la nuit. Corydon ne pouvait pas être à la

Maison des vestales, ce matin-là. Il était mort depuis plusieurs heures.

– Ce n'est pas possible. Demetrius se trompe !

Mais l'esclave secoua la tête catégoriquement.

– Il est médecin. Il ne peut pas se tromper...

Resté seul, Flaminius éprouva l'atroce impression de tomber en chute libre dans un abîme sans fin... Qu'est-ce que cela voulait dire ? Brutus lui avait dit avoir vu Corydon. Avait-il rêvé ? Lui avait-il menti ?... Cela voulait dire une chose, en tout cas : si Corydon n'était pas l'assassin, celui-ci était vivant et il allait recommencer. Il fut tenté de se mettre à courir pour rejoindre Licinia, la protéger de l'attentat qui se préparait... Il se ressaisit au dernier instant. C'était exactement ce que l'autre attendait, il avait sûrement préparé un nouveau guet-apens et, cette fois, il ne le raterait pas !

Non, ce qu'il devait faire était exactement l'inverse. Il devait réfléchir encore, tout passer en revue une dernière fois. Quand il aurait compris, alors et alors seulement, il pourrait agir... Il prit la direction de la fontaine d'Égérie. S'il y avait un lieu où l'inspiration pouvait lui venir, c'était bien celui-ci. C'était là que la nymphe conseillait le roi Numa Pompilius, c'était là que Minucia lui était apparue en rêve et c'était là que quelques instants auparavant, il avait vu Licinia...

Il s'assit sur la margelle de pierre et se mit à contempler les flots murmurants. Il invoqua de toute son âme les mânes de sa mère et de Minucia :

– Je vous en supplie, aidez-moi !

Il regarda l'eau si intensément que sa vue finit par se brouiller et, à la fin, le visage de sa mère lui apparut. Il ne bougeait pas, il le regardait fixement. Il pensa que cette apparition serait fugitive, mais, au contraire, elle dura, elle s'éternisa. Il se fit alors une réflexion étrange : tout cela durait trop longtemps. Il repensa à un autre regard fixe, celui de la vestale folle. Sans trop savoir pourquoi, il fit le rapprochement entre ces deux évocations et se produisit le déclic. Tout à coup, les idées se mirent à se bousculer en lui... Oui, tout cela pourrait avoir un sens, mais à condition de voir les choses d'une manière totalement différente.

Flaminius se mit enfin à suivre le conseil de Brutus : il prit de la hauteur. Il sortit du labyrinthe à la manière de Dédale en se mettant des ailes et en prenant son vol, et tout devint à proprement parler vertigineux ! Le visage de sa mère qui restait devant lui, le regard fixe de la vieille vestale... Il approfondit, il examina en tous sens l'hypothèse qui venait de germer dans son esprit, mais il n'y avait aucun doute, tout concordait : les masques étaient tombés, la vérité était là, devant lui, il avait compris !

Il avait compris aussi que Licinia était en danger de mort. C'était une question de minutes, peut-être même était-il trop tard !

Il se rua en courant hors de la villa... Il n'était pas loin de midi, l'heure où avait lieu la cérémonie. Sorti du bois des Muses, il prit la direction du Tibre et du pont Sublicius. Traditionnellement, en effet, les vestales jetaient, depuis ce pont, douze mannequins d'osier contenant des poupées de chiffon. C'était un souvenir des temps anciens où l'on se débarrassait ainsi des vieillards, mais Hercule avait aboli ces pratiques barbares...

Flaminius ne tarda pas à arriver dans les rues de Rome. Il se trouva du même coup plongé dans l'horreur. En cette journée de fête, elles étaient noires de monde. Les gens chantaient et dansaient. Personne ne voulait lui laisser le passage. Il dut se battre avec la même férocité qu'au Cheval d'octobre pour se frayer un chemin. Lorsqu'il put enfin avancer, il courut de toutes ses forces, en criant désespérément :

– Licinia !

17

LES MANNEQUINS D'OSIER

Licinia s'attardait dans le temple de Vesta. Alors que toutes ses compagnes étaient déjà parties, elle avait encore son mannequin d'osier dans les bras. L'objet tressé était aussi grand qu'elle et, à l'intérieur, on pouvait voir une sorte de chiffon blanc, affectant grossièrement une forme humaine. Elle contempla longuement le feu sacré qui brûlait au centre de l'édifice et poussa un soupir...

Voilà, c'était fini ! Trente ans d'existence au service de Vesta allaient s'achever. Lorsqu'elle reviendrait ici, après avoir jeté son mannequin dans le Tibre, elle remettrait son voile sacré au pontife représentant de César et cesserait, à cet instant précis, d'être vestale. Elle passerait encore une nuit dans sa chambre et, le lendemain matin, elle partirait pour Pompéi.

Elle soupira de nouveau. Titus viendrait-il la rejoindre ? Avait-il compris qu'elle l'aimait et l'aimait-il lui-même ? Elle, de son côté, l'avait aimé dès qu'elle l'avait vu, bien avant leur rencontre à la fontaine, lorsqu'elle l'avait entendu prononcer l'éloge funèbre de sa mère. Elle avait aussitôt été sous le charme et elle en était toujours prisonnière.

– Licinia...

On venait de l'appeler dans son dos. Elle tressaillit des pieds à la tête. Cette voix, ce n'était pas possible !... Elle se retourna. Une vestale se tenait devant elle : c'était Minucia !

– Bonjour, Licinia. Je suis heureuse de te revoir. Il y a longtemps que j'attends ce moment, tu sais... Non, s'il te plaît, ne t'évanouis pas. Il faut que tu entendes ce que j'ai à te dire, c'est important.

Licinia était terrifiée... C'était Minucia ! C'était son visage, ce n'était pas un masque ou un déguisement quelconque. C'était sa voix, qu'elle n'avait pas oubliée et qu'elle aurait reconnue entre mille. C'était même son parfum, qu'elle n'avait pas respiré depuis vingt-trois ans, car Minucia, très coquette, se mettait un peu d'huile odorante dans les cheveux... Licinia recula en tremblant.

– Tu es une apparition de l'enfer, un fantôme, un lémure. Va-t'en !

Pour toute réponse, Minucia lui attrapa le poignet. Licinia poussa un cri de douleur. Elle avait une force prodigieuse. On aurait dit les mâchoires d'un molosse, les pinces d'un étau.

– Que me veux-tu ?...

· T'emmener avec moi dans la chambre souterraine. L'heure du châtiment est venue !

– Non, je ne veux pas !

– Et moi, tu crois que je voulais ? J'étais innocente. Je l'ai écrit avant de me poignarder. Avoue ton crime, qu'il ne reste pas sur ta conscience au moment de mourir !

– Je n'ai rien fait. Laisse-moi !

À ce moment, la silhouette d'un pontife s'encadra à la porte du temple. Il lança de loin :

– Que faites-vous toutes les deux ? Dépêchez-vous ! Les autres sont déjà parties.

Licinia voulut appeler le pontife à son secours, mais, de sa main libre, Minucia avait sorti une fléchette qu'elle dissimulait dans sa robe et l'avait mise tout contre sa joue. Licinia reconnut, terrorisée, celle qu'elle avait vue sur le cou d'Opimia... Le prêtre disparut et Minucia eut un petit rire.

– Tu as eu tort de ne pas l'appeler, il n'y avait pas de poison. Je n'en ai plus.

Licinia se mit à crier :

– Titus !... Au secours, Titus !

– Il ne viendra pas, tu perds ton temps. Je vais pourtant te donner une dernière consolation. J'ai échoué dans mon plan pour vous compromettre tous les deux. Lui, il est sauvé. Mais toi, tu vas mourir !

– Pitié !...

Pour toute réponse, Minucia eut un rire sauvage. Elle leva le poing et l'abattit sur la nuque de Licinia, qui s'écroula d'une masse. Elle entreprit alors de vider le mannequin d'osier de sa poupée et d'y mettre la vestale à la place. En ce jour de cérémonie, elle portait le suffibulum. Elle le déploya sur les côtés, afin qu'on voie le moins possible son visage. Puis, Minucia, ou celle qui se prétendait telle, s'empara du mannequin d'osier et le mit sur son épaule avec presque autant de facilité que s'il avait toujours contenu son effigie de chiffon.

Titus Flaminius courait en direction du temple de Vesta. Les abords du Forum grouillaient de monde. Encore une fois, il dut jouer des pieds et des mains pour progresser. Quand il arriva devant le temple de la déesse, la première personne qu'il interrogea le renseigna :

– Les vestales ? Elles sont parties.

– Il y a longtemps ?

– Un moment. Mais il y en avait une qui était en retard. Elle courait pour rattraper les autres.

Flaminius se mit à courir à son tour. Son intuition lui disait qu'il devait absolument rejoindre cette vestale et que, s'il y parvenait, Licinia serait sauvée. Mais y arriverait-il ? Elle avait de l'avance et la foule était si dense, si lente à s'écarter ! Il était hors d'haleine, son cœur battait à tout rompre, mais il fallait qu'il aille plus vite, plus vite encore !...

À la faveur d'une montée de la rue, qui permettait à la vue de se porter un peu plus loin, il la découvrit. Elle était là, son mannequin sur l'épaule. Mais il poussa en même instant un cri de rage et de douleur : elle venait juste de rejoindre les onze autres. Elle se glissa rapidement au milieu de leur groupe et, avec le suffibulum qu'elles portaient toutes, il fut bientôt impossible de la distinguer.

Il arriva sur le forum aux Bœufs, dominé par l'énorme animal de bronze... Cette fois, il était complètement impossible d'avancer. Les Mannequins d'osier étaient une fête très populaire et un public compact stationnait dans l'espoir d'apercevoir le spectacle. Il tenta de se frayer un chemin à coups de poing et à coups de pied, mais il fut frappé à son tour. Non seulement il n'arriverait pas à passer de cette manière, mais il risquait en plus de se faire écharper.

Il se résolut alors à employer les grands moyens. Il y avait un chemin, un seul, pour rejoindre le pont Sublicius : le fleuve lui-même. La rive n'était pas très loin, il s'y dirigea... À cet endroit, les abords du Tibre n'étaient pas aménagés, il n'y avait qu'une pente très raide, quelquefois à pic, ce qui était le cas ici même. Il se laissa résolument tomber dans l'eau.

Il nagea vigoureusement et put prendre pied un peu plus loin. Il continua le long de la rive, s'agrippant aux roches, aux branches des arbustes, quelquefois se mettant à l'eau et reprenant pied après quelques brasses... La silhouette du pont Sublicius, massive et élégante à la fois, avec ses piliers de pierre et son tablier de bois, se rapprochait rapidement... Ce n'était pas un hasard si une cérémonie religieuse y avait lieu. Il avait été édifié autrefois par les prêtres, car seuls les pontifes, les « faiseurs de ponts », pouvaient relier l'espace sacré de la ville à l'extérieur.

Flaminius était arrivé à un endroit où la rive était construite en maçonnerie. Il put se remettre à courir. Il était temps : une sonnerie de trompette retentit, annonçant le début de la cérémonie... Le pont Sublicius était non pas noir, mais blanc de monde, avec les toges des personnages officiels et les robes des vestales. Il vit celles-ci poser leurs douze mannequins sur la rambarde de bois et, l'instant d'après, les faire basculer dans le Tibre.

Flaminius vit tout de suite que l'un d'eux tombait beaucoup plus vite que les autres. Il fit une grande gerbe en touchant l'eau et coula à pic, alors que le reste des mannequins flottait. Il plongea à son tour dans le fleuve. Il était bon nageur et il parvint sans difficulté à s'en emparer. Peu après, il reprenait pied sur la rive. Il défit rapidement la structure d'osier et dégagea son occupante.

Licinia respirait... Elle reprit connaissance à cet instant et le souvenir de la scène dans le temple de Vesta lui revint. Elle se mit à sangloter et à pousser des cris :

– Minucia ! Non, je ne veux pas !...

Puis elle se rendit compte de la présence de Flaminius et se tut d'un coup. Celui-ci lui parla avec douceur :

– Ce n'était pas Minucia. C'était quelqu'un qui lui ressemble beaucoup, mais ce n'était pas elle.

– Sa sœur ?

– Non, son frère.

– Corydon ?

– Corydon est mort, mais lui est bien vivant !... Pardonne-moi, il ne faut pas qu'il m'échappe !

Flaminius la laissa là et remonta à grandes enjambées en direction du pont... Les vestales étaient toujours douze. Après avoir lancé son fardeau, la fausse Minucia n'avait pas bougé. Sans doute aurait-elle voulu fuir, mais les consuls, les prêtres, les autorités romaines entouraient les prêtresses et elle n'avait pas osé. Pourtant, lorsqu'elle vit Flaminius déboucher, elle n'hésita plus : elle se jeta dans la foule.

L'événement avait été si brusque, et si inattendu, que personne n'avait eu la présence d'esprit de réagir. Seul Flaminius engagea la poursuite avec la fausse vestale à travers les rues de Rome et, tout en courant, il repensa à la manière dont il avait découvert la vérité...

L'assassin, que ce soit son frère ou sa sœur, ressemblait à Minucia : il fallait partir de cette idée pour tout comprendre. Alors, qui ? On pouvait logiquement penser à Corydon ou à Cytheris, qui avaient l'âge de l'enfant disparu et qui avaient

240

tous deux un lien avec la Grèce. Seulement, il y avait à cela une impossibilité absolue : les noces de César. Au banquet, ils étaient l'un et l'autre à la table de Licinia, qui n'avait pas eu de réaction particulière en les voyant. Il fallait donc chercher quelqu'un d'autre, garçon ou fille, du même âge.

La révélation s'était faite dans l'esprit de Flaminius lorsque lui était apparu le visage de sa mère dans les eaux de la fontaine. Il était resté longtemps, très longtemps à le regarder fixement, sans la moindre expression, et cela lui avait fait penser à l'archimime portant le masque de Flaminia. Il avait eu la confirmation de son intuition en repensant à un autre regard, celui de la vieille vestale. En y réfléchissant bien, ce n'était pas lui qu'elle fixait, mais Florus, juste derrière. C'était la vision de Florus qui lui avait rappelé Minucia et qui l'avait fait s'enfuir en criant : « La chambre souterraine ! »

À partir de là, tout s'était enchaîné dans l'esprit de Flaminius et la vérité lui était apparue... Depuis le début, Florus avait tout fait pour ne pas être en présence de Licinia ; il savait que, sinon, elle verrait immédiatement la ressemblance et comprendrait tout. À l'enterrement, ce n'était pas parce qu'il n'avait pas eu le temps de l'enlever ou qu'il n'y avait pas pensé qu'il avait gardé son masque, c'était parce que les vestales étaient encore là ; d'ailleurs, dès qu'elles étaient parties, il l'avait retiré. À la Bona Dea, il avait pris soin non seulement de se travestir en fille, mais de changer son apparence. Et, s'il avait tué Opimia – car c'était lui –, c'était peut-être par vengeance, pour avoir témoigné contre Minucia, mais peut-être aussi parce qu'elle s'était doutée de quelque chose en le voyant.

En une seule circonstance, Florus n'avait pu éviter de rencontrer Licinia : lorsqu'il avait été conduit au supplice et que celle-ci, prévenue par le message, avait croisé son chemin. Contrairement à ce que Flaminius avait cru alors, sa tentative désespérée, et quelque peu absurde, pour s'échapper n'était pas une coïncidence malheureuse. Il avait vu Licinia arriver et il avait agi ainsi dans l'espoir que, défiguré par les coups et inondé de sang, il ne serait plus reconnaissable. C'était exactement ce qui s'était produit.

Mais tout à la fin, la veille des Mannequins d'osier, Florus avait commis sa seule erreur. Il avait accepté de suivre Flaminius à la fontaine, pour rencontrer les vestales. Il avait pris ce risque parce qu'il savait que Licinia, droguée par l'ancien esclave de Minucia, son complice, ne serait pas là. Malheureusement pour lui, il s'était trouvé en présence de la vieille vestale...

Oui, Florus était bien le frère de Minucia, né au moment même de son supplice. Il avait dû apprendre l'innocence de sa sœur par Plotin, dont le rôle dans cette histoire était le seul point qui restait quelque peu obscur. En tout cas, Plotin avait essayé de perdre Licinia en lui faisant un procès, mais il avait échoué. Alors, Florus était passé à l'action à son tour.

Après sa première machination, qui avait avorté par la faute de Flaminia, il avait mené l'enquête, ce qui lui avait donné toutes les possibilités pour éliminer les témoins gênants les uns après les autres. Il avait fait sa deuxième tentative sous les traits de Corydon, lui qui savait prendre à volonté tous les déguisements. C'était sans doute une précaution au cas où on l'aurait vu et, pour ne pas être démenti par

242

l'intéressé, il l'avait assassiné. À la fin, tout ayant échoué, il s'était résolu à tuer purement et simplement Licinia aux Mannequins d'osier...

À la vérité, Flaminius avait des excuses de ne pas avoir trouvé plus tôt, car il était très difficile d'imaginer Florus en assassin. D'abord, il lui avait sauvé la vie, ce qui l'avait rendu d'emblée insoupçonnable. Mais il ne l'avait sauvé que pour le tuer plus tard. Second obstacle à la découverte de la vérité : une bonne partie des éléments dont Flaminius disposait pour son enquête étaient truqués. Le comble de la manipulation avait été atteint à la Bona Dea. Tout le récit de Florus, invérifiable bien sûr, était faux, jusqu'à sa prétendue sensation qu'il y avait un autre homme à la cérémonie. Il n'y avait jamais eu qu'un homme à la Bona Dea, c'était lui et c'était le meurtrier.

Enfin et surtout, il y avait le personnage qu'il s'était composé avec l'art de l'acteur suprêmement doué qu'il était : cet enfant de Subure, impertinent, imaginatif et talentueux, ses parents assassinés dans les mêmes conditions que Flaminia et jetés dans la fosse commune, son désir de faire d'autres enquêtes aux côtés de Flaminius, une fois que celle-ci serait terminée...

La folle poursuite continuait dans les rues de Rome. Pour aller plus vite, la fausse vestale avait retiré son suffibulum et, à présent, Flaminius reconnaissait parfaitement la silhouette de Florus. Il appela :

– Minucius !

L'interpellé se retourna et lui répondit, sans cesser de courir :

– Titus Minucius !... J'ai le même prénom que toi.

243

Il avait parlé avec une voix bien timbrée, sa voix véritable, que Flaminius entendait pour la première fois. Il avait perdu son accent faubourien, il s'exprimait comme le Romain de noble famille qu'il était. Florus le comédien savait changer de voix à volonté.

On était revenu sur le Forum et il obliqua soudain vers la montée du Capitole Flaminius ralentit. Il avait compris où allait le fugitif et il savait qu'il n'avait pas l'intention de lui échapper. Le dernier acte était tout proche.

Les rues étaient vides dans cette partie de Rome. Toute la population se trouvait du côté du Tibre pour assister aux Mannequins d'osier. La colline du Capitole, endroit déjà majestueux d'ordinaire, puisqu'elle n'abritait que des temples et pas la moindre maison d'habitation, était plus impressionnante encore, maintenant qu'elle était déserte. Il était un peu plus de midi et c'était la mi-mai : la lumière était radieuse, éclatante, véritablement divine. L'épilogue de la tragédie avait pour cadre le plus grandiose des décors.

Ils arrivèrent en vue du plus imposant et du plus sacré des temples de Rome, celui de Jupiter Très Bon et Très Grand, recouvert de son toit d'or. Devant lui, s'alignaient les statues des rois, ainsi que celle du premier des Brutus, brandissant l'épée avec laquelle il avait instauré la république. Mais Florus, ou plutôt Minucius, délaissa cette direction et alla vers le temple de Junon Conseillère, tout au sommet. Il continua encore quelques centaines de pas et s'immobilisa. Il était arrivé au terme de sa fuite et de toute son existence. Derrière lui, il n'y avait que le vide. Il était sur la roche Tarpéienne, là où on avait failli le précipiter comme condamné et où il avait choisi d'en finir.

Flaminius s'arrêta à son tour. Ils se regardèrent et il y eut un grand silence. On n'entendait que quelques oiseaux et la rumeur de Rome au-dessous d'eux... Flaminius finit par prendre la parole :

– Tu n'as plus de masque, Minucius.

Son vis-à-vis eut un léger sourire.

– Si, j'ai celui de ma sœur. Ce n'est pas pour terroriser Licinia que j'ai pris son aspect, c'est par hommage pour elle. Je voulais que cet acte de justice soit le sien. Mes parents m'ont tant de fois répété que nous nous ressemblions comme deux gouttes d'eau, des jumeaux, que je n'ai pas eu à transformer mon aspect. Et ma mère m'avait dit que Minucia avait la même voix que la sienne. J'ai donc imité la voix de ma mère...

Il ferma les yeux, se passa la main sur ses cheveux et en respira l'odeur.

– J'ai même son parfum. Ma mère lui préparait un baume, qu'elle allait lui porter à la Maison des vestales. En Grèce, elle a continué à le fabriquer pour garder le souvenir de son enfant... Le parfum de Minucia : je vais mourir avec lui et c'est bien ainsi.

Florus changea de ton et Flaminius eut soudain devant lui un personnage qu'il ne connaissait pas, tout entier fait de ressentiment et de haine.

– N'attends pas que je te demande pardon ! Je ne regrette qu'une chose : avoir échoué. Je voulais que tu meures avec Licinia. D'ailleurs, j'ai été à deux doigts de te tuer, lorsque nous avons poursuivi Apicata. J'avais ma fléchette prête. Si Apicata m'avait vu, elle m'aurait reconnu tout de suite. Dans ce cas, j'aurais été obligé de vous supprimer tous les deux.

245

Heureusement pour toi, il y a eu une bousculade : j'ai pu aller vers elle sans que tu m'aperçoives.

– Et pour ma mère, tu n'as pas de regret non plus ?

– Elle m'avait surpris et elle avait tout compris. Je n'avais pas le choix : il fallait qu'elle meure !

Flaminius secoua la tête avec incrédulité. Il était en présence du plus implacable des assassins et du comédien le plus prodigieux qu'on puisse imaginer...

– Minucia était innocente, je l'ai toujours cru, toujours dit, mais pourquoi envoyer Licinia à sa place dans la chambre souterraine ?

– À cause de Plotin.

– Qui était Plotin ?

– L'homme qu'on a surpris dans la Maison des vestales. Il a échappé à la noyade dans le Tibre et il s'est enfui en Grèce. Quand il a appris la présence de la famille Minucius, il est venu nous apprendre la vérité.

– Tu n'as aucune preuve de ce que tu avances.

Titus Minucius haussa les épaules.

– Il m'est indifférent que tu me croies ou non. D'ailleurs, tu m'as toujours été indifférent. Tu n'étais pour moi qu'un instrument.

À ces mots, il tourna le dos, contempla longuement le précipice et cria :

– Pardon, Minucia !

Et il sauta dans le vide... Longtemps, Flaminius resta incapable de faire un geste, comme terrassé. Enfin, il se mit en marche d'un pas mécanique jusqu'à l'extrémité de la roche Tarpéienne.

Il se pencha... En bas, très loin, gisait un corps désarticulé et, en cet instant, il pensa à deux personnes : à sa mère et à son frère de lait. Flaminia pouvait dormir en paix, son assassin avait reçu son châtiment, et Brutus allait, lui aussi, être satisfait : il avait suivi ses conseils, il avait été fidèle à l'enseignement de Posidonius, il avait fait ce qui dépendait de lui.

18

LA FIN DU LABYRINTHE

– D'après toi, pourquoi Florus m'a-t-il montré le fragment de tablette avec « LICI » qu'il a trouvé dans ma chambre ? Il lui aurait suffi de le détruire et je n'aurais jamais pu comprendre quoi que ce soit...

C'était le lendemain des ides de mai. Flaminius s'était rendu chez Brutus. Il était venu lui faire ses adieux avant de partir pour Pompéi et tous deux discutaient des points encore obscurs de l'affaire, dans le jardin de la villa... Le temps était radieux et, bien que ce fût encore la matinée, il faisait déjà chaud. Au loin, les collines de Rome se détachaient sur un ciel pur. De temps en temps, Flaminius jetait un coup d'œil à la haute silhouette du Capitole et il fermait un instant les yeux en revivant la terrible scène de la veille... Brutus hocha sa tête anguleuse, ornée d'un collier de barbe.

– Comment savoir ? Peut-être pour se rendre plus insoupçonnable encore en montrant ses qualités d'enquêteur. Mais peut-être aussi pour vous réunir, Licinia et toi. En te mettant sur sa piste, il avait sans doute espéré que le danger allait vous lier au point de commettre des imprudences.

Flaminius hocha la tête... Si Florus avait réussi sur un point, c'était assurément celui-là. Licinia et lui étaient liés et bien liés ! Ses sentiments, maintenant qu'elle n'était plus vestale, se libéraient en lui, comme une véritable explosion... À ses côtés, la voix calme de son compagnon poursuivit :

– À moins, tout simplement, qu'il se soit senti supérieur, qu'il ait voulu prendre des risques pour le plaisir. Les hommes adorent jouer avec le feu.

Flaminius regarda Brutus bien dans les yeux.

– Tu savais que c'était Florus, avoue-le ! Tu avais deviné...

– Ne dis pas de bêtises ! Si j'avais su que c'était lui ou même si j'avais eu le moindre soupçon, je te l'aurais dit. Je ne t'aurais pas laissé risquer ta vie.

– Alors, pourquoi m'as-tu parlé de prendre de la hauteur ? Qu'est-ce que tu voulais dire ?

– Le meurtrier était visiblement tout près de toi, mais tu n'arrivais à rien. Cela signifiait que quelque chose n'allait pas, était faussé. Mais je te dis cela maintenant, parce que je sais. Sur le moment, je n'aurais pas pu expliquer mon impression aussi nettement, sinon, encore une fois, je te l'aurais dit...

Brutus put aussi satisfaire la curiosité de son compagnon sur un autre point : les circonstances de la mort de Corydon. Après l'assassinat de ce dernier, Cytheris, très éprouvée, lui avait fait des confidences sur leur liaison. Elle avait débuté, comme ils avaient pu le remarquer l'un et l'autre, au mariage de César. Par la suite, ils s'étaient donné des rendez-vous secrets dans le lupanar de la via Fornicata. Florus était visiblement au courant de tout cela. La nuit fatale, il y avait attiré le mignon de Demetrius par un faux message signé de la courtisane.

Flaminius approuva. La chose était d'autant plus possible

que Florus et lui n'avaient pas toujours surveillé ensemble Corydon et Cytheris. Le frère de Minucia avait dû faire cette découverte au cours de son enquête personnelle et s'était bien gardé de la lui rapporter.

Flaminius confia à Brutus la décision qu'il avait prise de se transformer en investigateur public pour tous ceux qui n'en avaient ni le temps, ni la compétence, ni les moyens. Les parents de Florus assassinés n'étaient qu'un mensonge, mais cela ne changeait rien. Ce genre de crime impuni existait bel et bien et il allait employer toutes ses forces à y remédier...

Brutus le félicita de son projet, mais Flaminius l'interrompit :

– C'est à toi que je dois tout cela et à Posidonius. Si tu ne m'avais pas rappelé son enseignement le jour de la mort de ma mère, je n'aurais peut-être pas entrepris mon enquête. Quant à la philosophie, je l'ai découverte à cette occasion. Crois-tu que Posidonius accepterait un nouvel élève ?

– Il n'a jamais refusé ceux qui veulent s'instruire d'un cœur sincère.

– J'ai donc le cœur sincère ?

– Tu as plus que cela. Tu es fait pour l'écouter. Tu as beaucoup changé ces derniers temps, principalement depuis que tu es descendu dans la chambre souterraine. Non seulement tu as su faire taire ta crainte superstitieuse des dieux, mais tu n'as pas hésité à commettre le pire des sacrilèges, parce que tu estimais que c'était nécessaire à la vérité.

– Quelqu'un m'a déjà dit une chose semblable.

– Qui cela ?

– Une morte que j'ai vue en rêve...

Flaminius se leva. Il était temps de prendre congé. Brutus

l'escorta jusqu'à l'atrium, où ils se firent leurs adieux... Ni l'un ni l'autre n'avaient évoqué les moments qui allaient suivre. Brutus savait simplement que Flaminius allait rejoindre Licinia à Pompéi, c'était tout... Titus l'interrogea, l'air soudainement anxieux :

– Sais-tu ce qui m'attend là-bas ?

– Pas plus que toi.

Brutus n'en dit pas davantage, mais, tout en regardant Flaminius s'éloigner, il ajouta pour lui-même, seul dans l'atrium

– La fin du labyrinthe...

Titus Flaminius arriva à Pompéi un peu avant le soir. Il n'eut pas de mal à trouver sa destination. Chacun connaissait ici la luxueuse villa qu'on surnommait « la maison de la vestale ». Plus élevée et plus artistiquement travaillée que les autres, elle avait vraiment fière allure ! Flaminius comprenait pourquoi Crassus avait voulu l'acquérir. Une pareille opulence n'avait, d'ailleurs, rien d'étonnant. Déjà issues des familles patriciennes les plus aisées et ayant reçu pendant tout leur sacerdoce des dons, des legs et des sommes importantes pour la garde des documents précieux, les vestales étaient riches, très riches, et cette habitation le montrait mieux que tous les discours.

Flaminius pensait qu'un majordome ou un esclave quelconque serait là pour l'accueillir, mais il n'y avait personne. Il s'avança dans l'atrium. Le bassin central avait pour sol une mosaïque admirable représentant des tritons, mais son regard fut tout de suite attiré par une statue de Vesta. Ces dernières étaient rares. D'habitude, la déesse était symbolisée par son feu entretenu dans chaque foyer. Celui-ci, d'ailleurs, se trouvait à côté, dans l'autel domestique, qui affectait la forme d'un temple miniature... Vesta était figurée en vestale. On aurait pu la confondre avec l'une de ses prêtresses, si son nom n'avait été inscrit sur le socle, indiquant qu'il s'agissait de la déesse elle-même...

– Titus !

C'était elle ! Elle avait surgi à côté de la statue... En plus de l'émotion causée par cet instant tant attendu, Flaminius ressentit l'une des plus vives surprises de sa vie. Il aurait dû s'y attendre, pourtant : Licinia n'était plus vestale, mais la métamorphose était trop brutale et trop grande. Elle n'avait plus rien sur la tête, ni le suffibulum, ni même le voile plus léger qu'elle portait d'ordinaire ; ses cheveux, très bruns, flottaient librement. Elle avait, à la place de sa robe ample de prêtresse, une tunique légère en raison de la chaleur, et cet habillement, pourtant décent, avait quelque chose d'osé, presque de provocant, surtout en comparaison de la statue qui se trouvait à ses côtés... Il lui sourit. Cela aussi, c'était la première fois.

– Tu vois, je suis venu...

– Merci, Titus. Merci de m'avoir sauvé la vie et merci d'être là !

Licinia était visiblement en proie à la plus vive émotion, mais elle faisait tous ses efforts pour la surmonter. Avec autant d'assurance qu'elle put, elle lui fit les honneurs de sa demeure. Son luxe éclipsait celui de la villa Flaminia et son goût était tout aussi sûr, mais Flaminius ne fit pratiquement pas attention aux merveilles que lui faisait découvrir son hôtesse.

L'heure du dîner, que les Romains prenaient tôt, approchait. Auparavant, Licinia alla faire l'offrande traditionnelle aux dieux du foyer. Elle retourna dans l'atrium. À l'intérieur du temple miniature, le feu domestique brûlait avec une flamme claire. Elle y jeta une pincée de sel et une autre de farine, puis se dirigea vers le jardin où les serviteurs avaient préparé le repas. Curieusement, depuis qu'il était entré dans la villa, Flaminius n'en avait vu aucun. Sans doute, leur maîtresse leur avait-elle donné des instructions en ce sens, peut-être même s'étaient-ils à présent retirés et étaient-ils seuls tous les deux...

Le jardin était à la fois raffiné et reposant. En cette période de l'année où la floraison était à son apogée, une odeur suave s'en dégageait. Au loin, dans le soleil couchant, on apercevait l'élégante silhouette du Vésuve, avec son sommet pointu et ses pentes couvertes de vignes... Licinia s'approcha de la table. Les mets disposés devant eux étaient nombreux mais simples : merles, poissons du golfe de Naples, fromages, légumes accommodés de diverses manières. Elle lui désigna une coupelle remplie de fruits rouges.

– Ce sont des cerises, les premières de l'année. En as-tu déjà vu ?

– Oui, chez ton oncle Lucullus...

Il y avait deux lits, mais Flaminius prit place sur le même que Licinia. Le sursaut qu'elle eut ne lui échappa pas. Lui-même, pourtant, n'était guère à son aise. Il avait beau se dire qu'il pouvait la frôler, la toucher, lui prendre la main s'il en avait envie, il ne pouvait s'empêcher d'éprouver une sensation de crainte. Pour lui, elle était encore sacrée et, au sens propre du terme, intouchable... Elle partageait visiblement la même gêne et, pour faire diversion, ils se mirent à parler des moments qu'ils venaient de vivre. Elle lui demanda :

– Comment Minucius a-t-il pu imiter sa sœur comme il l'a fait ?

Il lui rapporta tout ce que ce dernier lui avait avoué avant de sauter de la roche Tarpéienne. Puis Licinia évoqua l'agression dont elle avait été victime à la Maison des vestales. Ce fut au tour de Flaminius de l'interroger :

– Qu'est devenu l'esclave qui t'a droguée ?

– On l'a retrouvé mort. Je suppose que Minucius s'est débarrassé de lui aussi...

Le dîner se poursuivit dans cette atmosphère un peu irréelle où chacun des deux convives parlait pour meubler l'attente commune et cacher son émotion. Enfin, la longue journée de mai arriva à son terme. L'ombre ne permettait plus de voir les fleurs du jardin, les premiers rossignols s'étaient mis à chanter. C'était le moment fatidique. Flaminius devait briser l'interdit, accomplir l'acte par lequel Licinia cesserait définitivement d'être vestale.

Résolument, il lui prit la main. Elle tressaillit des pieds à la tête, mais ne la retira pas. Il approcha son visage du sien.

– Tout à l'heure, quand tu m'as montré ta demeure, m'as-tu tout fait visiter ?

– Tout, sauf ma chambre.

– Alors, l'heure est venue que tu m'y conduises...

La chambre de Licinia donnait sur une autre partie du jardin. C'était une véritable splendeur. Elle était décorée d'une fresque qui la recouvrait entièrement et qui représentait des oiseaux de toutes les espèces. Sur les murs, ils étaient dispersés au milieu d'un bois de rêve ; au plafond, ils volaient dans un ciel radieux aux rares nuages.

Flaminius se dévêtit et attendit qu'elle se dévêtisse. Ni l'un ni l'autre ne prononcèrent un mot au moment de se mettre au lit.

La suite se passa tout simplement. Licinia répondit à ses caresses et leurs corps se trouvèrent d'eux-mêmes. En cet instant, Flaminius ressentit pourtant autre chose qu'un bonheur sensuel et amoureux. Licinia était vierge et il en éprouva une libération immense. Car, jusque-là, tout au fond de son esprit, il restait malgré tout un doute. Si Minucia était innocente, il fallait que quelqu'un fût coupable. Jamais il n'avait imaginé réellement que ce pût être Licinia, maintenant, il avait la certitude de son innocence. Elle avait gardé la pureté imposée aux vestales, il venait de faire l'amour avec une vierge de trente-six ans.

Flaminius eut alors la plus merveilleuse des surprises. Les sens de Licinia s'éveillèrent soudain, tout l'amour trop longtemps contenu par une vie de chasteté se libéra. Elle prit à son tour l'initiative et il connut un bonheur sensuel qu'il n'attendait pas. Longtemps la chambre aux oiseaux résonna de leurs ébats, de leurs petits rires et de leurs mots tendres... En ce mois de mai où toute la création communiait dans le culte de l'amour, un couple nouveau s'était formé, uni, ardent et joyeux.

Au sortir de leurs étreintes, alors que le petit matin se levait déjà, Flaminius prononça la phrase qu'il n'aurait jamais imaginé prononcer si tôt, lui, le célibataire farouche et fier de l'être :

– Voudrais-tu devenir mon épouse ?

Licinia le couvrit de baisers.

– Je te répondrai bientôt...

– Ce n'est donc pas « oui » ? Tu ne m'aimes pas assez ?

– Je t'aime plus que tout, plus que ma vie. Sois patient...

Elle se leva. Elle traversa nue le jardin où les oiseaux commençaient à murmurer et revint au bout d'un moment avec une coupe de cristal. Elle contenait un breuvage clair aux reflets dorés.

– Qu'est-ce que c'est ?

– Un vin très léger qui provient de mes vignes.

Elle eut un rire espiègle.

– On prétend qu'il rend amoureux !

– Alors, je n'en ai pas besoin...

Flaminius but quand même. Le vin était effectivement léger, mais capiteux. C'était une pure merveille ! Il en rebut. Licinia, elle, se contenta d'y tremper les lèvres... Après quoi, ils parlèrent de mille choses sérieuses ou futiles, jusqu'à ce que Flaminius éprouve une sensation étrange.

– Je ne me sens pas bien...

Licinia continua à parler, comme si elle n'avait pas entendu.

– Licinia, je te dis qu'il m'arrive quelque chose !

L'ancienne vestale s'approcha tout près de lui.

– Je sais...

Flaminius avait l'impression que l'air lui manquait, une sueur glacée lui coulait le long du corps, ses yeux n'arrivaient presque plus à s'ouvrir. Une idée affreuse le traversa :

– C'est le vin ?

Elle déposa un baiser sur ses lèvres.

– Je t'aime ! Adieu, Titus...

Dans ce qui lui restait de conscience, Titus Flaminius n'éprouvait qu'une immense surprise... Non, le labyrinthe ne s'était pas terminé aux Mannequins d'osier, il s'était poursuivi et s'achevait ici, à Pompéi, par sa mort. Mais pourquoi celle qu'il aimait avait-elle choisi de l'empoisonner ? Pourquoi ?... Pourquoi ?...

Ce fut la chaleur qui le réveilla. Le soleil de midi frappait son visage. Il était toujours sur le lit. Il se redressa avec difficulté ; il avait la bouche sèche et la tête bourdonnante. Il mit quelques instants à comprendre ce qui se passait, puis les souvenirs lui revinrent d'un coup. Il appela :

– Licinia !...

Il la découvrit au même moment. Elle était allongée à ses côtés, les yeux clos. Il la secoua pour la réveiller.

– Licinia, pourquoi... ?

Mais il se tut et arrêta son geste. Il ne réveillerait pas Licinia : elle ne dormait pas, elle était morte. Elle avait, enfoncé sous le sein gauche, un stylet semblable à celui avec lequel Minucia s'était poignardée. La blessure n'avait presque pas saigné, juste quelques gouttes.

Il se leva en titubant. La chambre avait une table pour unique mobilier et, sur cette table, s'étalait un long rouleau de parchemin couvert d'écriture. Il le prit. Le manuscrit commençait par : « Tu m'aimais, Titus... » Il était de la main de Licinia et, dès les premiers mots, Flaminius comprit que, cette fois, il était arrivé à la fin du labyrinthe...

Tu m'aimais, Titus, sans quoi, toi qui as fait preuve de tant d'intelligence pour découvrir la vérité, tu aurais tout de suite compris ce qui sautait aux yeux. Pourquoi le frère de Minucia aurait-il voulu avec tant

258

d'acharnement m'envoyer à la chambre souterraine, sinon parce qu'il savait que c'était moi la coupable et parce qu'il en avait la preuve ?...

C'était il y a bien longtemps, il y a vingt-trois ans, mais ce souvenir est aussi présent en moi que si c'était hier. J'avais treize ans. Plotin, un beau Grec, avait réussi à me séduire. Cela n'a pas été plus loin que quelques jeux amoureux, mais c'était suffisant et je le savais.

Cela s'est passé la nuit. On nous a surpris dans la colonnade de la Maison des vestales. Il a réussi à s'enfuir et moi à me cacher. Par malheur pour elle, Minucia rentrait du temple où elle était allée entretenir le feu et son chemin a croisé celui de Plotin qui s'enfuyait. Plusieurs des nôtres les ont vus ensemble à cet instant.

Par malheur pour elle également, Minucia n'était pas aimée. C'était la grande vestale, elle était autoritaire, distante, et se permettait des coquetteries qu'elle nous interdisait. Je l'ai accusée et les autres ont fait comme moi. À son procès, elle s'est défendue avec acharnement, mais les témoignages étaient accablants et Plotin, qui avait réussi à s'enfuir, n'était pas là pour la disculper...

Titus, je voudrais, non pas que tu me pardonnes, ce que j'ai fait est impardonnable, mais que tu me comprennes... Je n'avais pas choisi d'être vestale. J'avais six ans quand je le suis devenue. Comment aurais-je pu m'y opposer ?

259

D'ailleurs, à l'époque, une pareille idée ne me serait pas venue. Mon cœur a bondi de joie lorsque le grand pontife m'a tirée au sort. Je vois encore les visages déconfits de mes concurrentes, lors de la cérémonie. Le grand pontife m'a prise par la main et a prononcé la formule consacrée : « Ô mon aimée, je te prends conformément aux lois et je te fais vestale. » Ensuite, il m'a coupé les cheveux et je suis allée les accrocher près du temple, à l'« arbre chevelu », qu'on dit le plus vieux de Rome.

Après, l'enchantement a continué... Imagine : je n'avais pas dix ans et, aux triomphes, j'allais devant le général vainqueur, dans les cérémonies publiques, les consuls s'inclinaient devant moi, au cirque, au théâtre, j'avais la meilleure place, et les auriges victorieux, les acteurs les plus célèbres venaient me rendre hommage !

Et puis, j'ai cessé d'être une petite fille, je suis devenue femme et tout a changé. J'ai senti mon corps se transformer, se charger de désirs inconnus, j'ai senti mon cœur battre d'une manière que je ne pouvais plus contrôler. Je me suis mise à soupirer, à attendre, à espérer quelque chose, quelqu'un qui ne pouvait pas venir. Désormais, dans la rue, je ne faisais plus attention aux gens qui s'écartaient avec respect à l'injonction de mes licteurs, je regardais les femmes et je haïssais toutes celles que je voyais maquillées, fardées ou marchant au bras d'un homme. J'en vins à envier la dernière des esclaves nubiennes à qui était permise la couche d'un mari, la dernière des prostituées de Subure qui se donnait aux mendiants, et les chants, les cris d'amour des bêtes de toutes les espèces me faisaient pleurer. C'est à ce moment que Plotin est arrivé...

J'avais treize ans, Titus, et j'étais si faible ! Est-ce qu'on peut aller à la chambre souterraine à treize ans ? Est-ce qu'on peut mourir de la sorte si jeune ? La réponse est oui, bien sûr. J'étais coupable et j'aurais dû me dénoncer. Mais je n'ai pas pu, Titus, je n'ai pas pu !...

Par la suite, je suis parvenue à enfouir dans ma mémoire ce secret terrible, mais les secrets remontent toujours, même s'ils sont cachés au fond de la terre. Plotin est arrivé et le cauchemar a commencé.

Il revenait de Grèce. Je savais que les parents de Minucia s'y étaient exilés et la fatalité a voulu qu'ils se rencontrent. Ils se sont appris mutuellement ce qu'ils ignoraient : les premiers que leur fille était innocente ; lui, qu'une autre avait payé à ma place. Il ne l'a pas supporté et il est venu à Rome pour me faire subir le sort que je méritais.

Le prétexte qu'il a trouvé pour me mettre en accusation était mauvais, je savais qu'il n'arriverait pas à prouver qu'il y avait quelque chose de répréhensible dans mes relations avec Crassus, mais le procès a été terrible. Nous étions face à face. Il était la vérité et j'étais le mensonge, il était la justice et j'étais le crime. Heureusement pour moi, la crainte du fouet l'empêchait de parler. Au verdict, j'ai eu pourtant un instant de terreur. J'ai lu dans ses yeux tellement d'indignation, tellement de haine, que j'ai cru qu'il allait tout révéler. Il s'est tu, mais, avant de partir, il s'est approché de moi et m'a dit : « Ne te réjouis pas, quelqu'un d'autre viendra après moi. »

Après ce moment, j'ai vécu dans l'angoisse. Quand Opimia a été tuée, j'ai été presque sûre que ce quelqu'un était là, et quand, le lendemain, tu m'as dit que mon nom figurait sur la tablette trouvée dans ta chambre, j'ai été certaine que c'était lui... La suite, tu la connais, nous l'avons vécue ensemble.

Je sais, j'aurais dû te dire tout cela, mais j'avais trop peur de te perdre. Si tu avais su la vérité, je serais devenue pour toi un objet de dégoût. Et je voulais de toutes mes forces connaître avec toi le bonheur que nous venons de vivre !

En venant ici, le lendemain des Mannequins d'osier, j'avais décidé de mon sort. Si tu venais, je me tuerais après avoir connu l'amour dans tes bras ; si tu ne venais pas, je resterais seule jusqu'à mon dernier jour avec mes remords, car il n'y aurait pas eu d'autre homme que toi. Lorsque je t'ai reçu, hier, c'est en même temps l'amour et la mort que j'ai accueillis. Je ne le regrette pas. J'ai eu une chance que je ne méritais pas. Minucia est morte désespérée dans la chambre souterraine, je meurs heureuse dans la chambre céleste...

Titus, avant de quitter la Maison des vestales, j'ai

fait mon testament. Je te lègue tous mes biens, qui sont immenses. Crassus, en particulier, m'a donné une fortune pour garder le texte du triumvirat. Je te supplie de ne pas refuser cet argent venant d'une criminelle, il te sera utile pour mener à bien ton noble projet d'enquêter pour les pauvres gens.

Tu ne seras pas inquiété pour ma mort. J'ai fait part de mes intentions aux domestiques. Ils sont partis sur mon ordre et ils reviendront ce soir. Ils se chargeront de mes funérailles et ne parleront jamais de ce qui s'est passé.

Je te souhaite une longue et heureuse existence, ainsi qu'à celle qui la partagera et te donnera tes enfants. Je te laisse le soin de décider si tu dois rendre cette confession publique ou non. Je sais que ta décision sera juste. Dans un instant, je vais reposer le calame avec lequel je t'écris et prendre le poignard qui est posé sur cette table.

Je t'aime plus que la vie.

Licinia.

Titus Flaminius se tenait dans l'atrium, le rouleau de parchemin dans les mains. Il allait quitter cette maison où il ne retournerait jamais. Il pensait, en arrivant ici, connaître le début d'une grande aventure, il avait rencontré un drame aussi violent que bref et, quoi qu'il arrive, il en resterait marqué à jamais.

Il allait accepter l'héritage de Licinia : il pourrait, grâce à cela, soulager davantage de misères, réparer davantage d'injustices... Il l'aimait toujours, bien sûr. Il ne pouvait la condamner. Il ignorait ce qu'il aurait fait lui-même dans des conditions semblables au même âge. Mais, avant de partir, il devait, comme elle le lui avait demandé, prendre une décision : allait-il ou non faire connaître la vérité ?

C'était pour cela qu'il s'était immobilisé devant la statue de Vesta. Il espérait qu'en la regardant lui viendrait la réponse, qu'elle choisirait à sa place entre ses deux prêtresses, Minucia, l'innocente, et Licinia, la coupable... Il la contempla longuement et la remercia d'un signe de tête : Vesta avait parlé.

En raison de la posture de sa statue, elle semblait lui désigner de la main droite le temple miniature où brûlait le foyer domestique... Oui, telle était la sagesse. Minucia était morte, sa famille avait disparu, la réhabiliter ne servirait à rien. Mieux valait que la mémoire de Licinia reste sans tache.

Il approcha le manuscrit de l'autel. Une vive lueur s'éleva et il regarda le feu, symbole de pureté, le feu que Licinia avait entretenu trente ans avec ses compagnes, tout emporter dans ses flammes.

Jean-François Nahmias a aussi publié pour les adultes :

Aux éditions Albin Michel :

La Nuit mérovingienne (1995)
L'Illusion cathare (prix Jeand'heurs du roman historique, 1997)

Aux éditions Robert Laffont :

L'Enfant de la Toussaint (1994)
    Tome I : *La Bague au lion*
    Tome II : *La Bague au loup*
    Tome III : *Le Cyclamor*

Aux éditions N°1 :

Titus
    Tome I : *La Prophétie de Jérusalem* (2000)
    Tome II : *Le Voile de Bérénice* (2001)

www.wiz.fr

Logo wiz : Cédric Gatillon
Illustrations intérieures : Sylvain Bourrières

Composition Nord Compo
Impression Bussière en novembre 2004
Éditions Albin Michel
22, rue Huyghens, 75014 Paris

ISBN : 2-226-14018-2
N° d'édition : 23008. – N° d'impression : 041871/4.
Dépôt légal : septembre 2003.
Loi n° 49-956 du 16 juillet 1949
sur les publications destinées à la jeunesse

Imprimé en France.